KB131356

사랑의
생애

사랑의 생애

초판 1쇄 발행 2017년 3월 2일 **초판 18쇄 발행** 2024년 7월 17일

지은이 이승우
펴낸이 최순영

출판1 본부장 한수미
라이프 팀
디자인 이세호

펴낸곳 ㈜위즈덤하우스 **출판등록** 2000년 5월 23일 제13-1071호
주소 서울특별시 마포구 양화로 19 합정오피스빌딩 17층
전화 02) 2179-5600 **홈페이지** www.wisdomhouse.co.kr

ⓒ 이승우, 2017

ISBN 978-89-5913-482-3 03810

* 이 책의 전부 또는 일부 내용을 재사용하려면 반드시 사전에 저작권자와
  ㈜위즈덤하우스의 동의를 받아야 합니다.
* 인쇄·제작 및 유통상의 파본 도서는 구입하신 서점에서 바꿔드립니다.
* 책값은 뒤표지에 있습니다.

이승우 장편소설

사랑의
생애

위즈덤하우스

누군가를 사랑할 때 그 사람의 내부에서 일어나는 미묘하고 당황스러운 현상들을 탐사하는 데 할애된 이 소설은 떠오르는 대로 순간의 단상을 적어둔 여러 개의 내 메모들에서 탄생했다. 메모들은 여러 권의 몰스킨 수첩을 거쳐 스마트폰의 메모장으로 옮겨 왔다. 소설에 붙은 소제목들은 메모장에 있는 것을 거의 그대로 가져온 것이다. 특별한 사람들의 별스러운 사랑 이야기를 지어내는 대신 평범한 사람들의 사랑 경험을 현미경으로 들여다보고 보고서를 쓴다는 것이 이 소설을 쓸 때의 작의라면 작의였다. 사랑 경험은 사람마다 다 다르지만 비슷하고, 비슷하지만 다 다르다. 내 현미경의 배율이 적당한지, 혹 불필요하게 높거나 지나치게 낮아서 그 미묘하고 당황스러운 현상의 실체를 제대로 보여주지 못한 것은 아닌지 하는 염려가 없지 않지만, 배율에 따라 다르게 보이는, 보이는 것이 마땅한 이 경험의 신비를 확인해보는 것도 소득이라고 스스로 안위한다. 제목은, 사랑하는 사람은 사랑의 숙주일 뿐이고, 사랑이 그 안에서 제 목숨을 이어간다는 뜻으로 '사랑의 생애'라고 했다. 예담의 편집부를 비롯하여 이 책의 탄생에 관여한 이들에게 고마움을 전하고, 이 책의 관여를 혹시 받을지도 모르는 이들에게 격려와 응원의 인사를 미리 전한다.

2017년 2월
이승우

차례

1   사랑의

–   생애

    사랑하는 사람은 사랑의 숙주이다. 사랑은 누군가에게 홀려서 사랑하기로 작정한 사람의 내부에서 생을 시작한다.

    어떤 사람은 사랑이 마치 물이나 수렁이라도 되는 것처럼, 아니면 누군가 파놓은 함정이라도 되는 것처럼, 난 사랑에 빠졌어, 라고 말한다. 사랑이 사람이 빠지거나 잠길 수 있는 것인 양 물화시켜 말하는 이런 수사는 사랑의 불가항력적 성격을 표현하면서 동시에 그에 대한 무의식적인 저항을 암시하는 것처럼 보인다. 어딘가에 빠진 사람은 무력하다는 인식이 이 문장의 바탕에 자리하고 있다. 그곳이 어디든, 어딘가에 빠진 사람은 그 스스로는 어떻게 할 수 없는 매우 곤란한 상황에 놓인다. 가령 수렁에 빠진 사람은 거기에 빠질지 모르는 상태에서 빠지고, 외부에서 누군가 건져주지 않으면 빠져나오지 못한다. 그런 점에서 불가항력적이다. 그런데 이 문장의 주어는 '나'이다. 사랑에 빠진 사람이 '나'이다. 흐릿하고 희미하지만 '나'가 주어이다. 나는 ……에 '빠졌다'. 그래서 옴짝달싹하지 못한다. 난처하고 곤란하다. 어쨌든 빠진 사람은 '나'이지 다른 사람이 아니다. '나는' ……에 빠졌다. 그러므로 거기서 빠져나오기도 할 것이다. 불가항력적인 성격의 사랑을 거부하려는 무의식이 이 희미한 주어, '나'를 고수하게 한다. 빠진 사람이 나이므로 빠져나올 사람도 나라는 생각은 돌연히 들이닥친 사랑의 사건 앞에서 주체가 겪는 당황과 불안과 무기력을 몰아내기 위해, 혹은 회피하기 위해 구사하는 일종의 기교 같은 것인데, 안타깝게도 이 기교는 거의 효과를 내지 못한다.

사람이 사랑 속으로 들어가는 것이 아니라(사람이 빠질 사랑의 웅덩이가 대체 어디 있단 말인가!) 사랑이 사람 속으로 들어온다. 사랑이 들어와 사는 것이다. 숙주가 기생체를 선택하는 것이 아니라 기생체가 숙주를 선택하는 이치이다. 물론 기생체의 선택을 유도하는, 기생체의 마음에 들 만한 숙주의 조건과 환경에 대해 언급할 수는 있다. 그렇더라도 그 선택이 숙주의 것이라고 말할 수는 없다. 숙주는 자기 몸 안으로 기생체가 들어올 때는 물론 몸 밖으로 빠져나가는 순간까지 어떤 주체적인 역할도 하지 않거나 못한다. 숙주는 기생체가 욕망하고 주문하는 것을 욕망하고 주문한다. 자기 욕망이고 자기 주문인 것처럼 욕망하고 주문한다. 그것 말고는 아무것도 하지 못한다. 전에는 하지 않거나 할 거라고 상상할 수 없었던 말과 행동을 사랑의 숙주가 된 다음에 하게 되는 것은 그 때문이다. 세상에 떠도는 말대로, 사랑하면 용감해지거나 너그러워지거나 치사해진다. 유치해지거나 우울해지거나 의젓해진다. 어떤 식으로든 어떤 변화인가가 생긴다. 몸 안에 사랑이 살기 시작한 이상 아무 변화도 생기지 않는 경우는 없다. 그 사람은 사랑하지 않는 다른 사람과 다를 뿐 아니라 사랑하기 전의 자기와도 같지 않다. 같을 수 없다. 사랑이 들어와 살기 시작했기 때문이다.

사도행전에 나오는 첫 세대 기독교인들은 자기들이 할 수 없는 일, 그들이 할 거라고 기대할 수 없는 일들을 했다. 병자를 고치고 통역 없이 모든 사람들이 알아들을 수 있는 말을 하고 죽은 사람을 살리고 많은 사람들 앞에서 자기들이 믿는 위험한 진리를 증거하고 기꺼이 잡혀가고 고난당하고 목숨을 내놓았다. 그들은 다른 사람들과 다르게 살았고 이전의 자기들과도 다르게 살았다. 사도행전은 그 이유가 그들 안에 성령이 살기 시작했기 때문이라고 말한다. 바울은, 내 안에 사는 것은 내가 아니고 그리스도라고 고백한다. 다른 존재가 우리의 내부에 들어와 살기 시작하면 우리는 그 존재를 따라 살지 않을 수 없다. 내 안에 사는 것은 내가 아니라고 고백하지 않을 수 없다. 어느 순간 사랑은 문득 당신 속으로 들어오고, 그러면 당신은 도리 없이 사랑을 품은 자가 된다. 사랑과 함께 사랑을 따라 사는 자가 된다. 사랑이 시키고 원하는 일을 하는 사람이 된다. 그러니까 사랑에 빠졌다는 식으로 말하지 말라.

당신이 사랑할 만한 사람인가 아닌가, 사랑해도 되는 사람인가 아닌가는, 사랑의 초기에 반드시 찾아오는 피할 수 없는 질문이지만, 연연해할 일은 아니다. 숙주로서의 조건이 있기는 하지만, 그 조건을 자격으로 간주하는 것은 착각이다. 그 조건이 기생체를 불렀다고 단정하는 것만큼 어리석은 믿음은 없다. 어떤 경우에도 숙주가 기생체를 선택하는 것이 아니라는 사실은 바뀌지 않는다. 사랑할 만한 자격을 갖춰서가 아니라 사랑이 당신 속으로 들어올 때 당신은 불가피하게 사랑하는 사람이 된다. 자격을 갖추고 있어서 사랑이 당신 속으로 들어오는 것이 아니라 사랑이 당신 속으로 들어와서 당신에게 자격을 부여하는 것이다. 사랑이 들어오기 전에는 누구나 사랑할 자격을 가지고 있지 않다.

사랑했거나 사랑하고 있는 어떤 사람도 사랑할 만한 자격을 가지고 있어서 사랑했거나 사랑하고 있는 것이 아니다. 은 총이나 구원이 그런 것처럼 사랑은 자격의 문제와 아주 멀리 떨어져 있다.

2   사랑할

–   자격

그러니까 까맣고 큰 눈의 짧은 머리 여자 앞에서 형배가,
나는 사랑할 자격이 없어, 라고 말한 것을 시비하는 것은 지
나치지 않다. 그 말이 그녀와 헤어지는 이유로 제시되었기
때문에 더욱 그렇다. 그가 은연중에 자신을 사랑할 자격이
없는 사람으로 간주해온 것은 사실이다. 그러므로 거짓말을
한 것은 아니었다. 그러나 아무나 사랑하는 것이 아니라 자
격을 갖춘 사람이 사랑한다는 이 생각은, 사랑에 제한을 두
어 특별하고 고귀한 자리에 올려놓음과 동시에 실제 삶과는
관련 없는 허구적인 것으로 밀쳐놓는 역할을 한다. 밀어내

기 위해 치하하는 술책이라고 할 수도 있다. 예컨대 이 표현 속에 도드라진 자기 비하("나는 자격이 없어")는 일종의 트릭일지 모른다. 혹은 사랑이라는 감정에 연연하지 않는, 혹은 않겠다는 의연함을 구사하는 처세술일 수도 있다.

'나는 사랑할 자격이 없어'라고 고백하는 사람은 사랑 앞에서 자기 몸을 한껏 낮추면서 동시에 (그 겸손의 몸짓으로) 사랑을 한낱 자격의 문제로 끌어내린다. 자격은 '지금' 없을지라도, '언제든' 획득할 수 있는 것이다. 얻거나 잃을 수 있다. 잃거나 얻을 수 있다. 언제든 잃을 수 있으므로 얻었다고 우쭐할 것이 아니고 언제든 얻을 수 있으므로 잃었다고 아쉬워할 것도 아니다. 그런 속셈을 추측할 수 있다. 더 위악적으로 해석하자면, 그까짓 자격, 일부러 갖추지 않는다는 입장을 취한 것일 수 있다. 마음만 먹으면 얼마든지 자격을 얻을 능력을 가지고 있지만 자발적으로 그러지 않는다는 태도를 견지함으로써 그 자격을 깎아내리고 자기를 높이는 방법. 자격보다 우위에 자기를 놓는 태도. 못해서가 아니라 하기 싫어서라는 포즈.

크고 까만 눈이 매력적인 여자가 그의 의중을 꿰뚫어 보았다. 그녀는 그를 빤히 쳐다보면서 말했다. "지금, 사랑할 자격이 없다는 말을 흡사 독립선언문 낭독하듯 하고 있는 거 알아?" 사랑이 획득하거나 잃을 수 있는 라이선스의 영역으로 떨어질 때, 그러니까 운전면허증이나 워드프로세서 자격증과 진배없는 것이 될 때 '나는 사랑할 자격이 없어'라는 겸손한 포즈의 고백은 '사랑이 별거냐?'는 오만한 선언이 된다. 형배는 오만을 감추고 겸손을 앞세웠다. 그런데 그것을, 형배 자신도 확실하게 의식하지 못한 그것을, 그녀가 알아보았고 들춰냈다. 그가 겸손 뒤에 숨어 부리는 오만을 그녀가 알아보았으므로, 그가 알지 못하고 있던 것을 알게 해주었으므로 형배는 움찔했다. 그는 자기가 한 말이 온전히 정직하지 않다는 사실을 깨달았지만, 의도를 가지고 거짓말을 한 것은 아니었으므로, 그리고 본능적으로 아무 동요도 느끼지 않은 것처럼 행동해야 한다는 생각이 들었으므로 그렇게 했다. 그녀의 말이 무슨 뜻인지 알아듣지 못하는 사람처럼, 무슨 말인지, 고백은 뭐고 선언은 또 뭐야, 나는 그냥……, 하고 얼버무렸다. 그냥, 다음에 이어서 문장을 완성하지는 못했다.

말끝을 제대로 맺지 못했던 그날을 형배는 기억한다. 무슨 말인가 웅얼거리긴 했지만 제대로 발음되지 않았을 것이다. 제대로 발음되었는지 모르지만 그의 기억에 남아 있는 것이 없는 것으로 보아 해도 그만 안 해도 그만인 말을 했을 것이다. 그녀가, 그냥 뭐? 하는 표정으로, 턱을 약간 쳐들고 그를 쏘아보았다는 인상만 선명하다. 형배는 그녀의 표정과 눈빛에서 서늘한 경멸을 읽었다. 그녀가 정말로 경멸을 담고 바라보았는지는 분명하지 않다. 분명한 것은 그가 간직하고 있는 그녀의 마지막 표정이 서늘한 경멸이었다는 사실이다. 그가 기억하고 있는 그녀의 마지막 말이 '불쌍한 사람!'이었던 것으로 미루어보아 경멸보다 연민이었을지 모르겠다는 생각을, 삼 년이 지난 지금 그는 하고 있다.

경멸보다 연민이 낫다는 건 아니다. 사실은 그 반대이다. 경멸은 대처할 수 있고 견딜 수 있다. 경멸은 일종의 공격이므로, 공격에 대해 방위의 수단을 강구하는 것으로 대응할 수 있다. 이를테면 경멸하는 상대를 똑같이 경멸하거나 그럴 가치조차 없는 것으로 무시함으로써 이겨낼 수 있다. 형배가 그녀의 마지막 모습을 경멸로 기억하고 있는 것은 우연이 아니다. 경멸이 연민보다 쉬웠을 것이다. 적어도 그에게는. 그렇지만 연민은 공격이 아니고, 비유하자면 부드럽게 껴안는 포용과 같아서, 일종의 베풂, 심지어 은혜라고까지 할 수 있으므로 방어의 수단을 강구하는 것이 불가능하다. 연민은 피할 수 없고 막을 수 없다. 어떻게, 무엇으로 은혜에 대항한단 말인가. 대항한다 하더라도 은혜에 어떻게, 어떤 손상을 입힌단 말인가. 덧붙이자면 이렇다. 행위자의 행위에 목적이나 계산이 없을 때는 손상을 입히는 것이 불가능하다. 손상은 그 행위가 아니라 그 행위의 목적이나 계산을 향하게 되어 있으니까. 그럴 때만 손상이 이루어지니까. 행위 자체가 아니라 그 행위의 목적이나 계산을 조준하고 치명타를 가하는 것이 공격이니까. 그런데 은혜는 목적이나 계산을 가지고 있지 않은 것이고, 무조건적으로 주고 그냥 손을 내미는 거니까, 그러니까 어떻게 해도, 어떤 타격을 가해도 손상을 입지 않는다. 어떻게 해도 손상되지 않는 것을 손상시킬 수단은 없다. 치명타를 날릴 수 없다. 형배가 어떻게 해야 할지 모르겠는 상태에 빠진 것은 그 때문이었다.

그런데 삼 년 전에 헤어진, 짧은 머리의 크고 검은 눈을 가진 여자의 마지막 모습에서 그때와는 달리 경멸 대신 연민을, 삼 년이 지난 지금에 이르러, 뒤늦게 제대로, 갑자기 떠올리게 된 것은 어쩐 일인가. 삼 년이 지난 마당에 그녀의 마지막 표정이 왜 갑자기 경멸에서 연민으로 바뀌었는가. 이 뒤집기에 무슨 뜻이 있는가. 어떤 원리가 작용하고 있는가. 아니, 삼 년이나 지난 옛날 일이, 그때 그녀가 지었던 표정의 디테일과 함께 문득 다시 떠오른 것은 왜인가, 하는 질문은 불가피하다.

선명하게 구분되지 않는, 굳이 구분하자면 할 수는 있겠지만 그런 구분이 무의미한 감정들이 있다. 경멸과 연민 역시 그러하다. 위에서 아래로 내려다보는 시선을 공유한 이 감정들은 여기에서 저기로, 저기에서 여기로 옮겨 가는 것이 용이하다. 독립선언문 낭독 운운하며 그를 떠날 때 그녀의 마음속에서 이 구분은 무의미했다. 마찬가지로 그를 떠날 때 그녀의 마음속에서 일어났던, 구분하는 것이 무의미한 그 감정을 이제 와서 새삼 구분해서 기억하려는 시도 역시 무의미하다고 할 수 있다. 구분은 그녀의 마음속에서 삼년 전에 일어난 것이 아니라, 형배의 마음속에서 삼 년 후에 일어났다. 경멸로 간주함으로써 회피할 수 있었던 그녀의 마지막 말 —"사랑할 자격이 없다는 말을 흡사 독립선언문 낭독하듯 하고 있다는 거 알아?"—은 연민으로 상기됨으로써 회피할 수 없는 것이 되었다.

그날, 사랑할 자격 운운하면서, 그가 겸손을 앞세워 오만을 부렸다는 말은 이미 했다. 그리고 그녀에 의해 그 오만이 폭로되는 순간 그가 움찔했다는 것도. 그러나 그는 곧 그 순간의 순간적인 당황을 이겨냈고, 그 말을 하는 그녀의 눈빛과 표정을 자기에 대한 경멸로 규정함으로써, 경멸에 대한 효과적인 방어술을 동원할 수 있었고, 겸손을 앞세운 오만을 유지할 수 있었다는 사실도 짐작할 만한 상황이다. 그런 그가 왜 새삼스럽게 삼 년 전 그녀의 표정에서 연민을 찾아낸 것일까. 무슨 필요가 그런 현상을 만들어낸 것일까. 질문을 이렇게 바꿔볼 수 있다. 사랑을 자격의 문제로 둠으로써 오만을 유지하는 것이 왜 이제 불가능해졌을까. 자기가 얼마나 경멸받을 만한 사람인지 이해하는 대신 자기가 얼마나 불쌍한 사람인지 깨닫게 된 이 전환은 왜 필요했고, 어떻게 가능했을까.

3   누군가의

–   귀

　직장 동료의 결혼식장에서 형배는 그녀를 다시 만났다.
그녀가 나타날 거라고 상상할 수 있는 장소가 아니었으므로
처음에 그는 그녀를 알아보지 못했다. 그는 맨 뒷줄에 앉아
있었고, 그녀는 두 줄 앞, 약간 왼쪽 자리에 앉아 있었다. 그
의 자리에서는 그녀의 오른쪽 뺨이 조금 보였다. 머리카락
을 귀 뒤로 넘기고 있어서 귓바퀴가 드러나 보였다. 부드럽
고 둥근 타원의 고리가 유난히 도드라져 보였는데, 귓바퀴
안쪽의 굴곡진 모양이 하트 모양을 연상시키는 게 이상해서
예식이 진행되는 동안 그는 가끔 눈을 돌려 그 귓바퀴를 쳐

다보았다. 그러면서도 그는 어떤 낯익음이 눈길을 끌어당긴다는 생각은 하지 않았다. 누군가의 귓바퀴에서 하트 모양을 떠올린 것이 처음이어서 좀 신기하다는 생각을 했을 뿐이다. 예식이 진행되는 동안 가끔 그 사람의 귀를 바라본 것은 사실이었다. 그는 귀가 달린 누군가의 머리를 보고 있는 것이 아니라 누군가의 머리에 달린 귀를 보고 있었다. 아니, 그 귀가 누군가의 머리에 달렸다는 사실도 염두 밖이었다. 그때 그가 보고 있는 귀는 독자적이었다. 어떤 개체의 한 부분이 아니라 독립된 개체로 인식되었다.

하필 그녀의 귀에서 하트 모양을 발견했는가, 혹은 사람의 귓바퀴가 어떻게 하트 모양일 수 있는가, 하는 질문에 흡족한 대답을 하기는 사실 쉽지 않다. 아침에 흘려들은, 평소에 좋아하지도 않은 어떤 멜로디를 하루 종일 흥얼거리면서 불가사의한 느낌에 사로잡히는 경우에 비유할 수 있을까. 귀의 특이한 생김새가 아니라 예식의 거짓 엄숙함이 주는 지루함을 떨쳐버리려는 사소하고 의미 없는 해찰이 이유였을까. 사실 객관적으로 보면 그녀의 귀가 특이하게 생겼다고 할 수는 없었다. 유난히 크지도 유난히 날카롭지도 유난스럽게 접혀 있지도 않았다. 그렇다면 그가 좋아하는 형태의 귀였는지 물어보아야 하는데, 그렇게도 말할 수 없는 것이, 그에게는 귀의 생김새와 관련한 특별한 취향이 없었다.

그런 사람이 있는지 모르겠으나 그는 어떤 모양의 귀를 좋아한다는 생각을 해본 적이 없었다. 귓바퀴 안쪽의 굴곡이 만드는 하트 모양은 보는 위치에 따라 다르게 보일 수 있었다. 가시 없는 어떤 다육식물 같다는 생각이 들기도 했는데 그것도 생김새로부터 연상했다기보다 촉감에 대한 상상에서 비롯했을 가능성이 높았다. 그러니까 처음에는 하트 모양이 눈에 들어와서 쳐다보기 시작했는지 모르지만, 마지막까지 그의 시선을 붙잡은 것은 귀의 생김새가 아니라 한 개체로 거기 존재한다고 선언하는 것 같은 그 귀의 독자적 성격이라고 해야 맞을 것이다.

신랑과 신부가 하객들의 박수를 받으며 식장 입구까지 행진을 하고, 사진 촬영을 위해 다시 앞으로 나가는 소란스러운 분위기 속에서 그는 그녀를 놓쳤다. 사실은 놓쳤다는 의식도 하지 않았다. 한동안 그 사람의 귀를 집중해서 바라본 것은 사실이지만, 그것은 예식이 진행되는 동안의 지루함을 피해 해찰을 한 것이나 마찬가지였으므로 해찰을 하지 않아도 되는 시간에 굳이 누군가의 귀에 집중할 이유는 없었다. 그는 그녀를 알아보지 못했고, 그러니까 그녀는 아직 그녀가 아니었고, 그녀가 아니었으므로 부르거나 부름을 당하지 않기 위해 피하거나 하는 일이 불가능했다. 분주하고 시끄러운 예식장 입구에서 그녀가 그를 먼저 알아보고 이름을 불렀을 때 형배는 만일 자기가 먼저 그녀를 알아보았다면 그녀를 불렀을지, 부름을 당하지 않기 위해 피했을지 잠시 생각했으나 얼른 답을 할 수 없었다.

"맞지, 형배 선배? 이렇게 만나다니. 나는 신부가 고등학교 친구라 왔는데, 선배는?" 그녀가 먼저 그렇게 말을 붙여 왔다. 신랑이 직장 동료라고 대답하면서 형배는, 그녀가 자기를 알아보기 전에 자기가 먼저 그녀라는 걸 알아보았다면 그녀를 부르는 대신 그녀에게 불리지 않기 위해 그 자리를 피했을 거라고 생각했다. 그러나 곧 그러지 않았을지도 모른다는 생각을 이어서 했는데, 식장에 앉아 있는 내내 그의 눈을 사로잡았던 그녀의 길쭉한 타원형 귀가 불쑥 눈에 들어왔기 때문이다. "머리, 제법 길죠?" 남자가 자기 머리카락을 보고 있다고 생각한 그녀가 머리카락을 쓰다듬으며 말했다. 그는 그녀의 귀에서 시선을 거두지 않은 채 그러네, 하고 대답했다. 귓바퀴 안의 하트 모양은 보이지 않았는데, 아까와 달리 정면에서 마주 보고 있기 때문일 거라고 그는 생각했다. 조금 전에 낯익음을 불러일으켰던 그녀의 귓바퀴가 갑자기 처음 보는 것처럼 낯설게 여겨졌다. 그녀는 항상 머리를 짧게 자르고 다녔으므로, 그리고 한두 번 만난 사이가 아니었으므로 그녀의 귀를 볼 기회는 많았다. 귀는 본질적으로 감춰져 있는 신체 기관이 아니다. 눈이나 코처럼 늘 드러나 있지는 않지만 배꼽이나 생식기처럼 숨어 있는 것도 아니다. 보려고 하지 않아도 보이는 것은 누구도 굳이 감추려 하지 않기 때문이다. 그런데 왜 한 번도 보지 않은 것처럼 느껴지는 것일까. 왜 처음 보는 것처럼 여겨지는 것일까. 왜 낯익은 느낌이 아니라 낯선 느낌이 드는 것일까?

그는 그녀의 낯선 귀가 낯설었다. 왜 그렇게 봐요, 그렇게 이상해요? 하며 그녀가 저만큼 떨어진 벽에 붙은 거울에 자신의 모습을 비춰 보는 자세를 취했다. 그녀는 그의 시선을 오해했다. 그녀가 그의 시선을 오해하고 있다는 사실을 깨닫자 그녀의 귀에 대한 익숙함이 오해이거나 착각일 거라는 사실이 덩달아 깨달아졌다. 그는 그녀의 귀를 본 적이 없었다. 그는 자주 그녀를 만났고, 그녀의 귀는 누구나 볼 수 있도록 항상 노출되어 있었고, 그래서 자주 만난 만큼 자주 보았다고 생각했지만, 혹은 그런 생각조차 하지 않았지만, 그런 생각조차 하지 않을 정도로 당연하게 생각했지만, 정말로 그녀의 귀를 의식적으로 본 적은 한 번도 없었다는 사실이 갑자기 깨달아졌다. 귀는 그녀의 신체를 이루는 헤아릴 수 없이 많은 부분들 중에 하나였다. 그는 그녀를 이루는 여러 요소들에 주목하지 않았다. 헤아릴 수 없이 많은 것들을 다 헤아릴 수는 없었으므로 그는 하나도 헤아리지 않았다. 그녀가 그녀를 이루는 여러 요소들의 종합이라는 생각을 하지 않았다. 그녀는 그녀였다. 귀는 고유하지 않았고, 고유할 필요가 없었고, 귀와 마찬가지로 다른 어떤 것도 고유하지 않았고, 고유할 필요가 없었다. 그러니까 그는 그녀를, 물론 그러겠다는 의식 없이, 의식하지 못한 채 세목이 제거된 하나의 덩어리, 혹은 윤곽으로 대했다. 덩어리나 윤곽으로서의 존재는 무엇에 의해서도 환유되지 않는다. 덩어리나 윤곽은 속을 이루는 것이 따로 없거나 텅 비어 있기 때문이다. 안에 담고 있는 것이 없기 때문이다. "귀 말이야. 언제부터……." 그는 하마터면 그녀에게 귀가 언제부터 거기 있었느냐고 물을 뻔했다. 그 말이 나오려고 했기 때문에, 그러나 다행히 그 말을 하는 것은 말이 되지 않는다는 게 바로 깨달아졌기 때문에, 그런데도 대체할 말이 바로 떠오르지 않았기 때문에 그는 문장을 완성하지 못했다. 이번에도 문장을 완성하지 못했다. 내 귀가 뭐요? 하고 그녀가 눈을 동그랗게 뜨고 물었다.

그가 우물쭈물하는 사이에 쏟아져 나온 하객들이 그와 그녀 사이에 간격을 벌렸다. 그는 그녀로부터 멀어졌고, 그녀가 한 무리의 여자들과 반갑게 인사를 나누느라 그를 방치했기 때문에 그는 그냥 서 있기가 민망해서 혹시 아는 사람이 없는지 두리번거렸다. 다행이라고 해야 할지, 마침 싱글싱글 웃으며 걸어오는 회사 후배의 모습이 눈에 들어왔다.

후배는 프런트에서 받은 식권을 흔들어 보이며 식사하러 가요, 했다. 형배는 그를 따라 계단을 내려가다 말고 고개를 돌려 살폈다. 그녀는 친구들 사이에 둘러싸여 환하게 웃고 있었다. 하트 모양의 귀가 웃는 것 같은 그림이 그의 눈앞에 펼쳐졌다. 그 웃음이 계단을 내려가는 그를 계속 따라왔다. 그는 고개를 갸우뚱했다. 저 웃음은, 내가 한 번도 본 적이 없는 아주 낯선 것이다, 하고 그는 생각했다.

4   모르는

–   사람

　이상하다, 하고 형배는 중얼거렸다. 이럴 리가 없는데, 하
고 고개를 저었다. 그녀는 그가 아주 잘 아는 여자였다. 적
어도 그는 그렇게 생각했다. 그렇게 생각하지 않을 이유가
없었다. 수많은 낮과 밤을 그녀와 보냈다. 야구장에 같이 가
고 도서관에서 같이 책을 읽고 카페에서 차를 마시며 떠들
고 술집에서 술을 마시며 밤을 새웠다. 둘이서만 간 것은 아
니지만. 여행을 같이 간 적도 있었다. 그들은 같은 학교를
다녔고, 시사 문제를 토론하는 동아리의 회원이었다. 나이
는 그가 두 살 많았다. 같이 학교를 다닌 사람들 가운데 그

들을 캠퍼스 커플로 기억하는 이들이 있는데, 오해라고 할 수는 없다. 그만큼 가깝게 지냈다. 그러니 잘 아는 여자가 아니라고 한다면 그것이 오히려 이상할 것이다. 그런데 그런 그녀가 갑자기 도무지 알 수 없는 여자가 되어 그 앞에 나타난 것이다.

전에는 아주 잘 아는 여자였으므로 그녀에 대해 궁금한 것이 없었다. 지금은 아는 것이 없으므로 궁금하지 않은 것이 없었다. 그녀가 달라진 것은 아니었다. 삼 년, 정확히 이 년 십 개월은 달라질 수 없는 시간이라고 할 수 없지만, 문제는 시간이 아니었다. 머리 스타일이 조금 변하긴 했고, 또 다른 사소한 변화가 없지는 않았겠지만, 예컨대 눈가에 주름이 더 잡혀 있거나 몸무게가 약간 늘었을 수 있지만, 문제의 핵심은 그녀의 변화된 모습에 있는 것이 아니었다. 그 예로 그는 그녀의 머리카락이 전보다 조금 길어졌다는 것에 의미를 부여하지 않았다. 아니, 그녀의 머리카락이 길어졌다는 사실을 알아채지도 못했다. 눈가의 주름이나 몸무게의 변화를 알아챘을 가능성도 거의 없었다.

눈에 띄는 어떤 변화로 인해 그녀가 낯설고 알 수 없는 여자가 되었다면 이해할 수 있었다. 그러나 그런 것과 상관없이 알 수 없는 존재가 되었기 때문에 이해할 수 없었다. 그러니까 이상하다고 중얼거릴 수밖에.

예식장 앞 카페에 마주 앉은 그녀에게, 왜 모르는 사람 같지? 하고 말할 때 형배는 약간 수줍어했다. 자기가 수줍어한다는 사실을 미처 의식하지 못한 채 그 말을 했다. 적어도 한때 거의 연인처럼 지냈던 대학 후배를 오랜만에 만나 하는 말로는 어울리지 않았다. 그것이 어떤 시작을 알리는 신호와도 같은 말이라는 것을 인지하지 못한 채 그는 그 말을 했다. 심지어 그녀와 눈을 맞추지도 못했다. 그녀를 바라보고 있다가도 그녀의 시선이 그의 얼굴로 향하면 슬그머니 눈길을 허공으로 돌렸다.

우리를 매혹하는 것들이 미지의 대상들이라는 사실을 형배는 간과했다. 아니, 그 순간 그가 매혹의 경험을 하고 있다는 사실을 생각하지 못했다.

잘 아는 사람이 아니라 모르는 사람에게 끌린다. 아는 사람은 편하지만 매혹의 대상은 아니다. 모르는 사람은 편하지 않지만, 때때로 매혹의 대상이 된다. 아는 사람이 매혹의 대상이 되지 말라는 법은 없지만, 그러기 위해서는 모르는 사람으로의 변신의 과정을 거치지 않으면 안 된다. 매혹은 불편한 경험이다. 매혹당하기 위해서는 전에 알던 사람을 모르는 사람으로 바꾸는 과정이 선행되어야 한다. 끌리지 않고 사랑할 수 없다면, 그리고 모르는 상대에게만 끌리는 것이 맞는다면, 사랑을 시작하는 연인들에게 필요한 첫 번째 요소는, 모르는 사람을 만나거나 이미 아는 상대를 모르는 사람으로 인식하는 일일 것이다.

'모른다'는 '인식하지 못한다'로 바꿔 말할 수 있으므로 '모르는 사람으로 인식한다'는 것은 '인식하지 못하는 사람으로 인식한다'는 것이 된다. 모르는 것이 아니라 모르는 (사람이라는) 것을 아는 것이다. 몰라서는 곤란하다. 무지가 사랑의 조건이 되어서는 안 된다. 어떻게 모르는 사람을 사랑할 수 있는가. 연인은 내가 '아는' 사람이어야 한다. 그런데 그가 아는 것은 모른다는 것이다. 연인은 내가 '모르는 사람이라는 것을 아는' 사람이다. 말하자면 이 '모름'은 의식적인 것이다. 연인은 의식적으로 모르는 사람이 된다. 이런 의식적인 무지의 과정이 매혹을 위해, 사랑을 위해 필요하다는 것을 무의식적으로 안다. 사랑의 상대가 지식의 대상이 되어서는 안 되기 때문이거니와 꼭 그래서만도 아니다. 현재의 무지는 앞으로의 앎의 과정을 위한 동기로 작용한다. 누구도 이미 알고 있는 것을 알려고 시도하지는 않는다. 모르고 있는 것에 대해서는, 모르기 때문에 알기 위해 어떤 시도를 해야 한다.

사랑하는 자는 알아가야 하는 숙제를 떠안는 자이다. 그러니까 우리가 누군가를 사랑하려고 할 때 그 누군가는 앞으로 알아갈, 모르는 사람이(어야 한)다. 잘 알던(잘 안다고 생각했던) 사람도 갑자기 모르는 사람이 되어야 한다. 이것이 사랑이 숙주 안에 깃들어 생애를 시작하려고 할 때 일어나는 신비스러운 일이다.

모르는 사람이 되었으므로 그는 그녀 앞에서 그녀를 잘 알고 있을 때 했던 것처럼 할 수 없었다. 표정도 말도 달라졌다. 어색하고 불편해졌다. 시선을 피했고, 조리 없는 말을 했고, 허둥거렸고, 심지어 수줍어했다.

"그 말, 칭찬하는 것으로 들어도 되지요?" 모르는 사람 같다는 그의 말에 그녀는 이렇게 대꾸했다. 형배는, 으응, 뭐, 그러든가, 하고 얼버무렸다. 선배야말로 좀 달라진 것 같다, 하며 그녀가 탐색하는 듯한 눈으로 그를 보았다. 그녀가 정확하게 말했다. 달라진 것은 형배이다. 그는 다시 그녀의 시선을 피해 고개를 떨어뜨렸다. "진짜, 이상한데. 왜 내 눈을 피하지?" 그녀가 재미있다는 듯 생글거렸다. 내가? 하고 반문했지만, 그는 자기가 그녀의 눈을 똑바로 쳐다보지 못하고 있다는 사실을 부정할 수 없었다. 물론 자기가 왜 그러는지 그 당장은 이해하지 못했다.

하트 모양을 한, 다육식물의 말랑한 잎과 같은 귀와 생글
거리는 웃음이 눈앞에서 어른거렸다. 아지랑이처럼 피어오
르거나 호수의 물결처럼 넘실거렸다. 자주 그랬고 끊임없이
그랬다. 그처럼 막연하고 불확실한 것들, 실체를 가지고 있
지 않은 것들이 그의 가슴을 가득 채웠다. 그것들이 그녀였
고, 그러므로 그의 속에 가득 찬 것은 그녀였다. 어렴풋한 것
이 어떤 것보다 또렷하고 실체 없는 것이 무엇보다 생생했
다. 일을 하다가 갑자기 손을 멈추고 멍하니 허공을 바라보
거나, 불을 끄고 누운 채 눈을 멀뚱멀뚱 뜨고 천장을 응시하

는 일이 자주 일어났다. 왜 이러지, 하고 그는 가끔 중얼거렸다. 다육식물 같은 그녀의 귀와 생글거리는 그녀의 웃음이 그가 바라보는 곳에 있었다. 그가 바라보는 곳마다 있었으므로 없는 곳이 없었다. 시도 때도 없이 출몰하는 그 이미지 때문에 그의 일상은 심각하게 침해당했다. 밤에 잠을 충분히 자지 못했고 빠지지 않고 하던 아침 운동을 걸렀고 다른 사람이 하는 말을 자주 놓쳤다. 사람들과 떠들썩하게 웃다가도 혼자 남으면 다시 그 이미지에 사로잡혀 우울해졌다. 사람들과의 들뜬 회식 자리에서도 그 이미지에 사로잡히면 급격히 기분이 가라앉아 자기 세계 속으로 빠져들곤 했다. 옆 사람이 툭 치며 무슨 일 있어, 하고 묻는 경우도 있었다. 업다운이 심한 것 같아, 가식적으로 웃는 것 같기도 하고, 라는 말을 듣고 당황한 적도 있었다.

미쳤어, 하고 그는 가끔 중얼거렸다. 자기에게 일어나고 있는 일을 받아들이고 싶지 않다는 의지의 표현이었다. 그러나 일어난 일을 받아들이고 싶지 않다고 해서 받아들이지 않을 방법은 없다. 사건은 일어나고 일어난 사건은 회피하지 못한다. 회피가 아니라 해결해야 한다. 사건이 일어났는데 사건이 일어나지 않은 것처럼 행동하는 것은 합당한 방법이 아닐 뿐 아니라 가능한 방법도 아니다.

사건이라고? 그렇다. 그는 인정하고 싶지 않을지 모르지만, 거의 온종일 한 사람만을 생각하는 것은 사건이다. 큰 사건이다. 그는 사랑에 걸렸다. 그는 자기 가슴속에 그녀가 가득 차서 거의 자기 자신이 그녀로 이루어진 것 같은 느낌을 받기도 했는데, 그렇다는 것은 그 사람에게 거처를 제공했다는 뜻이다. 다른 사람이 그의 내부에서 살기 시작했다는 뜻이다. 그가 살도록 허락했다는 말이 아니다. 사건은 계약이 아니다. 허락이나 동의가 필요한 영역이 아니다. 마치 잠을 자는 동안 꿈을 꾸는 것과 같다. 꿈속에 누군가 등장하고 어떤 이야기가 펼쳐진다. 아는 사람이 나오기도 하고 모르는 사람이 나오기도 한다. 익숙한 이야기도 있지만 도무지 이해되지 않는 황당하고 기묘한 이야기도 펼쳐진다. 이 인물들과 이야기들은 꿈꾼 사람이 의도하거나 기획할 수 없고 허락하거나 동의하는 것도 물론 불가능하다. 그들은 허락 없이 들어오고 동의 없이 이야기를 펼친다. 그러니까 엄밀히 말하면 우리는 '꿈을 꿀' 수 없다. 공부를 하거나 운동을 하는 것과 같은 의미로 능동태의 동사('꿈꾸다')를 쓸 수 없다. 꿈은 꾸어진다. 꿈꾸는 사람은 자기가 꾸는 꿈에 대해 무력하다. 자기가 꾸는 꿈속 인물들과 이야기에 대한 권한이 없다. 꿈꾸는 사람은 자기가 꿀 꿈, 꿈속의 인물이나 에피소드를 선택할 수 없다. 꿈은 잠자는 사람의 뇌 속에서 벌어지는 사건이다. 허락을 구하지 않고 허락을 할 수도 없다. 우리가 꿈을 꾸는 것이 아니라 꿈이 꾸어지는 것을 겪을 뿐이다. 사랑은 덮친다. 덮치는 것이 사건의 속성이다. 사랑하는 자는 자기 속으로 들어와 살기 시작하는(물론 허락을 구하지 않고) 어떤 사람, 즉 사랑을 속수무책으로 겪어야 한다.

　가득 차 있는데도 왜 비어 있는 것 같은가. 형배는 자기 안의 누군가에게 심문하듯 질문을 던졌다. 아무것도 더 넣을 수 없을 정도로 그 사람으로 충만한데도 왜 아무것도 들어 있지 않은 것처럼 허전한가. 왜 외로운가. 가득 차기 전보다 더 비어 있는 것 같고 그 어느 때보다 외로운가. 공허한가. 형배는 가득 들어찬 사람이 꿈속의 존재와 같다는 사실을 모르거나 인정하지 않고 있다. 꿈속의 존재와 같아서 실체를 갖고 있지 않다는 것을, 부피만 있고 무게가 없다는 것을 모르거나 인정하지 않고 있다. 마치 온 존재가 그 사람으로 이루어진 것처럼 압도적임에도 불구하고 그 존재를 어떻게 할 수 없기 때문이라는 것을. 허락할 수도 거부할 수도 없기 때문이라는 것을. 만질 수도 내쫓을 수도 없기 때문이라는 것을. 어떻게 해야 할지 모르기 때문이라는 것을. 어떻게 해도 어떻게 되지 않기 때문이라는 것을.

　그러니까 한 사람으로 가득 차 있는데도 불구하고 어느 때보다 심하게 외로움을 느낀다면, 허전하고 안타깝다면, 그것이 증거이다. 사랑하고 있다는 증거가 아니라 사랑에 들렸다는 증거이다. 허락 없이 덮친 사람을 겪고 있다는 증거이다.

"건포도 과자를 주세요. 힘을 좀 내게요. 사과 좀 주세요. 기운 좀 차리게요. 사랑하다가, 나는 그만 병들었다오(아가 2:5)." 아가서의 이 연인은 정신을 차릴 수 없는 자기 상태를 병에 걸린 것으로 인식하고 이 병에서 회복될 수 있게, 기운을 차리도록 건포도와 사과를 달라고 호소한다. 그러나 우리는 안다. 건포도와 사과가 이 병에서 그, 또는 그녀를 구해 내지 못한다.

허기에

대하여

형배는 먹고 또 먹었다. 어느 때보다 자주 많이 먹었다. 특정 음식에 대한 식욕이 갑자기 찾아온 것은 아니었다. 오히려 그 반대라고 해야 했다. 그는 음식을 가리지 않았다. 음식을 게걸스럽게 먹어대면서 맛을 잘 느끼지도 못했다. 습관적으로 먹는다는 쪽에 가까웠다. 옆에 먹을 것이 없으면 불안해서 주변을 두리번거렸다. 늘 무언가를, 가령 비스킷이나 초콜릿 바 같은 걸 가방에 넣어가지고 다닌 걸로 유추할 수 있는 것은 알 수 없는 초조감이 음식을 가까이하게 만들었다는 것이다. 잠들지 못하는 밤에는 라면을 끓여 먹거나 소시지야채볶음을 만들어 맥주와 함께 먹었다. 틈틈이 커피를 끓여 마셨다. 잠을 자지 못하는 밤이 이어지자 커피가 원인이라는 생각이 들어 커피 대신 물을 마셨다. 그래도 잠을 잘 자지 못했다. 불면은 카페인이 아니라 다른 요인에 의해 유발된 현상이므로 당연했다. 불면과 허기를 유발시킨 요인은 하나였고, 같은 것이었고, 그것은 그녀였다.

라면을 끓이다가 저녁 식사를 한 지 겨우 두 시간밖에 되지 않았다는 사실을 깨닫고 헛웃음을 짓기도 했다. 쑥스러워진 그는, 이건 뭐, 허천들린 것도 아니고, 라고 중얼거렸는데, 허천들린 것이 아니라고 말하기는 곤란하다. 그 말을 하고도 가스레인지를 잠그지 않고 끓고 있는 냄비의 물을 버리지 않은 것이 그 증거이다. 그는 허천뱅이나 다름없었다. 어렸을 때 고향이 호남인 그의 어머니는 그가 음식을 급히 먹으면 허천들렸느냐고, 뺏어 먹을 사람 없으니까 천천히 꼭꼭 씹어서 먹으라고 타이르곤 했다. 문득 떠오른 그 단어가 희한하게 생각되어서 그는 라면 국물을 마시다 말고 인터넷 창을 열어 검색했다.

허천뱅이의 사전적 정의는 다음과 같았다. 1. 몹시 굶주려 지나치게 음식을 탐하는 사람. 2. 어떤 일에 염치없이 욕심을 부리는 사람. 3. 탐욕이 강한 사람을 얕잡아 일컫는 말. 4. 이성(異性)에 탐심이 많은 사람을 얕잡는 말.

자기가 몹시 굶주려 있다고 할 수는 없지만 지나치게 음식을 탐하는 것은 부정하기 어려웠다. 어떤 일에 염치없이 욕심을 부리는 사람이나 탐욕이 강한 사람이라는 정의에는 동의가 되지 않았다. 그를 그렇게 보는 사람이 있을지 모르지만, 그는 자기를 그렇게 보지 않았다. 염치없다는 말이나 탐욕이 강하다는 말은 들어본 적이 없고, 오히려 욕심을 좀 내라는 말은 들은 기억이 있었다. 그런 말을 한 사람이 주로 그의 친척이나 학교 선생님이었으므로 탐욕스러움은 그를 규정하는 단어로 적합하지 않다고 할 수 있었다. 네 번째 정의를 그는 마치 해독하기 어려운 외국어를 대하듯 오랫동안 들여다보았다. '이성에 탐심이 많은 사람'이라는 그 정의에 대해서도 선뜻 고개가 끄덕여지지는 않았다. 그는 여자를 사귀기 위해서 무리수를 두거나 여자 주변을 맴돌거나 하지 않았다. 추근거리지도 않았다. 굳이 말하라면 그 반대였다. 그는 여자를 사귀는 데 소극적이었다. 그의 친구들 가운데는 여자를 사귀기 위해서 무리를 하거나 여자 주변을 맴돌거나 추근거리는 이들이 있었다. 어떤 친구는 여러 여자를 동시에 만났다. 어떤 친구는 자주 상대를 바꿔가며 만났다. 그는 그렇게 해본 적이 없었다. 그러므로 그는 스스로를 이성에 탐심이 있는 사람이라고 생각하지 않았다.

그런데 허천뱅이를 설명하고 있는 사전의 문장을 찬찬히

들여다보다가 그는 그때까지 가지고 있던 생각이 뒤집어지는 것을 경험했다. 그의 친구들이 동시에 여러 여자를 만나거나 자주 상대를 바꾸는 것은, 대개의 상투적인 평가와는 달리, 이성에 탐심이 없어서일지 모른다는 생각이 든 것이다. 탐심은 일정한 수준의 가치 부여가 전제된 소유욕이라고 할 수 있을 테니까. 자기 것으로 만들고 싶은 욕망이 탐심일 테니까. 가치 없는 것을 누가 탐내겠는가. 가치를 부여하지 않은 대상을 누가 자기 것으로 만들고 싶어 하겠는가. 가치를 부여하고서 상대를 바꾸거나 동시에 다른 사람을 만나는 것이 어떻게 가능하겠는가. 탐심이 없는 사람만이 그렇게 할 수 있는 것이 아니겠는가. 그렇다면 그의 친구들이 아니라 그 자신이야말로 탐심에 사로잡힌 사람이 아닌가. 생각이 그렇게 전개되었다.

그러자 아무리 먹어도 사라지지 않는 자신의 허기를 이해할 수 있게 되었다. 그는 자기 안의 탐심을 이해했다. 그것이 무엇으로도 대체할 수 없는 허기라는 것을 이해했다. 그는 허천뱅이였으며, 허천뱅이임에도 그것을 부정하려 했다는 것을 이해했다. 그는 또한 그녀를 향한 맹렬한 열망이 뜬금없었으므로, 이해도 감당도 어려웠으므로 받아들이려 하지 않았다는 것을 인정했다. 부정하려 했으나 부정할 수 없다는 것도. 그리고 또 그는 걷잡을 길 없는 자기 내부의 허기를 해결하기 위해 어떻게 해야 하는지 자기가 이미 알고 있다는 사실을 인정했다. 그는 용기를 내서 자기가 알고 있는 것을 실행했다.

전화기를 들고 그녀의 전화번호를 누를 때 그는 문득 파스타를 먹고 싶은 욕구에 사로잡혔다. 그는 말했다. "파스타 먹고 싶지 않아?" 그녀는, 이 시간에 웬일이세요, 했다가, 좋지요, 파스타, 하고 가볍게 받았다. 그럼 나와, 하고 그가 일부러 가벼운 어투로 말했다. 지금? 하고 그녀가 터무니없다는 듯 물었다. 그는 시계를 보았다. 10시 10분이었다. "이 시간에 하는 파스타 집을 알고 있어. 그 근처로 갈게. 이십 분 후에 만나." 그는 서둘러 말하고 서둘러 전화를 끊었다. 그녀가 시간이 너무 늦었다거나 해야 할 일이 있다거나 뭐든 구실을 대고 거절할까 봐 상대의 반응을 기다리지 않고 전화를 끊었다. 거절할 것이 두려워 얼른 전화는 끊었지만 혹시 거절의 의사를 전하기 위해 그녀가 전화를 걸어오거나 메시지를 보내올지 모른다는 생각을 하며 움직이지 않고 초조하게 전화기를 들여다보았다. 일 분이 한 시간처럼 길었다.

7   파스타라는

–   기호

밤 10시가 넘은 시간에 파스타 먹을 수 있는 집을 알고 있다고 엉겁결에 말했지만, 그건 사실이 아니었다. 자기가 왜 그 말을 했는지 알 것 같았으므로 그는 집을 나서면서 피식 웃었다. "몹시 급했구나, 형배 너." 택시 안에서 그는 그녀가 사는 동네 근처의 파스타 집을 검색했다. 파스타 전문점이 두 집 검색되었지만 두 곳 모두 10시에 문을 닫는 것으로 나왔다. 다행히 택시에서 내리기 전에 그는 그녀의 집에서 멀지 않은 곳에 위치한 하우스 맥줏집을 찾아냈다. 누군가의 블로그에 소개된 '엔젤'의 메뉴에 홍합 파스타가 포함되어 있었다. 그는 그녀에게 문자를 보내 '엔젤'의 위치를 알렸다.

맥줏집 문을 열고 들어가자마자 파스타를 먹을 수 있느냐고 묻는 그를 종업원은 의아하다는 듯 쳐다보며 메뉴판을 내밀었다. 그는 파스타를 이인분 시키고 맥주를 한 잔 시켰다. 그녀가 오기 전에 맥주를 200시시 정도 마셨다. 목이 타는 것 같기도 하고 가슴이 두근거리는 것 같기도 했다. 목이 타는 건 몰라도 가슴이 두근거리는 건 의아하다고 그는 생각했다. 목이 타는 건 몰라도 가슴이 두근거리는 걸 가라앉히기 위해 맥주를 들이켜는 것이 무슨 효과가 있는지 그는 몰랐다.

주문한 홍합 파스타가 나온 것과 거의 동시에 그녀가 '엔젤'의 문을 열고 들어왔다. 그녀는 화장기 없는 얼굴에 모자를 눌러썼고 반바지 차림이었다. 반면에 그는 서둘러 나오면서도 머리를 매만졌고 외출복을 갖춰 입은 상태였다. 그는 잘 의식하지 못했지만, 그녀에게 잘 보이고 싶은 내부의 욕구가 용모에 신경을 쓰게 했다. 반면에 그녀는 머리를 매만지는 대신 모자를 눌러썼고 집에서 입고 있던 옷차림 그대로 나왔다. 그에게 잘 보이고 싶은 욕구가 없다고 해석할 수 있는 그녀의 차림새를 그는 신경 쓰지 않았다. 신경 쓸 여유가 없었다고 하는 편이 아마 더 정확한 표현일 것이다. 그는 마시던 맥주잔을 내려놓고 몸을 일으켜 그녀를 맞았다.

왜 그래, 선배, 당황스럽게, 못 보던 사이에 매너가 확 좋아졌네, 하며 그녀가 웃었지만 그는 그녀가 왜 그런 말을 하는지 이해하지 못했다. 그녀가 오해했다는 것을 우리는 알고 있고, 그녀 역시 곧 알게 될 텐데, 그것은 매너의 문제가 아니었다.

저녁 식사 시간을 놓쳐서 라면을 끓일까 그냥 참고 견딜까, 고민하던 중이었거든요, 라고 말하면서 그녀는 파스타를 맛있게 먹었다. 몸매에 신경을 써야 하는데 이 선배가 옛날이나 지금이나 영 도움을 안 준다니까, 하고 농담을 하기도 했다. 정작 파스타 먹자고 부른 그는 거의 음식에 손을 대지 않았다. 그 대단하던 식욕이 이상하게도 어디로 달아나고 없었다. 무얼 하느라고 식사 시간을 놓쳤느냐고 그가 물었다. 뭐, 뒹굴뒹굴, 머리를 좀 굴리느라고, 하며 그녀가 웃었다. 머리를 왜 굴려, 하고 물었다가, 혹시, 아직도? 하고 탐색하듯 쳐다보았다. "여태 모르고 있었구나, 선배. 그러면 그렇지. 선배가 나한테 관심이 있을 리 없지. 선배한테 차이고 분해서 집에 들어앉아 독하게 글만 썼는데." 그녀가 과장되게 웃으며 말했다.

그는 모르고 있었는데, 그사이에 그녀는 소설가가 되어 있었다. 일 년에 네 번 발행하는 어떤 문예지의 신인문학상을 일 년 반 전에 받았다고 했다. 그녀가 소설을 쓰고 있다는 건 알고 있었다. 그러나 그는 그녀가 쓴 소설을 읽은 적이 없었고, 읽었다고 해도 마찬가지였겠지만, 읽지 않았기 때문에 소설가가 될 만한 수준의 소설을 쓰는지, 소설가가 되려는 욕망이 어느 정도인지 충분히 알지 못했다. 소설가가 되자마자 다니고 있던 출판사를 그만두었다고 그녀는 말했다. "뭐 대단한 작가 정신 그런 건 아니니까 오해하진 마시고요, 그냥 아침마다 출근하려고 일어나는 게 너무 힘들어서, 늦잠 좀 자보려고……." 그 대가로 실업자가 되어서 파스타도 못 사 먹는다고 너스레를 떨었다. 소설만 쓰면서 살 수 있을지 실험을 한번 해보겠다고, 안 될 것 같으면 다시 취직을 할 생각인데, 아무래도 곧 그렇게 될 것 같은 불안한 예감이 든다는 말도 웃으면서 했다. 지난번 회사 동료의 결혼식장에서 만났을 때와 달리 그녀는 밝고 유쾌했다. 이 년 십 개월의 시간이 주는 어색함을 금방 극복해낸 것처럼 보였다. 그는 기회가 되면 그녀의 소설을 읽어보고 싶다고 말했지만 그가 정말로 하고 싶은 말은 그것이 아니었다.

그런데 이 밤중에 갑자기 웬 파스타? 안 좋아하잖아요, 파스타, 하고 그녀가 물었을 때, 그는 자기가 파스타를 좋아하지 않는다는 사실을 상기했다. 아니, 정확히 말하면 그녀가 파스타를 좋아하고 그는 파스타를 좋아하지 않는다는 사실을 떠올렸다. 그녀가 파스타 먹으러 가기를 원할 때마다 고개를 저었던 과거의 그를 떠올렸다. 그래서 그녀와 한 번도 같이 파스타를 먹어본 적이 없다는 사실을 떠올렸다. 그런 것들이 한꺼번에 떠올라 민망했다. 그러니까 그는 과거에 자기가 거절해서 한 번도 같이 먹어본 적이 없는 파스타를 같이 먹자고 청한 것이었다. 왜 그랬을까, 그는.

위선과 기만 운운하며 그를 비난하는 건 성급하다. 조금 전 그녀에게 전화를 걸 때 그는 분명히 파스타를 먹고 싶어했다. 그 순간에 그는 강렬한 식욕을 느꼈는데, 그가 먹고 싶은 음식은 구체적으로 파스타였다. 먹고 싶지 않은데도 파스타를 먹고 싶다고 속인 것이 아니다. 그러나 그는 파스타에 대한 자신의 그 식욕이 실제로는 구체적이지 않다는 사실을 인정해야 했는데, 파스타의 어떤 맛이나 모양이나 재료가 떠오른 것은 아니었기 때문이다. 그가 떠올린 것은 어떤 재료로 만들어진 어떤 맛의 파스타가 아니라 그냥 기호로서의 파스타였다. 그리고 그 기호가 가리키는 대상은 그녀였다. 파스타는 그녀를 지시하는 부호에 지나지 않았다. 그는 그녀를 부르기 위해 파스타를 찾아냈다.

"이제부터 좋아하려고." 정말로 이제부터 파스타를 좋아할 것 같은 예감이 든 것은 사실이었다. 그러나 그는 그 말을 중의적으로 사용했다. 그는 그녀가 자기의 그런 의중을 알아주기를 은근히 바랐지만, 그럴 리 없다는 것 역시 모르지 않았다. 그러므로 분명하고 알아듣기 쉽게 말해야 한다는 것도. 말하자면 고백의 형식으로.

분명하고 알아듣기 쉽게 고백하기가 쉽지 않다. 사랑하는 자의 말은 불가피하게 우회하는 말이다. 사랑의 말은 직선을 모른다. 아니, 모르지는 않지만 쓰지 못한다. 쓰면 안 되는 건 아니지만 두근거림과 조심스러움, 즉 수줍음이 쓰지 못하게 한다. 직선의 언어는 빠르지만 날카로워서 발화자든 청자든 누군가를 다치게 하기 쉽다. 자기든 남이든 다치는 것을 원하지 않기 때문에 사랑이 시작되는 현장에서 직선의 언어는 여간해서는 채택되지 않는다. 그는, 웅얼거리는 목소리로 일주일 사이에 3킬로그램이나 살이 쪘다고 말했다. 폭식과 불면 때문이라고 했다. 직장 동료의 결혼식 날 우연히 그녀를 본 이후 일어난 일이라고 말했다. 분명하고 알아듣기 쉽게 말하지 않았는데도 그녀는 알아들었다. "선배, 설마 지금, 나 좋아한다고 말하는 거야?" 그녀는 눈을 동그랗게 뜨고 물었다. 반가워하는 건지, 어이없어 하는 건지, 단순히 놀라는 건지 해석하기 어려웠다. 그는 대답하지 않고 그녀의 눈길을 피했다. 그것은 어떤 대답보다 더 확실한 대답이었다. "아, 이게 무슨 소리야? 무슨 일이야, 대체, 이게?" 그녀는 큰소리로 놀람을 표시했다. 잠깐만, 생각 좀 하고, 하며 급히 맥주를 들이켰다.

그녀가 그런 반응을 보인 것은 예상하지 않은 일이 일어났기 때문이다. 그녀는 이런 말을 듣게 될 거라는 생각을 조금도 하지 않았다. 물론 기대하지도 않았다. 기습을 당한 것 같았다. 한때 그를 좋아한 것은 사실이었다. 좋아한 사람은 그녀였지 그가 아니었다. 가슴 설레며 그를 바라보고, 그를 생각하느라 잠을 이루지 못하기도 했다. 여러 차례 감정을 드러내 보이기도 했다. 그러나 그는 그때마다 모른 체했고, 한결같이 친한 선후배 관계를 견지하고자 했고, 견디다 못한 그녀가 마침내 적극적으로 의사 표현을 요구하자 거절의 뜻을 분명히 했고, 그녀는 상처를 크게 받았다. 그에게 차이고 억울해서 독하게 글을 썼다는 말은 물론 농담이었지만, 전적으로 농담만은 아니었다. 그에게서 사랑을 거절당한 후 많은 날을 괴로움 가운데서 보냈었다. 그 이후 불편한 마음을 감춘 채 무미건조하고 견고한 선후배 관계를 유지하는 것이 쉽지 않았다. 그녀가 출판사에 취직하면서 연락을 끊었기 때문에 관계는 더 이상 이어지지 않았다. 그녀는 소설을 쓰거나 책을 만드는 일을 하고 싶다는 꿈을 오래전부터 가지고 있었다. 당장 소설을 쓰지는 못하지만 책과 가까이 지내고 싶은 마음으로 출판사에 입사했었다.

그로부터 거의 삼 년이 지나 있었다. 사람의 감정이 뜨고 지는 데 이 년 십 개월은 결코 짧다고 할 수 없는 시간이었다. 다른 사람의 결혼식장에서 우연히 그를 다시 만났을 때, 그녀는 자기가 즐겨 읽는 책들을 출간하는 문학 전문 출판사에 입사 원서를 낸 날을 헤아려 이 년 십 개월이 지났다는 걸 계산했고, 그만큼의 무미건조함이 자기 안에 자리하고 있음을 느꼈다. 시간의 힘을 빌려 좋은 선배 대하듯 편하게 대할 수 있었다는 뜻이다. 이를테면 밤 10시가 넘은 시간에 파스타 먹자는 그의 제안을 아무렇지 않게 받아들이고 화장하지 않은 민얼굴에 야구 모자를 눌러쓰고 나갈 수 있는, 그렇게 편한 사람이 되어 있었고, 그녀는 그렇게 된 것이 좋았다.

그런데 이 선배는 밤 10시가 넘은 시간에 파스타 먹자는 제안을 편하게 한 것이 아니었다는 말인가. 가슴 졸이고 참고 고민하고 망설이다가, 더 이상 어쩔 수 없어서 전화를 걸었다는 사실을 그는 온몸으로 표현하고 있었고, 그녀는 눈치챘고, 그 뜻밖의 변화가 의아했고, 그래서 혼란 속으로 빠져들었다.

8   자기 이름

－   부르기

가슴 졸이고 참고 고민하고 망설이다가, 더 이상 참을 수 없어서, 어쩔 수 없어서 전화를 건 기억이 그녀에게도 있었다. 헤어진 후 두 번 그에게 전화를 걸었다. 두 번 다 한밤중이었다. 한 날은 술을 약간 마셔서 조금 센티해져 있었을 것이다. 헤어지고 세 달쯤 지난 후에 망설이고 망설이다 전화를 걸어서 아주 조심스럽게, 뭐해요? 하고 물었을 때 그는 아주 쾌활한 목소리로 텔레비전을 보고 있다고 했다. 곧이어서 키득키득 웃었다. 당황한 그녀가, 뭐가 그렇게 웃겨? 하고 묻자 그녀는 알지 못하는 어떤 개그맨 이름을 대며, 요즘은 저이가 대세야, 말발이 보통 센 게 아니야, 했다. 쓸쓸하고 비참해져서 인사도 하지 않고 전화를 끊었었다. 그러나 두 번째로 전화를 걸었을 때는 좀 달랐다. 그녀는 일 년쯤 전에 자기가 전화 걸었던 걸 기억하느냐고 물었다. 그는 일 년 전? 글쎄, 하고 고개를 갸우뚱했다. 그럴 줄 알았지만, 그리고 그편이 낫다고 은근히 생각해왔지만, 막상 기억조차 못 한다는 사실을 확인하자 섭섭한 마음이 들어서 그녀는, 구체적인 날짜를 밝히며 축하해달라고 조르지 않았느냐고 추궁하듯 물었다. 그는 기억해내려고 애를 썼지만 끝내 기억해내지 못했다. 그녀는 자기 핸드폰의 발신자 표시란에 그의 이름이 있었기 때문에 그가 자기 전화를 받았을 거라고 생각했다. 그의 핸드폰 통화 기록란에 자기 이름이 적혀있지 않을 수 있다는 사실을 생각하지 못했다. 그녀는 그의 전화번호를 지우지 않고 있었지만, 그 번호는 이미 그의 것이 아니었다. 그는 그녀가 전화를 걸기 몇 주 전에 전화기를 교체했고, 통신사를 변경했다. 특별한 이유가 있었던 것은 아니었다. 쓰던 핸드폰의 약정 기간이 끝났을 무렵에 마침 알던 사람이 핸드폰 교체를 권했고, 그는 그 사람에게 작은 도움을 준다는 마음으로 통신사를 바꿨다. 그는 그녀로부터 걸려온 전화를 받은 적이 없었다.

　계간 문예지의 신인문학상에 당선되었다는 통보를 받던

날, 선희는 이형문학관의 과장인 영석과 함께 있었다. 그녀가 근무하는 출판사에서 이형문학전집을 기획하면서 그 무렵 그녀는 서울에서 한 시간 거리에 위치한 그 문학관을 자주 왕래했다. 그곳에서 일을 마치고 돌아가기 위해 가방을 챙기던 어느 날 소설가가 되었다는 전화를 받았다. 짧은 통화를 끝내고 돌아선 그녀가 팔을 펼쳐 들고 큰소리로 외쳤다. "세상에! 소설가가 되었어요. 내가 소설가가 되었다구요. 세상에! 난 축하받아야 해요." 공교롭게도 선희의 들뜬 목소리를 들은 사람은 이형문학관의 과장인 영석밖에 없었다. 엉겁결에 그녀의 등단을 축하해줄 책임을 떠맡은 사람이 영석이었다. 소설가가 된 일이 그녀에게 얼마나 대단한 일인지 영석은 알지 못했다. 그러니까 그가 축하의 말을 건넬 적임자는 아니었다.

가치를 부여하는 일은 사람마다 다르다. 이 사람이 가치를 부여하는 일이라고 저 사람도 반드시 그래야 하는 법은 없다. 이 사람에게 대단한 일이 저 사람에게는 대단하지 않거나, 저 사람에게 하찮은 일이 이 사람에게는 엄청나게 중요한 일인 경우는 허다하다. 기쁨과 보람을 느끼며 하는 일에 우리는 가치를 부여한다. 그런 일을 대단한 일이라고 한다면 소설 쓰기는 그녀에게 대단한 일이다. 그녀는 다른 일하지 않고 소설만 쓰면서 살 수 있기를 바랐다. 소설을 쓸 때 그녀는 자기가 살아 있다는 느낌을 받았다. 그러니까 이 감격은, 오래 준비하고 여러 번 떨어진 사법시험에 마침내 합격한 어떤 사람이 느낀 것이나 호주 오픈에서 처음으로 우승한 어느 테니스 선수가 느낀 것이나 처음으로 관중 앞에서 자기 노래를 부르게 된 신인 가수가 느낀 것이나 차이가 없다. 우리는 기쁨과 보람을 느끼게 하는 대단한 일을 하며 살 수 있기를 바라면서, 그 순간을 기다리면서, 기쁨과 보람을 느끼지 못하는 일을 견딘다. 그 대단한 일을 하기 위해, 혹은 그 일을 하기를 갈망하며 이 대단하지 않은 일을 한다. 이 일을 소홀히 하지 않는 건 그 일 때문이다. 그 일에 대한 기대가 이 일을 감당하게 한다. 선희도 그랬다. 그랬으므로 그녀는 기쁨과 보람을 느끼게 하는 일을 할 수 있게 되자 이 일을 서둘러 그만두었다.

그가 그녀를 축하할 적임자가 아니라는 건 그녀의 그런 사정에 대해 아무런 이해도 가지고 있지 않기 때문에 할 수 있는 말이지만, 그러나 그녀가 축하를 받고 싶어 한 사람 역시 소설에 대한 그녀의 그런 갈망을 충분히 이해한 사람은 아니었다. 그러니까 적임자냐 아니냐는 다툼은 부질없긴 하지만, 적어도 그녀가 축하 인사를 받고 싶어 한 사람이 문학관의 멋대가리 없는 남자가 아니었다는 건 분명하다. 그녀가 그 사람에게 받아야 하는 것은 축하 인사가 아니라 불친절한 대접에 대한 사과였다. 무슨 의도가 있어서라고 단정할 근거는 없지만, 의도야 있든 없든, 그녀는 손님을 대하는 그 남자의 태도가 못마땅했다. 표정과 말투에 상대방을 배려하는 흔적이 도무지 없었다. 적당한 기회를 봐서 어떻게든 핀잔을 주리라 다짐하고 있던 터였다.

그러나 그녀가 간절히 원하던 그 소식이 전해지던 순간에 그녀의 눈앞에는 그 못마땅한 남자만 있었고, 그녀가 정말로 축하 인사를 받고 싶어 한 사람은 곁에 없었다. 세상이 갑자기 환해졌으므로 눈앞의 남자에 대해 가지고 있던 부정적인 인상이 삽시간에 사라졌다. 눈앞의 사람이 누구인지, 어떤 사람인지가 전혀 중요하지 않게 되었다. 그날 저녁, 축하해주어야 하는 의무를 부여받고서 난감해하던 영석이 머뭇거리다가, 밀쳐버릴 수 없다는 걸 깨닫고 데리고 들어간 곳은 그가 잘 다니는 허름한 식당이었다. 파이고 할퀸 흔적이 정겹기까지 한 나무 식탁에 팔꿈치를 괴고 양 손바닥으로 턱을 감싼 채 선희는 자기 앞에 앉아 축하의 말을 해주기를 바라는 사람에 대해 이야기했다. 엉뚱한 사람에게 하지 않아도 되는 고백을 한 셈이었다. 술기운 탓이었다. 술을 많이 마신 것은 아니었다. 그러나 술을 잘 마시지 못하는 그녀에게 500시시 두 잔은 무슨 일이 일어나도 이상하지 않은 양이었다. "사실은요, 저는요, 소설가가 되면요, 꼭 축하를 받

고 싶은 사람이 딱 한 명 있거든요. 내가 막 좋아했던 사람
요. 막 자랑해서 잘했다고 칭찬해주면 막 기분이 좋아질 것
같은, 그런 사람요…… 미안하지만 과장님은 아니거든요.
내가 거기 과장님이 앉아 있는 자리에 앉아 있기를 바라는
사람은 다른 사람이거든요." 그야 그렇겠지요, 하며 그가 아
무렇지 않은 표정으로 바라보자, 전화하면 되지 않느냐고
요? 하고 알아서 반문한 다음, 그렇지요, 그러면 되지요, 그
런데 할 수가 없어요, 왜냐하면, 할 수 없으니까요, 하고 고
개를 숙였다. 그녀의 긴 머리카락이 앞으로 쏟아져 테이블
에 닿았다. 몇 올은 맥주잔에 빠졌다. 그녀가 술에 취한 건
분명해 보였다. 그는 가만히 손을 뻗어 그녀의 머리카락들
을 들어 올려주며 이 난감한 자리를 어떻게 끝낼 것인가 궁
리했다.

　그 순간, 그녀가 수그리고 있던 머리를 들더니 눈을 동그
랗게 뜨고, 아저씨가 대신해줄래요, 그러면 되겠다, 아저씨
가 그 사람 대신, 그 사람처럼, 그 사람이 하는 것처럼 축하
해주세요, 하고 말했다. 기발한 생각을 해낸 것처럼 손뼉을
치고 쾌활하게 웃기까지 했다. 턱을 받치고 있는데도 말할
때마다 얼굴이 위아래로 끄덕였다. 목소리가 정도 이상으로
컸지만 이미 취한 그녀는 그 사실을 의식하지 못했다. "자,
어서 하세요." 그녀는 얼굴을 앞으로 내밀고 기다리는 자세

를 취했다. 그때까지만 해도 그녀의 얼굴에 장난기 같은 것이 어려 있었다. 취기와 장난기가 섞인 그녀의 표정은 야릇했다. 이건 또 뭐지, 뭘, 어떻게 해야 하는 거지, 그가 조금 어처구니없다는 표정을 지었다. "왜요? 어려워요? 좋은 일 생긴 사람, 축하해주는 건데요? 축하 안 해봤어요? 어떻게 하는 건지 몰라요? 아 진짜, 이 아저씨, 정말 매력 없네. 그걸 어떻게 모르지? 그러면 제가 가르쳐드릴게요. 자, 저를 따라 하세요." 그는, 영문을 모른 채로, 그저 특정한 순간 특정한 자리에 있었다는 이유로 축하해줄 의무를 떠안고서 그녀와 마주 앉아 밥을 먹고 맥주를 마시는 중이라는 사실을 상기했다. 여자가 취하지만 않았다면 원하는 대로 다 받아주지 않아도 되었을 것이다. 그에게는 선택의 여지가 없었다. 의무와 역할. 그는 얼마 동안 자기를 도구로 간주하기로 하고 그녀가 하라는 대로 따라 할 채비를 했다. "일단 표정을 다정하게 지어야 해요. 아주 다정하고 사랑스러운 눈빛으로 바라보아야 해요. 이렇게요. 그리고 제 이름을 부르세요. 역시 다정하게. 부드럽고 사랑스럽게." 그는 그녀가 짓는 표정이 다정한지, 그 눈빛이 사랑스러운지 알 수 없었지만 쑥스러움을 감추고 되도록 그대로 따라 하려고 했다. 그러나 물론 잘될 리 없었고, 잘되지 않았지만 상관없었다. 그는 자기가 짓고 있는 표정을 볼 수 없었으므로 상관없었고, 그녀는 그가 짓고 있는 표정을 주목해 보지 않았으므로 상관없었다. 그녀는 자기감정에 푹 빠져 있어서, 무엇보다도 취기 때문에 얼굴이 몹시 흉하게 일그러져 있다는 사실을 인식하지 못했다. 그는 그렇게 생각했다. "선희야……." 그는 그녀가 자기 이름을 부를 때, 그 목소리에 다정함 이상의 미묘하고 깊은 감정이 담겨 있다는 것을 느꼈지만, 느낀 대로 따라 할 수는 없었다. 그렇게 미묘하고 깊은 감정을 담아서 자기와 상관없는 사람의 이름을 부른다는 건, 그것이 비록 마음을 담지 않고 흉내 내는 놀이라고 하더라도 쉽게 할 수 있는 일이 아니었다.

그러나 그래서가 아니었다. 그래서 그녀의 이름을 부르지 못한 것이 아니었다. 그는 쉽지 않지만 주어진 역할을 해내려고 했다. 난감했고, 어차피 그녀가 하는 것과 똑같이 부르는 건 불가능했지만, 어쨌든 그는 그녀의 이름을 부르려고 했다. 그런데, 그로서는 원인을 추측할 수 없는 어떤 미묘하고 깊은 감정이 뒤엉키고 헝클어져 말을 잇지 못하게 했을까. 선희야, 하고 자기 이름을 부르고 난 그녀는, 어떤 압력을 받아 갑작스럽게 제지당한 것처럼 말을 툭 끊고는 숨을 멈춘 채 그대로 있었다. 한참 후에 숨을 한 번 크게 몰아쉬는가 싶더니 곧장 울음을 터뜨려버렸다. 여자의 울음은 갑작스럽고 크고 당혹스러웠다. 그는 자기가 무슨 잘못을 했

는지 몰라 움찔했고, 자기도 모르게 상체를 한 뼘쯤 뒤로 뺐
다. 울음은 더 커졌다. 통곡과도 같은 울음이 허름하고 좁은
식당 안을 채웠다. 다행이라고 해야 할지, 식당 안에는, 그들
말고는 손님이 없었다. 늦은 시간이었다. 주방에서 뒷정리
를 하던 여주인이 고개를 쑥 빼서 살피고는 대수롭지 않은
일이라고 판단했는지 하던 일을 계속 했다.

　선희야, 하고 자기 이름을 부르는 순간, 예상치 못한 일
이 그녀에게 일어났다. 이름 대신 뜨거운 불덩어리 같은 것
이 그녀의 내부 깊은 곳에서 솟구쳐 올라오더니 어떻게 손
써볼 겨를도 없이 울음이 되어 쏟아졌다. 복받쳐 올라오는
그녀의 이 격한 감정을 어떻게 설명할 것인가. 선희야, 하고
자기가 자기 이름을 불렀으면서도, 그 순간 그녀 귀에 들린
것은 그녀가 듣기를 원했던 사람의 다정한 목소리였다. 그
런 일이 그때 일어났다. 그녀는 상상력이 종종 저지르곤 하
는, 악의는 없지만 짓궂은 장난질에 주의를 기울이지 않았
다. 자기가 축하받기를 원하는 바로 그 사람이 축하의 말을
건네는 장면을 머릿속에 그리며, 그 사람이 축하의 말을 한
다면 아마 이렇게 할 거라고 상상하며 선희야, 하고 자기 이
름을 입에 올린 순간, 신기한 일이 일어났다. 그녀의 귀에 그
사람의 목소리가 정말로 울려 퍼진 것이다. 더할 수 없이 다
정하고 사랑스러운 그 목소리는 웅웅거리며 한참 동안 공중

에 떠다녔다. 선희야 선희야 선희야……. 그녀가 듣고 있는 그 사람의 목소리는 그녀의 입에서 나온 것이었다. 그녀가 그 사람을 떠올리며 흉내 낸 것이었다. 흉내 내기가 그녀에게 허락된 유일한 접근법이라는 자각이 크고 갑작스러운 통곡을 만들었을까. 그녀는 아주 오랫동안 울음에서 깨어나지 못했다.

영석은 그녀가 울음에서 스스로 깨어날 때까지 깨울 생각을 하지 못하고 기다려야 했다. 기다린 것이 아니라 그냥 아무것도 하지 않고 있었다. 어떻게 해야 할지 몰라서이기도 하고, 어떻게 해야 할지 모를 때는 아무것도 하지 않는 것이 최선이라고 판단해서이기도 했다. 그는 사람들의 관계, 특히 애정 문제가 결부된 남녀 관계에 대해 일종의 원칙 같은 것을 가지고 있었는데, 그것은 당사자 해결 원칙이라고 이름 붙일 수 있는 것이었다. 누구도 그 관계에 끼어들어 의미 있는 역할을 할 수 없다. 왜냐하면 당사자들이 아니고는 그들 사이의 사연의 골과 감정의 주름들을 속속들이 알 수 없기 때문이다. 제삼자에게 알려진 것들은, 설령 거의 다 알려졌다고 해도, 실은 아주 조금밖에 알려지지 않은 것이다. 다 알리려고 해도 알려지지 않는 것, 알려질 수 없는 것이 있다. 그리고 그 알려지지 않는 것, 알려질 수 없는 것이야말로 진짜로 알아야 할 것이다. 제삼자에게 알려진 거의 모든 것들은 알리지 않아도 상관없는 것들이다. 그는 왜 그러는지 사연을 묻거나 감정을 추스르도록 어떤 조치를 취하려고 시도하지 않았다. 가령, 그 사람에게 연락을 해보면 어떤가, 원한다면 대신해줄 수도 있다, 같은, 그런 상황에서 보통의 매너를 가진 사람들이 흔히 할 수 있는, 그만큼 가볍고 책임 없는 말을 하지 않았다.

한바탕의 통곡 후에 그녀는 자기 핸드폰을 열고 형배의 번호를 눌렀다. 그러나 그는 몇 주 전에 전화번호를 바꿨으므로 형배의 전화기는 울리지 않았다. 그리고 그녀는 다음 날 오후까지 술에서 깨어나지 못했고, 전날 밤 일이 모조리 지워져 기억나는 것이 하나도 없었으므로, 당연히 지난밤에 형배에게 전화를 건 사실도 기억하지 못했다. 문제는 물증이었다. 정신이 든 다음 그녀의 전화기에 찍혀 있는 형배의 이름을 보고 그녀는 자기 머리를 쥐었다. 그와 통화를 했다는 기억은 없었지만, 그와 통화를 하지 않았다는 기억 역시 없었으므로 그 통화 기록을 무시할 수 없었다. 한참 전에 자기를 떠난 남자에게 한밤중에 전화를 걸어 추태를 부렸다고 생각하니 얼굴이 화끈거려 미칠 것 같았다. 사실 추태는 형배에게가 아니라 영석에게 부렸다. 나중에 영석은 그녀가 그날 어떤 추태를 부렸는지 상세히 묘사했다. 그녀는 대답 없는 전화기에 대고 고래고래 소리를 질렀다. "축하해달라고, 제발. 축하해, 선희야. 선희야, 축하해. 나야, 선희. 축하해준다며? 축하해주겠다며? 근데 왜 안 해? 근데 왜 전화도 안 해? 선배가 형배면 다야? 형배면 형배지 뭐 별거야? 나야. 나라고. 선희라고. 제발 그러지 마. 제발 좀 그러지 좀 마……."

그녀는 그날 오후 콩나물해장국을 먹으면서 형배의 전화번호를 자기 전화기에서 지웠다. 그것이 그로부터 벗어나는 의식이었다. 실제로 그녀는 그날 이후 그로부터 자유로워졌다.

9
—

사랑으로부터의
도피

 그러니까, 사랑할 자격이 이제 생겼다는 건가? 하고 그녀
가 물은 것은, 그를 변화시킨 요인이 무엇일지 궁리하던 중
문득 그때 자기를 떠나면서 했던 그 말("나는 사랑할 자격이 없
어")이 떠올랐기 때문이지만, 하필이면 그 짧은 순간에, 어쩌
면 즉각적으로 그 일이 떠올랐을지 되짚어보면, 그 말이 선
희의 마음에 그만큼 깊이 박혀 있었기 때문이라고 추측할
수 있다. 그렇지만 형배는 그녀의 그 질문에 담긴 뜻을 곧바
로 알아듣지 못했는데, 그것은 그녀와는 달리 그의 마음에
는 그 말이 전혀 박혀 있지 않았기 때문이다. 그는 자기가 그

말을 했다는 사실도 기억해내지 못했다. 자격이 필요하다는 거야? 하고 오히려 되물은 것이 그 증거였다. 그녀는 약간의 비난기를 군이 감추지 않고 그를 바라보았다. 그 말을 어떻게 잊어버릴 수 있는가. 그녀는 자기가 마음속에 여태 간직하고 있는 그 말을 정작 발화자인 그는 기억도 하지 못하고 있다는 사실을 알고 속이 상했다.

그녀는 그때 일을 펼쳐 보이며 자기가 받은 상처가 어땠는지 토로할 것인가 말 것인가, 잠깐 고민했다. 그러나 그러지 않는 쪽을 택하기로 했다. 삼 년 전 일을 복기하는 건 무의미하고 피곤하고 소득 없는 일이었다. 과거를 뜯어보고 있을 정도로 한가하지 않다고 그녀는 고쳐 생각했다. 그렇게 생각하려 했지만 한 남자 때문에 속 끓이며 지낸 날들이 너무나 선명하게 떠올라서 약간 울컥하는 감정이 되었고, 그래서 끝내 그때 자기 사랑을 왜 받아들이지 않았느냐고 질문하고 말았다. 글쎄, 그때 내가, 왜 그랬을까, 하고 그가 얼버무리자, 내가 그렇게 마음에 안 들었어? 어디가 그렇게 마음에 안 들었어? 하고 다그치듯 물었다.

그 질문이 이 년 십 개월 전에, 이를 악물고 눈물을 참으며, 사랑할 자격이 없다는 말을 흡사 독립선언문 낭독하듯 하고 있다는 거 알아? 하고 쏘아댔던 일을 선명하게 떠오르게 했고, 그러자 그때 참았던 눈물이 그녀의 눈 속에서 핑 돌왔다. 그는 당황해서, 그건, 그때는, 그런 뜻이 아니었어, 하고 손을 저었다.

그는 왜 그랬을까? 그는 그녀에게 좋은 감정을 가지고 있었다. 그녀를 보고 있으면 기분이 좋았다. 대화가 잘 통한다는 느낌이 들었고, 투명하고 구김 없는 사람이라는 판단도 했었다. 자연히 영화를 같이 보거나 술을 마실 기회도 많아졌는데, 둘만 있을 때는 그녀를 향해 특별한 감정이 생기는 걸 부정하기 힘들었다. 단둘이 한방에 있는 상상을 가끔 했었다. 그런 상상을 하면 기분이 좋아졌다. 그랬는데 그녀가 그에게 직접 사랑한다는 말을 해왔을 때는 이상하게 가슴이 움츠러들고 근육이 경직되는 걸 느꼈다. 그녀를 향한 자기의 감정이 단순한 호감일 뿐이어서라고 단정한 그는 그녀의 고백을 못 들은 척했다. 그때부터 그의 마음은 튕겨져 나가듯 뒤로 물러났다. 그는 자기가 누군가를 사랑하게 될까 봐 두려워한다는 걸 알지 못했다. 사랑에 잡히지 않기 위해 달아나고 있다는 걸 이해하지 못했다. 사랑하는 일이 생길까 봐 심각해지지 않으려고 애쓰고 있다는 걸 모르거나 모른 척했다.

프란츠 카프카는 세 번 약혼하고 세 번 파혼했다. 두 번의 약혼과 파혼은 한 여자와 한 것이었다. 그는 왜 그랬을까. 세 번의 약혼은 사랑에 대한 그의 갈망을 시사한다. 그는 이성에게 관심 없는 사람이 아니었을 것이다. 그는 여성을 사랑하기를 원한다. 그와 동시에 세 번의 파혼은 사랑에 대한 그의 두려움을 암시한다고 할 수 있다. 그는 사랑을 갈망했지만 사랑에 붙잡히는 것을 무서워했다. 사랑을 하지 못할까 봐 불안해했지만 사랑을 하게 될까 봐 두려워했다. 그는 여성을 사랑하기를 원하고, 원하면서도, 또 원하는 만큼 사랑하지 않기를 원한다. 두 번의 약혼과 파혼 상대였던 펠리체 바우어에게 보낸 편지에 그는, '그녀 없이는 살 수 없지만 그녀와 함께 살 수도 없다'는 문장이 머릿속에 떠올랐다고 써보냈다. 비슷한 표현이 그의 다른 글에도 나온다. '아버지에게 보낸 편지'에서 그는 아버지로부터 벗어나기 위한 방법과 관련된 주제로 결혼을 언급하면서 '감옥에 갇힌 죄수'의 이중적인 욕망의 딜레마에 대해 이야기한다. 죄수는 탈옥을 해서 감옥 밖에서 새로운 삶을 살고 싶은 욕망을 가지고 있지만, 동시에 감옥을 잘 개조해서 그 안에서 살고 싶은 욕망도 가지고 있다고 말한다. 두 개의 욕망은 충돌한다. 감옥에서 나가려고 하면 개조해서 살려는 욕망이, 개조해서 살려고 하면 탈옥의 욕망이 맞선다. 그는 나가지도 못하고 개조하지도 못한다. 그는 온통 그녀 생각에 사로잡혀 지내면서도 그녀를 사랑하게 될까 봐 두려워한다. 그것이 카프카의 난처한 심리적 포지션이었다.

사랑이 없으면 살 수 없지만 사랑을 하며 살 수도 없는 이 난처한 사람은 사랑을 하지도 못하고 안 하지도 못한다. 사랑을 하려고 하면 사랑에 대한 두려움이, 사랑을 하지 않으려고 하면 사랑을 하지 않을 때의 불안이 덮치기 때문이다. 형배가 그녀로부터 사랑의 말을 들었을 때 받았던, 마음이 움츠러들고 근육이 긴장하는 것 같은 느낌은 사랑에 대한 그의 공포가 표현된 것이라고 이해해도 무방할 것 같다. 그는 누구와도 제대로 된 연애를 해보지 못했는데, 그것은 그가 누구에게도 사랑의 감정을 느끼지 못하거나 누구도 그에게 호감 어린 접근을 하지 않아서가 아니었다. 마음에 드는 여자를 만난 적이 있고, 사랑하고 싶다는 감정을 느낀 적도 있었다. 그의 남자의 몸이 여자의 몸을 찾으라고 재촉하기도 했다. 선희 이전에도 은근하지만 호감을 표시해온 여자가 없지 않았다. 그럴 때 그의 내부에서는 야릇하게도 위기감이 생겨났다. 정말로 사랑을 했을 때 무슨 일이 생길지 몰라 저절로 긴장이 되었다. 정말로 무슨 일이 생길까 봐 움츠러들고 뒷걸음질 쳐졌다. 그 위기감이 그가 호감을 느끼거나 그에게 호감을 표시해온 여자의 약점을 최선을 다해서 어떻게든 찾아내게 했다. 전날까지 아무렇지 않던 사람의 결점이 갑자기 발견되었다. 굳이 결점이라고 할 수 없는 것이 결점으로 명명되기도 했다. 가령 웃을 때 드러나는 잇몸이나 커피를 마실 때 굳이 설탕 범벅인 도넛을 같이 먹기 위해 도넛 가게로 가는 것이나 보통 사람보다 빠른 걸음걸이나 코미디 영화를 좋아하는 취향이나 말할 때의 큰 손짓 같은 것이 그가 찾아낸 결점들이었다. 그는 사랑할 것 같은 예감이 드는 사람에게서 결점을 찾아내는 데 선수였다. 찾으려고 하면 어김없이 찾아졌으므로 그는 별로 힘들이지 않고 사랑의 수중에서 피할 수 있었다.

　선희에게서 달아나기 위해 그가 찾아낸 결점은 도넛이었다. 도넛이라니. 커피를 기름에 설탕 범벅인 도넛과 함께 마시다니. 애들도 아니고 원…….　그는 그것이 대단한 과오라도 되는 것처럼 흠을 잡았다. 어제까지만 해도 아무렇지 않거나 심지어 호감을 제공하기도 했던 요인들이 받아들일 수 없는 허물로 변했다. 그리하여 그 약점에 의지하여, 이전과 마찬가지로, 사랑에서 도망하는 데 성공할 수 있었다.

10
—

유일하고 불변하는

사랑에 대한 논쟁

"웬 케케묵은 스토이즘? 줘도 못 먹어?" 이런 말로 형배를
놀린 사람은 그의 고교 동창인 준호였다. "그러니까 키스나
겨우 하고, 심지어 키스도 안 해보고 연애를 끝낸다는 거야?
왜? 잡아먹힐까 봐 겁나서?" 이해할 수 없다는 듯 고개를 절
레절레 젓는 준호가 자유연애주의자이고 바람둥이라는 건
그를 아는 모든 사람이 알고 있는 사실이다. 그것은 그가 그
사실을 숨기지 않기 때문이고, 기회 있을 때마다 선언하기
때문이고, 선언한 대로 실천하고 다니기 때문이다. 그는 한
순간도 연애를 끊고 지낸 적이 없었는데(이것은 그가 직접 한

말이다), 연애의 상대를 수시로 바꿔왔으며, 여러 명을 동시에 사귀는 것도 마다하지 않았다(이것 역시 그가 직접 한 말이다). 그것이 어떻게 가능하냐고 묻는 사람에게 그는 어떻게 그것이 불가능하냐고 되물었다. 사랑하라, 그러나 빠지지는 말라. 그것이 그가 내미는 충고였다. 사랑에 빠질 뿐 사랑하지는 않기 때문이 아닌지 돌아보라고 요구하기도 했다. 다른 바람둥이들은 어떤지 모르지만 그는 매우 솔직하고 자기 감정과 행동에 자신만만하다.

그에게 연애의 기회가 끊임없이 주어진 것은 그의 관심과 노력이 남달랐기 때문이라는 걸 우선 인정해야 하겠지만, 그것만으로 이루어진 결과라고 단정할 수는 없다. 당연한 말이지만, 같은 크기의 관심과 노력이 언제나 같은 크기의 성과를 이끌어내는 것은 아니다. 사실 어떤 이의 눈에는 그가 들이는 노력에 비해 과분한 성과를 얻는 것으로 보이기도 한다. 별로 노력을 기울이는 것 같지 않은데도 그보다 노력을 많이 기울이는 다른 남자들보다 연애의 기회를 많이 얻는 것을 두고 주변에서는 부러움과 시기심에 사로잡혀 미스터리라고 말하기도 했지만, 그 까닭을 정말로 몰라서 그런 것은 아니었다. 세상을 굴러가게 하는 원리는 대개 비슷한데, 어떤 일의 성취에 있어서 노력이 차지하는 비중은, 노력의 가치를 지나치게 강조하는, 숨겨진 의도가 없다고 할 수 없는 일반적인 주장과는 달리 그다지 높은 편이 아니다. 슬픈 일이지만, 노력 없이도 얻을 수 있는 것이 있고, 노력으로도 얻을 수 없는 것이 있다는 것을 인정해야 한다는 뜻이다. 단도직입적으로 말하자면 유전자는 꽤 힘이 세다. 이성들의 관심을 불러일으키는 매력의 상당 부분이 유전자와 관련되어 있다는 건 불편하지만 사실이다. 그런데도 누구도 그 사실을 말하지 않고, 준호 역시 말하지 않고, 그냥 미스터리라고 얼버무리는데, 그것은 발언을 하는 순간 그 내용이 너무 평범하고 싱겁고 심지어 통속적이어서 이성의 마음을 잡아끄는 독특하고 남다른 매력이라고 인정하기에 그다지 매력적이지 않다는 사실이 훤히 드러날 걸 알기 때문이다. 이를테면 희고 갸름한 얼굴선, 삼나무처럼 쭉 뻗은 몸매, 보는 사람의 마음을 환하게 하는 미소, 자신 있고 솔직하다는 인상을 주는 말솜씨, 친절한 매너, 깊고 강렬한 눈빛 같은 판에 박힌 수사는 그에 대한 인상을, 흔하지는 않지만 그렇다고 대단할 것도 없는 것으로, 예컨대 파악하기 쉬운 인물로 만들어버릴 여지가 있다. 말하자면 매력이란, 특히 이성에게 어필하는 매력이란 어떠어떠하다고 발설하는 순간 흐릿해져버리는 이상한 물질인 것이다. 입김을 불면 사라지는 유리창의 성에와 같다고 해야 할까. 매력을 끈 사람이 희고 갸름한 얼굴선, 삼나무처럼 쭉 뻗은 몸매, 그리고 깊고 강렬한 눈빛을 가지고 있는 것이 사실이라고 하더라도, 그 사람의 얼굴선이나 몸매나 눈빛이 매력의 주체라고 할 수는 없다. 사람을 끌어당기는 힘인 매력은 일종의 마술, 정신을 빼놓는 홀림과 같은 것이 아닌가. 누군가에게 홀린 사람은 자기를 홀린 것이 그 사람의 무엇인지 파악하지 못한다. 얼굴선, 몸매, 눈빛 같은 것에 실려 있는 어떤 것, 손에 잡히지 않는 어떤 기운이지, 얼굴선이나 몸매나 눈빛 자체는 아닌 것이다. 홀림당한 사람은 이성적 판단을 할 줄 모른다. 아니, 홀림은 이성적 판단에 잡히지 않는다. 홀림은 속수무책인 현상, 그가 무엇을 하는 것이 아니고, 그에게 일어나는 일이다. 이성적 판단을 하는 사람은 홀린 사람이 아니다. 분석의 대상이 아니고, 따라서 설명될 수 없는 것이 매력이다.

자유연애주의자, 혹은 세칭 바람둥이들이 내세우는 주장 가운데 중요한 것은 사람(의 매력)이 다 다른데 어떻게 한 사람만 사랑할 수 있는가, 이다. 이들은 이 세상에는 똑같은 사람이 한 명도 없다는 사실을 앞세운다. 사람은 다 다르다. 사람은 많은 부분을 다른 사람과 공유하지만 전부를 공유하지는 않는다. 공유하고 있는 많은 부분이 아니라 공유하지 않은 아주 작은 부분이 개체 간의 차이를 만들고, 그 차이가 그 사람만의 고유한 성격, 그 사람의 정체를 형성한다. 그리고 아주 작은 그 차이 속에 매력이 잠겨 있다. 똑같은 사람이 한

명도 없으므로, 세상의 모든 사람이 다 고유하고 특별하므로 모든 사람을 고유하고 특별하게 대해야 한다. 유일한 사람으로 대해야 한다. 사람의 매력은 한 줄로 순서를 매겨 세울 수 없고, 비교 불가능하다. 사람(의 매력)이 다르므로 연애도 다르다. 한 개인을 전체의 일부로 간주하는 대신 유일한 존재로 바라보며 고유한 특성을 발견해주고 그것에 세심하게 반응하는 사람은 연애에 열려 있을 수밖에 없다. 자유연애주의자가 되지 않을 수 없다.

반대편에 있는 사람들, 예컨대 사람 간의 차이가 아니라 같음을 강조하는 사람들은 어떨까? 이런저런 차이에도 불구하고 사람은 기본적으로 동일하다고 생각하는 이들은 개인의 차이를 부각시키고 강조하는 시각에 의해 불평등과 차별이 정당화될 수 있다는 견해를 내세우곤 한다. 용모나 신분이나 성격의 차이 같은 것들을 인간의 본성이나 공동 운명보다 앞세울 때 생길 수 있는 위험의 극단적 형태는 히틀러의 인종차별이다. 사람은 다르지 않다. 사람은 거기서 거기다. 개인의 성격이라는 것이 없는 건 아니지만 고려할 만큼 대단한 것이 아니다. 더 특별한 사람도 없고 덜 매력적인 사람도 없다. 이런 입장을 가진 사람은 사람의 고유성에 대한 기대가 없거나 사람의 특별함을 기대하지 않는 것이 옳다고 생각하므로 사람과의 만남에 대해서도 상대적으로 시큰등하다는 것이 연애지상주의자들이 내세우는 논리이다.

사람(의 매력)이 다르지 않은데, 다 똑같은데, 그놈이 그놈인데 무슨 기대를 하겠어, 하고 준호는 반문했다. 준호의 논리는 급경사를 타고 올라갔다. 이른바 인간의 동일성을 극단적으로 신봉하는 이런 사람들은 개인의 고유성에 대한 이해가 충분하지 않거나 그런 기대를 갖고 있지 않으므로 누군가와 연애를 할 때 연애 대상자에게 집중하여 얻게 될 새로운 경험을 추구하지 않고 다만 자기의 필요를 충족시키려고만 할 가능성이 있다는 것이다. 사람은 다르지 않다고 믿으니까 사람이 바뀌어도 긴장할 필요가 없게 된다는 것이다. 처음 만나지만 처음 만나는 사람이 아니기 때문이라는 것이다. 이제껏 알지 못하던 사람이지만 아는 사람이나 마찬가지이기 때문이라는 것이다.

이와는 달리 개개인의 차이에 민감하여 각자에게서 각자의 고유한 매력을 발견한 사람은 자기의 필요가 아니라 상대방의 필요를 향해 섬세하게 응대한다고 준호는 말한다. 사람은 다 다르니까, 다 모르는 사람이니까 긴장하지 않을 수 없다는 것이다. 처음 만나는 사람이고 모르는 사람이기 때문에 생기는 긴장, 무엇을 발견하고 어떤 것을 체험할지 아직 알지 못하기 때문에 생기는 떨림, 그것이 연애가 제공하는 진짜 기쁨이라는 것이다. 연애의 쾌락이 거기서 발생

한다는 것이다.

형배는 물었다. 그러니까 바람을 피우는 것이 개인의 고유한 인격을 존중해주는 행위라는 뜻이야? 바람둥이는 타인을 배려하고 존중하는 훌륭한 인격의 소유자라는 뜻이야? 바람둥이야말로 사랑을 하는 사람이고, 그렇지 않은 사람은 사랑을 할 줄 모른다는 뜻이야? 준호는, 설명이 좀 필요하긴 하지만, 그런 뜻이라고 대답했다. 이어서 차이에서 나오는 매력을 발견하는 것이 사랑의 시작이다, 라고 덧붙였다. 듣고 있던 다른 친구가 반문했다. 혹시 사람이 다 다르기 때문이 아니라 네가 욕망하는 것이 다르기 때문이라고 말하는 것이 솔직하지 않아? 사람마다 다른 누군가의 매력이 아니라 들끓는 너의 욕망이 네가 말하는 사랑의 시작 아니야? 네가 욕망하는 것이 여럿이어서, 그걸 욕심껏 다 충족시키려고, 여러 사람을 동시에 만나는 거 아냐? 연애 대상자들의 인격을 존중해서가 아니라 자기의 쾌락을 존중해서 애인들을 대상화하고 있는 거 아냐? 네 쾌락을 충족시키기 위해 연애 대상자들을 이용하면서 그럴듯하게 포장하는 거 아냐? 준호는 이렇게 반박했다. 연애를 통해 쾌락을 얻는 것이 나쁜가, 쾌락을 위해 연애를 하는 것이 나쁜가. 중요한 것은 쾌락이 연애 안에 있느냐, 연애하는 사람의 내부에 있느냐, 이지. 연애 대상자들의 고유성을 구별하지 않는 연애야말로 자기 내부의 쾌락을 충족시키기 위해 그들을 이용하는 것이 아닐까. 나는 내 안의 쾌락을 연애 대상자에게 투사하지 않는다. 나는 연애 대상자와의 만남을 통해 탄생할 쾌락을 기대하고 기다리며 그것을 즐긴다. 쾌락은 연애의 과정에서 탄생한다. 그 연애가 시작될 때까지는 상상도 추측도 할 수 없는 쾌락이다. 대상이 다르면 쾌락도 다르다. 그 쾌락이 연애의 대상과 함께 만든 것, 공조한 것이기 때문이다. 사람이 다르기 때문에, 즉 각자의 매력이 다르기 때문에 각각의 연애가 제공하는 쾌락도 다르다. 그러니까 여러 연애는 가능할 뿐 아니라 필연적이다. 또 다른 친구가 이렇게 반문했다. 이상한 논리다. 여러 사람을 사랑하는 것이 한 사람만 영원히 사랑하는 것보다 바람직하다는 말인가? 더 도덕적이라는 뜻인가? 준호는 이렇게 대답했다. 더 도덕적이냐고? 낭만적으로 이상화된 속설에 속지 말자. 도덕은 사랑이 아니라 인간됨, 혹은 인간의 인간에 대한 태도에 관련된 문제이다. 물어보자. 평생토록 한 사람만 사랑하는 것이 아름답고 바람직하다는 식으로 추켜세워져왔는데, 그런 사람은 도대체 왜 한 사람만 사랑하는 것일까? 왜 평생 한 사람만 사랑하는 기적 같은 어리석음을 실천하는 것일까? 둘 중 하나일 것이다. 사랑(즉 사람)에 대한 기대가 없거나 어떤 이유에 의해 억압되었거나. 둘은 무관하지 않다. 서로가 서로의 원인일 테니까. 평생 한 사람만 사랑한다는 것은 거짓이거나, 거짓이 아니라면 아예 사랑이라는 것을(기대가 없어서든 억압되어서든) 하지 않는다는 뜻이다. 한 사람도 사랑하지 않는다는 뜻이다. 한 사람만 사랑하는 사람은 한 사람도 사랑하지 않는 사람이다. 개별적 존재가 발산하는 매력에 대한 정당한 반응으로서의 개별적 사랑이 아니라 그저 자기 안의 쾌락 욕구를 해소하기 위한 목적으로, 혹은 더 나쁜 경우로, 단지 편리와 관습에 따라 사랑을 구실로 내세워 사람을 붙들고 있는 것뿐이라면, 이것이야말로 개인이 가진 고유성에 대한 마땅하고 정당한 대우를 하고 있다고 볼 수 없기 때문에 부도덕하다고 말할 수 있다. 평생 한 사람만 영원히 사랑하는 것이 참된 사랑이라고? 그것은 낭만적으로 이상화된 속설일 뿐이다. 또 다른 친구가 되물었다. 낭만적으로 이상화된 속설이라니, 유일하고 영원하고 불변하는 사랑을 의심하는 것인가. 그런 사랑이 부도덕하다는 것인가? 고귀한 것 아닌가? 준호는 조금도 굽히지 않고 자기주장을 이어갔다. 스스로 속이지 말자. 유일하고 영원하고 불변하는 사랑이 이상화된 것은 사람이 모여 사는 사회를 유지하기 위해서가 아닌가. 사회를 갈등과 혼란에서 지키고 질서를 유지하기 위한 장치로 유일하고 영원한 사랑의 불변성에 대한 신화를 만들어 쓴 것이 아닌가. 유일하고 영원한 사랑의 신

화는 사랑에 의해, 사랑을 위해 탄생한 것이 아니라 사회에
의해, 사회의 유지를 위해 만들어졌다는 걸 모르는가. 사랑
은 이 신화의 수혜자가 아니라 피해자이다. 모든 신화의 탄
생이 그런 것처럼 이 사랑의 신화 역시 세상을 유지하고 지
키기 위해 고안된 것이다. 세상을 지키는 것이 무가치하다
는 뜻은 아니다. 구별하자는 것이다. 사랑을 제도와 섞어서
혼동하지 말자는 뜻이다. 세상의 질서를 위해 사랑이 희생
되었다는 사실만은 분명히 하자는 뜻이다. 다른 목적을 위
해 기획된 이 영원불변의 사랑이라는 신화가 불순하다는 사
실을 인정하자는 뜻이다. 한 사람과의 길고 지루한 사랑이
고상하고 훌륭하고 인간적인 것으로 장려되고, 그렇지 않은
사랑은 저열하고 추잡하고 비인간적인 것처럼 선전되는 것
은, 아무리 사회의 안정적 유지를 위해서라고 하지만, 실은
그마저도 효용성이 의심스럽거니와, 무엇보다 사랑의 본질
을 왜곡하는 것이고, 그러니까 불순하고, 인간의 감정과 본
성에도 맞지 않은 모순당착이다. 그의 생각이 워낙 견고했
으므로, 그리고 그의 주장을 터무니없는 억지로 몰 수만은
없다는 데 어느 정도 동의하게 되었으므로, 다른 친구들은
입을 닫았다.

　준호는 형배가 연애를 시작해놓고 도중에 중단하는 일이
잦은 것은 무의식을 통해 주입된 그 낭만적 신화의 부정적

인 영향 때문일 거라고 진단했다. 그의 진단에 의하면, 형배는 누군가의 고유한 매력을 발견하고 설레며 연애가 주는 기쁨을 느끼기 시작하는 순간 문득 이 사랑이 그의 인생에 허락된, 유일하고 불변하며 영원한 그 신화적 사랑인지 아닌지 의심하게 되면서, 혹시 그 사랑이 아니면 어떡하지, 하는 걱정으로 주저주저하는 것 같다고 했다. 만일 그 유일한 사랑이 아니라면 지금 느끼는 기쁨은 잘못된 것이므로 거부해야 하니까. 만일 그 사랑이 아니라는 걸 나중에 알게 된다면 수습하는 게 어렵고 복잡해질 테니까. 관계가 조금 진전되면 어김없이 이런 현상이 찾아오고, 죄의식과 불안에 시달리게 되고, 의혹과 혼란 속에서 어쩔 수 없이 달아나게 된다는 것이다. 그는 말했다. 그 두려움의 배후에 있는 것이 유일하고 영원하고 불변하는 사랑에 대한 신화인데, 그 신화에 의해 보호되고 있는 실체는, 사랑이 아니고, 인간도 아니고, 다만 결혼이라는 제도일 뿐이다. 결혼이 중요하고 필요한 제도라는 걸 부정하지 않는다. 내 말은 결혼은 제도로서 중요하다는 것, 그러나 사랑은 결혼이라는 제도에 예속된 것이 아니라는 것이다. 결혼 제도의 유지를 위해 사랑은 왜곡되고 희생을 강요받았다. 결혼은 사랑이 전혀 관여하지 않거나 아주 조금밖에 관여하지 않는 분야이다. 전혀 다른 층위에 있는 둘을 섞어 인과관계로 연결하려고 하지 말아야 한다. 준호는 카프카의 딜레마를 형배에게 적용했다. 그에 의하면 카프카는 결혼 제도의 불순함을 간파한 사람이었다. 결혼은 필요하지만 사랑 때문에, 혹은 사랑을 위해 필요한 것은 아니었다. 사랑은 필요하지만 결혼 때문에, 혹은 결혼을 위해 필요한 것은 아니었다. 그 필요들은 다른 데서 기인하는 필요라고 그는 생각했다. 결혼이 사랑을 훼손하고 사랑이 결혼을 곤란에 빠뜨릴 것을 그는 걱정했다. 준호는 확고했고, 그 생각은 거의 신념과 같았고, 형배는 그의 그 신념을 무너뜨릴 수 없었다.

11   사랑을 위한
—   도피

그런데 형배는 왜 사랑을 두려워하는 것일까. 두려움은
위험에 대한 감각적 반응이다. 위험이 닥칠 것을 예감할 때
사람은 염려하고 기피하는 마음을 갖는다. 그렇다면 사랑에
붙들리는 걸 두려워하는 사람은 사랑하는 일이 위험한 일임
을 본능적으로 알고 있는 사람이라고 할 수 있다. 그 위험을
유난히 예민하게 의식하는 사람이 사랑을 두려워한다고 말
할 수 있다.

알랭 바디우는 사랑에 빠지지 않고도 사랑하는 일이 가
능하다고 선전하는 미틱(Meetic)이라는 만남 알선 사이트를

비판하는 것으로 자기 책을 시작하는데, 그에 의하면 위험하지 않은 사랑, 안전한 사랑이란 전사자 제로의 전쟁과 마찬가지로 허구의 프로파간다에 지나지 않는다. '위험 없이 사랑하기'를 내건 이 사이트의 슬로건은 위험이 사랑에 내재하고 있는 본질임을 역설적으로 유추하게 한다. 사정이야 다양하겠지만, 어쨌든 사랑에 따른 위험부담 때문에 사랑하기를 주저하는 사람들이 있는 것은 사실이다. 이렇게도 말할 수 있다. 사랑에 대해 두려움을 갖고 있는 사람은 그렇지 않은 사람보다 상대적으로 사랑에 대해 더 진지하다. 더 진지하기 때문에 함부로 하지 않는다. 함부로 하지 않으려 하기 때문에 시도하지 못한다. 함부로 하는 것은 사랑을 모독하는 것이기 때문에, 함부로 함으로써 모독하느니 아예 하지 않는 편이 낫다고 생각하기 때문에 기피하는 것이다. 그러니까 이 두려움은 멸시가 아니라 공경에서 말미암은 것이다. 싫기 때문에 다가가지 않는 것이 아니라 존경하기 때문에 다가가지 못하는 것에 비유할 수 있다. 다가가지도 못하고 떠나지도 못하는 비극이 그래서 생겨난다. 탈옥도 하지 못하고 개조하지도 못하는 진퇴양난의 상태.

형배는 선희 앞에서 자기 아버지 이야기를 했다. 그것은 그의 어머니 이야기이기도 했다. 어머니가 해준 아버지 이야기라고 하는 것이 더 정확할 것 같다. 준비된 것이 아니었다. 그때 자기 사랑을 왜 받아들이지 않았느냐는 그녀의 물음 앞에서 어쩔 줄 몰라 하며 망연해져 있다가 갑자기 이 년 십 개월 전에, 그러니까 그녀의 적극적인 구애를 받았을 때 그의 내부에서 떠돌다가 사라진 어렴풋하고 불안정한 기류들을 떠올렸는데, 그가 직면하기를 한사코 원하지 않았기 때문에 그때는 물론 여태도 어렴풋하고 불안정한 채로 남겨진, 그래서 그것이 그것인지 몰랐던 그것이, 그의 의지와 상관없이, 어떤 의미에서는 저절로 모습을 드러낸 형국이었다.

그의 아버지는 그가 중학생일 때 집을 나갔다. 아버지가 집을 떠나던 날의 기억이 파편적인 이미지들로 남아 있다. 아버지는 굳은 얼굴로 그의 머리를 쓰다듬었다. 억지로 미소를 지으려 하지만 잘되지 않아서 아버지의 얼굴은 보기 흉하게 일그러졌다. 무슨 말인가가 담긴 눈으로 아버지는 그를 오래 쳐다보았다. 아버지가 그의 손을 쥐었을 때 파르르 떨리는 느낌이 전해졌다. 떨고 있는 손이 아버지의 것인지 자기 것인지 구별하지 못했다. 아버지가 떨어야 하는 이유를 알 수 없는 것처럼 자기가 떨어야 하는 이유도 알 수 없었으므로 그는 그 상황에 잘 대처하지 못했다. 그는 불편함을 털어내기 위해 팔에 힘을 주었고, 그래도 불편이 털어내어지지 않았기 때문에 살그머니 손을 빼냈다. 아버지는 그를 잡은 손에 힘을 주지 않고 있었으므로 그들은 떨어질 수 있었다. "지금은 이해하기 어렵겠지만……" 한참 만에 나온 아버지의 목소리가 불규칙하게 울렸던 것으로 기억한다. 아니면 그랬던 것으로 기억하고 싶은지 모른다. "언젠가 아버지를 이해하는 날이 있을 거라고 생각한다." 그 말을 남기고 트렁크를 끌고 가는 아버지의 뒷모습이 남아 있다. 아버지는 매우 빠른 걸음으로 대문을 빠져나갔다. 흡사 달아나는 것 같았다고 그의 기억은 말한다. 그런데도 어쩐 일인지 그 모습에 쓸쓸함이 여운처럼 남아 있었던 것 같다고 그는 기억한다. 달아나는 사람의 쓸쓸함이라니.

이 모순의 문장은 기억에 스며 있는 욕망에 대해 사유하게 한다. 한 남자가 트렁크를 들고 대문을 나섰다. 이것이 특정한 시간에 특정한 공간에서 실제로 일어난 사건의 내용이다. '달아나는 것 같았다'와 '쓸쓸함'은 그 이미지에 덧붙여진 것이다. 그것들은 행위자의 행위가 아니라 그것을 목격한 자, 더 나아가 그것을 진술하는 자의 심상에 새겨진 인상이다. 기억하는 자의 욕망이 행위자의 행위를 해석하고 있다. 말하자면 형배의 기억은 아버지를 이해하고 싶은 마음과 이해하지 않으려는 마음 사이에서 타협의 곡예를 벌이고 있다고 할 수 있다.

그에게 남아 있는 또 다른, 더 강렬한 이미지는 어머니였다. 아직 젊고 예쁜 어머니는 여러 날 식탁 앞이나 소파 위에 넋을 놓고 앉아 있었다. 어머니는 술을 마시고 커피를 마셨다. 술병은 대개 비어 있고 커피 잔은 거의 항상 가득 차 있었다. 술은 빨리 마시고 커피는 천천히 마시거나 마시는 것을 잊어버리는 것 같았다. 텔레비전은 늘 크게 틀어져 있고 집 안은 치워지지 않은 채로 있어 지저분했다. 어머니는 자주 울고 가끔 화냈다. 우는 어머니는 그를 화나게 하고 화내는 어머니는 그를 울게 했다. 그는 자주 화내고 가끔 울었다. 그리고 어느 날 앰뷸런스가 와서 의식을 잃고 쓰러진 어머니를 싣고 갔다. 열흘 만에 병원에서 돌아온 어머니는 앨범을 펴놓고 말했다. "이 여자가 네 아버지를 홀린 여자다. 이 여자에게 미쳐서 나와 너를 떠났다. 이 여자가 예쁘냐? 엄마보다 예쁘냐?" 그는 고개를 저었다. 그의 눈에 사진 속의 여자는 예뻐 보이지 않았다. 예뻐 보였어도 예쁘다고 말하면 안 되었겠지만 실제로 예쁘게 보이지 않았기 때문에 그는 어머니나 자기를 속인다는 부담 없이 그 말을 할 수 있었다. 어머니는 그를 노려보며 흡사 으르렁거리는 것 같은 목소리로 나지막하게 말했다. "거짓말." 그 여자가 더 예쁘지 않다면 아버지가 왜 자기를 버리고 그 여자에게 갔겠느냐고 어머니는 반문했다. 예쁜가, 예쁘지 않은가가 선택의 전적인 이유는 아니었을 거라고 말하고 싶었지만, 정말로 그런지 확신이 서지 않았고, 사실은 어른들이 왜 그러는지 이해하지 못했고, 또 그 말을 어머니가 어떻게 받아들일지 판단할 수 없었기 때문에 그는 더 말하지 않았다. 그는, 남편이 그녀를 떠난 것이 자기가 예쁘지 않아서가 아니라 자기를 사랑하지 않아서라는 사실을 인정하는 것이 괴로워서 어머니가 기꺼이 예쁘지 않은 쪽을 택하고 있다는 걸 그 당시에는 몰랐다. 자기를 떠난 남편의 행위를, 통념과 일반적 상식을 초월하는 것이 속성인 사랑이라는 불가항력의 동력에 연관시켜 이해함으로써 혹시라도 가치가 부여될 수 있는 여지를 배제하려는 어머니의 의중을 그 당시의 그는 파악할 수 없었다. 그의 어머니는 자기 행위의 동기를 사랑이라고 주장하는 아버지에 맞서서, 그 주장은 기만이며 다만 자기보다 예쁜(예쁠 뿐인) 여자에게 홀린 것일 뿐이라고 단정함으로써 남편을 비하하고 남편의 행위를 가치 없는 것으로 만들려고 했다. 그런다고 견디기가 쉬워지는 것은 아니었지만 (실제로 그녀는 알코올중독과 우울증으로 오래 고생을 했다) 그렇게 해서 쉽지 않게라도 견딜 수 있었다는 것을 형배는 이제 이해한다.

그때 헤어진 아버지를 다시는 보지 못했다고 형배는 말했다. 유럽 어느 도시에 살고 있다는 말을 들은 것이 전부라고 했다. 아버지는 떠나면서 언젠가 그를, 그의 사랑을 이해하는 날이 있을 거라고 했지만 형배는 여태 아버지와 아버지의 사랑을 이해하지 못했는데, 이해할 수 없어서가 아니라 이해를 위한 노력을 하지 않은 탓이었다. 이해를 하려면 따져보아야 하고 따져보려면 끌어올려야 하는데, 그는 끌어올리려는 시도를 하지 않았기 때문에 따져볼 수 없었고 따져볼 수 없었기 때문에 이해할 수 없었다. 그러니까 이해되지 않은 채, 이해되지 않았으면서도, 그의 의식 깊은 곳에 가라앉아 그의 생각을 지배했다고 해야 할까.

어머니는 부정하려 했지만, 어머니가 그렇게 상처를 받은 것은 아버지의 사랑 때문이었다. 아버지가 예쁜 여자에게 홀려서가 아니라 누군가를 사랑했기 때문에, 누군가를 사랑해서 기존의 것들을 다 팽개치고 도피까지 했기 때문에, 도피하면서까지 이루려 했던 아버지의 그 대단한 사랑 때문에 절망했던 것이다. 형배는 그 상처와 절망을 대면하고 살았다. 사랑을 위한 행동(예컨대 아버지의)이 누군가를 괴롭히고 인생을 망가뜨리기도 한다는 것을 어렴풋이 의식했을 때 사랑은 끔찍한 것이 되었다. 그 기억들은 파편적인 여러 이미지로 형배의 내면에 자리했다. 사랑을 위한 아버지의 도피가 그 아들로 하여금 사랑으로부터 도피하도록 조종했다고 말해야 할까.

실연에 대한

해석

선희는 형배가 들려준 이야기 가운데 그의 어머니가 앨범을 보여주면서 이 여자가 엄마보다 예쁘냐고 물었다는 대목에 주목했다. 그는 그 질문을 (다른 여자를 향한) 아버지의 사랑을 인정하고 싶지 않은 어머니의 전략적 회유로 받아들였는데, 그녀는 다른 해석을 했다. 어머니가 인정하고 싶지 않은 것이, 형배가 생각한 것과는 달리, 아버지의 사랑이 아니라 (아버지가 사랑한 여자의) 미모였을지 모른다는 그녀의 생각에 남자인 형배는 공감하기 힘들었다. 아버지가 그 여자를 사랑한 것은, 용납한다기보다 어쩔 수 없이 받아들일 수밖에 없었겠지만, 그 이유가 그 여자가 자기보다 예뻐서라는 건 결코 인정하고 싶지 않았을 거라고 그녀는 주석을 달았다. '사랑하지 않아서'보다 '예쁘지 않아서'가 더 견디기 힘들었을 거라는 그녀의 주장은 이해하기 어려웠다. 형배는 그녀의 설명을 요청해야 했다. 그녀는 경기에 진 선수가 실력이 없어서 패한 건 아니라고 우기고 싶은 경우에 비유해서 설명했다. 결과로 나타난 경기의 승패는 부정할 수 없지만 승패의 이유나 원인에 대해 심판의 자질이나 경기장 조건이나 자기 몸의 컨디션이나 심지어 자기의 운이나 상대 선수의 운 같은 것을 내세워서 자존심을 지킬 수 있다. 이때 내세우는 모든 구실들은 오로지 자기 실력 부족을 노출시키지 않기 위해 설치한 위장막에 불과하다. 실력이 모자라서 진 것은 아니라는 믿음이 이 패전 선수가 지켜야 하는, 지키기를 원하는 최후의 자존심이다. 패전 선수라는 오명은 실력 때문에 진 것은 아니라는 평가를 통해 내적으로 극복된다. 예컨대 경기의 결과보다 경기 내용에 대한 평가나 원인 분석을 더 중요하게 생각하는 선수가 있는 것이다. 그런 선수가 있는 것처럼 사랑을 잃은 사실보다 사랑이 사라진 이유에 마음을 더 쓰는 사람도 있는 것이다. 경기에 진 자존심 강한 선수가 그 경기 결과를 받아들이기 위해서 자기가 더 실력이 없어서가 아니라는 자기 세뇌를 필요로 하는 것처럼 그녀가 이 실연을 받아들이기 위해서는 자기가 더 예쁘지 않아서 남자가 떠난 것이 아니라는 자기최면이 필요했을 거라는 것이 그녀의 추측이었다. 사랑이 사라진 것이 자기가 부족해서라는 것을 인정하지 않으려는 심리는 자존심이 시킨 것. 경쟁자가 자기보다 예쁘지 않다고 간주함으로써 경쟁자를 무시하고, 자기보다 예쁘지도 않은 경쟁자에게 빠져든 남자의 심미안을 경멸함으로써 자기를 사랑하기를 멈춘 남자를 무시하고자 했을 것이라고 그녀는 말했다.

이 시도가 성공했느냐는 다른 문제이다. 대개의 경우 이런 시도는 성공하지 못하지만 그렇다고 의미가 없는 것은 아니다. 실연에 따른 괴로움은 사라지지 않지만 실연으로 인한 자기 비하는 피할 수 있을 테니까. 여자의 사진을 가리키며, 이 여자가 더 예쁘지 않느냐고, 자기가 더 예쁘다면 왜 남편이 자기를 떠났겠느냐고 물은 것은, 일종의 반어법이다. 이 문장은 본질적으로 의문문이 아니다. 그렇지 않다는 대답을 유도하기 위해 던진 질문. 그러니까 형배가 그 자리에서, 어머니가 예쁘지 않아서, 혹은 어머니를 사랑하지 않아서 아버지가 떠난 것은 아닐 거라는 식으로 말하지 않은 것은 잘한 일이다. 형배는 어머니가 더 예쁘지 않다고 생각하지 않았기 때문에 고개를 저었다. 형배가 한 말은, 어머니가 예쁘지 않아서 아버지가 떠난 것은 아닐 거예요, 인 셈이고, 그것은 그녀가 듣고 싶어 한 대답이었다.

선희의 이런 해석에 자기의 경험과 감정이 스며들어 있다는 것은 의심의 여지가 없다. 그녀는 형배가 자기의 사랑을 거부했을 때 그 상처를 어떻게 이겨냈는지 떠올렸다. 처음에는 '사랑할 자격이 없어서'라는 그의 말을 핑계로 받아들였다. 그런 이유로 사랑하지 않겠다고 할 수는 없는 일이라고 생각했기 때문이다. 그녀가 사랑받을 자격이 없다는 말을 뒤집어서 한 것처럼 들려서 언짢기도 했다. 그녀는 남자의 사랑을 얻어내기에 미흡한 자기 약점을 하나하나 불러내기 시작했다. 많은 것들이 불려 나왔다. 그녀는 키가 크지 않았고 부잣집 딸이 아니었고 유능하지 않았고 애교가 많지 않았고 얼굴이 예쁜 편이 아니었고 눈치가 빠르지 않았고 요리를 잘하는 편이 아니었다. 떠올리다 보니 노래를 잘 부르지 못한다는 것도, 주량이 약하다는 것도, 춤을 추지 못한다는 것도 흠으로 여겨졌다. 그 모든 것들이 사랑받을 자격과 관련된 것처럼 여겨졌다. 전에는 한 번도 그런 생각을 해보지 않았지만, 이제 갑자기 그런 것들을 갖추지 못했기 때문에 자기가 사랑받지 못하는 것은 당연한 것처럼 여겨졌다. 그러자 속이 쓰리고 아팠다. 아파서 견디기가 힘들었다. 그녀는 술에 취한 상태에서 친구에게 물었다. "이 꼴이 마땅하지, 마땅해. 누군들 뭘 볼 게 있어서 나를 좋아하겠어, 그렇지 않아?" 그녀의 친구는, 그녀와 마찬가지로 술에 취했음에도 불구하고, 형배가 자기도 모르는 사이에 그의 어머니에게 그랬던 것처럼 현명하고 침착하게, 네가 어째서? 라고 반문했는데, 그것은 그 반어적 질문을 했을 때 그녀가 정말로 듣고자 한 반응이었다. 친구가, 뭐 볼 게 있어서 좋아하는 거 진짜 사랑 아니다, 뭐 볼 게 없어서 사랑하지 않는 거 아니라는 뜻이야, 라는 말을 덧붙였을 때, 그녀는, 그렇지, 네 말이 맞아, 난 뭐 자기가 볼 게 있어서 좋아한 줄 알아, 착각하지 마, 뭐 볼 게 있는 줄 알아, 자기는, 하고 받으며 술잔을 들었다. 그 순간 사랑할 자격이 없다는 그의 말이 그 말뜻 그대로 왜곡 없이 받아들여졌다. 그녀는 성공했다. 그는 사랑하지 않아서가 아니라, 사랑하기에는 자기가 너무 부족하다고 생각해서 그녀의 사랑을 받아들이지 않은 것이다. 그녀가 사랑받을 만하지 않아서가 아니었다. 그녀를 사랑함에도 불구하고 자기가 자격 미달이어서 받아들이지 못한 것이다……. 그런 생각이 그녀를 힘겨운 실연의 자리에서 일으켜 세우기 위해 필요했다. 그런다고 힘들지 않은 건 아니었지만 그에게 연연하지 않게는 해주었다. 이 년 십 개월 전의 일이었다.

13 사랑한다는
— 말

사랑한다고 말할 때 형배의 목소리는 떨려서 나왔다. 그 말을 할 때 그는 자기가 그 말을 할 거라고 생각하지 않았기 때문에 쑥스러워했고, 그 말을 들을 때 그녀는 한때 자기가 그 말을 듣고 싶어 했지만 지금은 그렇지 않다는 사실이 떠올랐기 때문에 원망과 의아함이 절반씩 섞인 얼굴로 그를 쳐다보았다. 저 말을 듣고 싶었을 때 들었다면 좋았을 것이다. 그때 들었다면 울컥했을 말을 민숭민숭한 기분으로 듣고 있는 자신이 무언가 잘못하고 있는 것 같았고, 불편하고 어색했다. 무엇과도 비교할 수 없는 기쁨과 감격의 표현이

어야 하는 그 말, 말하는 사람을 떨게 하고 듣는 사람을 설레게 하는(해야 마땅한) 그 빛나는 말이 도처에 널린 하잘것없는 돌멩이처럼 아무 빛도 내지 않고 아무렇지 않게 뒹구는 것이 이해되지 않았고 그래서 못마땅했다. 그녀는 혼란스러운 상태에서 약간 짜증스러운 반응을 보이고 말았다. "이건 좀…… 제멋대로라는 생각 안 들어요?" 이전에 받은 상처를 되돌려주려는 일종의 복수심 같은 것이 전혀 작용하지 않았다고 말할 수는 없다. 그러나 그것이 전부는 아니었고 핵심도 아니었다. 그녀는 자기가 느끼는 불편한 감정이 그에 의해 초래된 것임을 그에게 알리고 싶었다. 그것은 계산되지 않은, 즉각적이고 무의식적인 반응이었다. 조금 시간이 지나 자신의 감정을 살필 여유가 생겼을 때 그녀는 그런 즉각적인 반응이 그가 사용한 '사랑한다'는 말에 의해 촉발되었다는 사실을 알아차렸다. 사랑한다는 말을, 다른 사람 아닌 그가 사용했기 때문이라는 사실을 알아차렸다. 물론 그에게 그녀를 불편하게 할 의향이 있었던 것은 아니고, 또 자기가 한 말이 그런 효과를 낼 거라고는 전혀 생각하지 못했을 테니까 그가 그녀를 불편하게 만들기 위해 그런 도구를 사용했다고 말할 수는 없지만, 어쨌든 그가 동원한 '사랑한다'는 도구에 의해 그녀의 감정이 손상을 입은 것은 사실이었다. 그는 사랑한다는 말을 함으로써, 그의 의도와는 상관없이,

그녀를 불편하게 했다.

그가 상대를 해하기 위해 그 도구를 쓰지 않았다는 것은 명백하다. 해하기 위한 목적이 없었는데도 상대가 해를 당하는 일이 생기는 건 역설이지만 아주 보기 드문 현상은 아니다. 가령 고슴도치는 누군가를 안으려 하는 순간 몸에 난 가시로 상대방을 아프게 하고 만다. 문제는 '사랑한다'는 말이 고슴도치의 몸에 난 가시와 같은 것이 아니라는 데 있다. 가시가 아닌 말, 가시 돋친 말이 아닌 사랑의 말이 가시가 되어 누군가를 해할 수 있다면, 우리는 생각을 뒤집어야 한다. 말에는 가시가 없지만, 말해지는 순간 가시가 생겨날 수 있는 것일까. 가시 돋친 말이 따로 있는 것이 아니라 말해지는 특정 맥락 속에서 어떤 말은 가시 돋친 말이 되는 것이 아닐까. 맥락이 감정을 결정하는 것이 아닐까.

'사랑한다'는 말은 그럴 가능성이 유난히 높은 말이다. 아름답고 황홀한 말이지만 그만큼 위험하고 부담스러운 말이기도 하다. '사랑한다'는 아무 말도 아닌 말일 수 없다. 그저 그런 말, 하나 마나 한 말일 수 없다. 어떤 상황에서 어떤 사람은 이 말을 듣는 순간 우주가 흔들리는 전율을 느끼지만 어떤 상황에서 어떤 사람은 온몸을 움직여 떨쳐버리고 싶은 이물스러움을 느끼기도 한다. 그런 종류의 말이다. 그 자리에서 선희는 이물스러움까지는 아니지만 언짢음이 동반된 모종의 부담감을 느꼈다. 예컨대 그녀는 그가 그 말을, 자기에게 한 것이 합당하지 않다고 여긴 것이다. 이치에 맞지 않거나 상황에 맞지 않거나. 그녀는 그 빛나는 단어가 합당하지 않게 사용됨으로써 빛을 잃고 돌멩이처럼 나뒹굴고 설렘이 아니라 언짢음과 부담을 제공하는 가시가 되어버린 사태를 몹시 마음 아파했다.

"제멋대로라니, 그럴 리가. 그렇지 않아. 내가 왜 그러겠어." 형배는 손을 크게 저어 부정의 뜻을 전했다. 그는 그녀의 마음속에 일고 있는 불편한 기류와 혼란을 짐작하지 못했다. 마찬가지로 그녀 역시 그의 마음속에 일고 있는 격랑을 제대로, 적어도 우리가 알고 있는 수준만큼 파악하지는 못했다. 제멋대로라니! 어떻게 그럴 수 있겠는가. 어떻게 사랑한다는 말을 제멋대로 할 수 있겠는가. 우리는 그럴 리 없다는 걸 안다. 제멋대로 한다는 것은 자기가 하고 싶은 대로 한다는 의미이고, 아무렇게나 한다는 뜻이 내포되어 있다. '사랑한다'는 말은 아무렇게나 할 수 있는 말이 아닐 뿐 아니라 자기가 하고 싶은 대로 할 수 있는 말도 아니다. 그 반대이다. 대개의 사람들에게 그렇듯 형배에게도 그 말은 하지 않을 수 있다면 하고 싶지 않은 말이었다. 그 말을 해야 할 상황에 이르렀을 때도(그런 상황이 되었다는 것이 저절로 느껴졌다. 그런 걸 겪은 적이 없음에도 불구하고, 마치 그런 걸 여러 차례 겪어 숙지하고 있는 것처럼 그 말을 해야 할 상황에 이르렀으며 피할 수 없다는 사실이 알아졌다) 그는 그 말을 하지 않으려고 애를 썼다. 뭔가 잘못되었다고 머리를 흔들고, 일시적이고 즉흥적인 감정이 아닌지 조금 더 지켜보자고 미루었다. 더 이상 머리를 흔들 수 없고 미룰 수도 없었으므로 그는 그 말을 했다. 그는 쑥스러워서, 얼굴을 붉히고 어색하게 웃으며 그 말을 했다. 어찌나 어색한지 문득 그의 미소를 본 그녀는 그가 자기를 비웃는 것이 아닌가 오해했을 정도였다. 그럴 리 없는 상황이라는 전제가 없었다면 오해를 밀치지 못했을 것이다. 그녀도 어렴풋이 느꼈듯, 그는 그 말을 하는 자신을 상상해본 적이 없었다. 상상도 해보지 않은 일은 상상이 잘되지 않았다. 그런데도 그는 상상도 되지 않는 일을 하지 않으면 안 된다고, 피할 수 없다고 느끼고 있었다. 그는 '제멋대로' 할 수 있는 상태가 아니었다. 제멋대로 할 수 있는 상태가 아니니 아무렇게나 할 수도 없었다. 그는 자기의 내부에서 거역할 수 없는 어떤 강한 힘의 활동을 의식했다. 그 힘은 그에게 사랑한다는 말을 하라고 시켰다. 그러니까 그의 말은 자발적으로 한 말이 아니라 강요받은 상태에서 나온 말이었다. 강요받음이 없이는 누구도 사랑한다는 말을 하지 않는다. 하지 못한다. 그녀는 강요하지 않았지만 그는 강요받았다. 피할 수 없는 강요였다.

누군가를 사랑하는 사람은 그 누군가에게 사랑한다는 말을 하도록 강요받는 사람이다. 강요의 주체는 없다. 객체만 있다. 사랑은, 사랑한다는 말을 포함해서 상대에게 무엇을 강요하지 않는다. 사랑은 강요가 없는 영역이다. 사랑의 이름으로 무엇을 요구하는 것은 불가능하다. 사랑한다는 말을 하라고 요구하는 것 역시 있을 수 없다. 사랑을 내세워서 무엇을, 그것이 무엇이든, 요구하는 사람은, 그 사람이 자기 사랑을 얼마나 대단하고 절실한 것으로 표현하든, 사랑을 하고 있는 것이 아니다. 무엇을 요구하는 것은 사랑이 아니기 때문이다. 요구하지 않는 것이 아니라 요구할 수 없는 것이 사랑이다. 사랑은 권력이 아니고 권력이 될 수 없고 권력이 되어서도 안 된다. 권력을 행사하기 위한 수단으로 사랑을 앞세우는 사람은 지배를 하기 위해 국민들을 사랑한다는 명분을 내세우는 독재자와 다름없다. 독재자의 사랑이 권력욕을 충족하기 위한 수단에 다름 아닌 것처럼 무엇인가를 강요하는 사람의 사랑 역시 자기 욕망을 실현하기 위한 방법으로 사랑을 이용하고 있는 것에 다름 아니다. 사랑은 강요하는 것이 아니고, 강요하지 않는데도 강요받는 것이다. 강요하는 이는 없고 강요받는 이만 있다. 사랑한다는 말은 발화(發話)된다. 누구도 사랑한다는 말을 발화할 수는 없다.

14   키스와
—   사랑

준호가 고교 동창들 가운데 누구보다 먼저 결혼을 하겠다고 나섰을 때 놀라지 않을 사람은 없었다. 그의 신조대로라면 그는 평생 연애만 하고 결혼은 하지 않을 위인이었다. 하더라도 맨 나중에 할 거라고 다들 생각했었다. 유일하고 영원한 사랑이라는 낭만적인 신화에 대한 거부감이 유난했으니까. 결혼이라는 제도와 사랑을 섞고 혼동하면 안 된다고 열변을 토했으니까. 그런데 그런 그가 갑자기 진지하게 결혼을 생각하고 있다고 선언하고 나섰다. 그의 생각에 변화가 찾아온 것일까? 가령 유일하고 영원하며 불변하는 사랑에 대한 그의 비판적인 생각들을 교정해줄 운명적인 여인과의 그야말로 운명적인 만남을 추측해볼 수 있다. 자기도 어쩔 수 없는 초자연적인 힘의 개입에 의해 이제까지의 방탕한 생활을 회개하고 신에게 귀의하여 성자가 된 어떤 사람의 이미지를 떠올려볼 수 있다. 그런 일이 일어나지 않았으리라는 법이 없다. 역사는 어떤 결정적인 계기에 의해 이제까지와는 정반대의 길을 걸어간 사람들의 이야기로 가득 차 있다. 그러나 준호는 그의 연애관에 변화가 생겼다는 증거를 수집할 기회도 주지 않은 채 결혼 날짜를 잡아야겠다고 선언했다.

그 선언을 하기 몇 달 전, 그러니까 그가 결혼을 고려하고 있는 상대자인 민영을 만난 지 세 달쯤 되었을 때, 친구들 앞에서 연애의 결과로 맞아들여야 하는 결혼의 부담감에 대해 토로한 적이 있긴 했다. 연애가 왜 당연한 것처럼 결혼을 지향해야 하는가, 하고 그는 항의했다. 연애는 왜 자주적이지 못하다고 생각하는가. 연애는 왜 시작과 끝을 자기 내부에 보유하고 있는 독자적이고 완결된 형태가 아니라고 생각하는가. 연애가 왜 목적지를 연애의 밖에 가지고 있어야 하는가. 연애는 왜 완성되기 위해서 연애의 밖으로 나가야 한단 말인가. 왜 그처럼 불완전하고 타율적이라고 생각하는가. 결혼과 사랑은 다른 층위에 위치해 있다는 주장, 결혼은 사랑과 전혀 상관없거나 아주 조금만 상관있다는 주장이 되풀이되었다. 결혼은 인간이 발명한 매우 유익한 제도이지만 그 유익함은 사랑을 위한 것이 아니라는 것. 사랑의 완성이나 사랑의 성취를 위해 고안된 제도가 아니라는 것. 결혼을 할 사람은 하라. 그러나 그것을 사랑과 연관시키지는 말라…….

이전과 달라진 것이 없는 그의 말을 들어보면 그의 투철한 신념을 바꿀 초자연적 사건은 일어나지 않은 것이 분명했다. 그런데 왜 새삼스럽게 결혼하지 않으면 안 될 여자 이야기를 꺼내며 곤란해하는 것일까. 하긴 그것만으로도 이례적이라고 할 만했다. "이 바람둥이가 임자를 만났군." 친구 가운데 한 명이 그렇게 말했다. 그는 긍정하지 않았지만 부정하지도 않았다. 임자를 만난 것은 분명해 보였다. 그는 괴로워했는데, 그의 괴로움은 그의 사랑, 그리고 사랑의 모든 과정과 표현들을 결혼과 연결시키려는 그의 삼 개월 된 애인과 그녀의 가족에 의해 생겨났다. 적어도 겉으로 보기에는 자기가 형배와 유사한 상황에 빠져 있다고 그는 말했다. 형배는 키스도 하지 않거나 키스만 겨우 한 상태에서 서둘러 연애를 끝내려 한다. 그때까지 없던 상대의 허물을 귀신같이 찾아내서, 혹은 어떤 허물인가를 만들어내서 애인으로부터 달아난다. 그래서 그의 연애는 언제나 미완성이다. 형배와 유사한 상황에 빠졌다고 말할 때, 준호가 염두에 둔 상황이 그것이었다. 그는 키스도 안 해본 채 연애를 끝내야 하는 자기의 처지에 대해 말했다. 다들, 끝내면 되잖아, 천하의 김준호가 뭔 고민? 하고 의아해했지만, 그건 사태를 정확히 파악하지 않았을 때의 반응이었다. 문제는 천하의 김준호가 그녀와의 사랑을 끝낼 준비가 되어 있지 않다는 데 있었다. 임자를 만났다는 건 아마 맞을 것이다. 그는 사랑을 원했고, 그녀는 결혼을 원했다.

그는 자기가 만나고 있는 여자가 결혼을 원한다는 식으로 말했지만, 내막은 조금 달랐다. 그녀가 정말로 원한 것은 결혼이 아니었다. 그녀는 그에게 결혼하자고 요구한 것이 아니라 다만 남자의 신체 접촉을 거부했을 뿐이었다. 몸을 만지고 쓰다듬고 같이 자는 것을 허락하지 않았을 뿐이었다. 그가 그녀를 끌어안고 옷 속으로 손을 넣어 가슴을 만지려고 했을 때 그녀는 그의 몸을 밀치며, 결혼을 하기 전에는 안 돼요, 라고 말했다. 순간 그는 폭소를 터뜨렸다. 그녀가 농담을 하는 것으로 생각했기 때문이다. 농담이 아니라면 할 수 없는 말이라고 생각했기 때문이다. 농담을 거의 하지 않는 그녀가 제대로 농담을 하는구나, 싶어 반갑기까지 했다. 그러나 그녀가 짓고 있는 표정이 농담한 사람의 것이 아니라는 걸 어둠 속에서도 감지할 수 있었다. 두 사람을 감싼 밤의 공기가 이해할 수 없이 싸늘해서 그는 웃음을 멈췄다. 진담으로 하는 소리야? 그가 정색을 하고 물었고, 그녀는 진담이지 않으면요, 하고 답했다. 그녀는 언제나 진지했고, 그날 이후 더 진지해졌다. 그녀는 마치 사랑이 결혼과 함께 시작된다는 듯 그가 사랑(의 표현)을 원할 때마다 결혼을 앞세웠다. 그를 거절하기 위해 일부러 하는 말인가, 떠봤지만 그렇지는 않았다. 그가 싫은 건 아니라고 했고, 사실이 그랬다. 결혼을 서둘러야 하는 이유가 있는 것도 물론 아니었다. 그녀는 결혼 후에, 라는 말만 되풀이했다. 결혼 제도는 사랑과 아무 상관이 없거나 아주 조금밖에 상관없다는 그의 주장은 그녀를 설득시키지 못했다. 그러니까 그녀가 준호에게 요구한 것은 결혼이 아니라 선택이었다. 결혼을 하자는 것이 아니라 선택을 하라는 것이었다. 준호는 그녀의 몸을 얻기 위해 결혼을 받아들이든지 그녀의 몸에 대한 자기의 욕망을 포기하든지 해야 하는 상황에 놓여 있었다.

마침내 그녀는 결혼 전에는 키스도 할 수 없다고 맞섰다. 키스를 하기 위해 결혼을 해야 한단 말인가, 하고 그는 억울해했다. 키스를 하기 위해 결혼을 하라는 것이 아니라 결혼을 하면 키스를 할 수 있다는 거예요, 라고 그녀는 말했다. 내가 키스를 하자는 거야? 사랑을 하자는 거지, 라고 그는 항의했다. 키스를 하자는 거잖아요, 라고 그녀가 대들었다. 키스하는 게 사랑하는 거지, 라고 그가 말하고, 키스하는 게 키스하는 거지, 어떻게 사랑하는 거예요, 라고 그녀가 말했다. 사랑하는 사람들이 키스하는 건 아주아주 자연스러운 거야, 하고 그가 말하고, 자연스러운 건지 몰라도 당연한 건 아니지요, 라고 그녀가 말했다. 그럼 사랑을 어떻게 하는 건데? 그가 따졌고, 암튼 키스로 하는 건 아니지요, 라고 그녀가 대답했다. 키스도 안 하는 게 무슨 사랑이야, 라고 그가 투덜거렸다. 그는 삼 개월이나 만난 여자에게서 번번이 키스를 거절당하는 자신이 몹시 한심하고 자존심 상했다. 그러나 물론 그날도 그는 그녀를 설득하는 데 실패했다.

그들은 사랑의 방법에 대해 제법 길게 대화를 나누었다. 주로 이야기한 사람은 준호였다. 그는 사랑의 유지를 위해 필요한 것이 사랑의 패턴이라는 생각을 피력했다. 그는 이런 말을 했다. 사회주의자와 공화당원이 사랑할 수 있다. 종교가 달라도 사랑할 수 있다. 그러나 사랑의 패턴이 다르면 사랑하기 어렵다. 사랑의 패턴이란, 이를테면 만남의 양식과 보폭이라고 할 수 있는데, 사랑의 이름으로 기대하는 만남의 유형이 다르거나 걷는 걸음의 폭이 다르면 어긋나고 뒤틀리고 결국 짜증스럽게 되어 관계를 접어버릴 마음을 먹게 된다.

확실한 사실은 준호와 그녀의 패턴이 다르다는 것이고,

그보다 확실한 것은 준호가 그 사실을 너무나 분명하게 인식하고 있다는 것이다. 짜증스러워하며 그녀와의 관계를 접어버릴 마음을 먹는 것이 자연스러운 상황이었다. 이제까지의 준호라면 별다른 망설임 없이 그렇게 했을 것이다. 한 사람에게 집착하는 것은 그답지 않았다. 그런 것을 사랑으로 간주하지도 않았다. 사랑의 패턴이 다르다는 사실을 인식하고 있으면서도 그녀로부터 떨어져 나갈 마음을 먹지 못하는 것이 준호에게 닥친 문제였다. 그런 그가 자신에게도 이상하고 의아했다. '임자를 만났다'는 친구들의 평가가 틀리지 않다고 해야 할 것이다. 그가 키스도 못 해보고 헤어지거나 아니면 키스를 하기 위해 결혼을 해야 하는 지경에 이른 사연이었다. 그리고 결국 그는 키스를 하기 위해 결혼을 하는 편을 택하기에 이른 것이다.

준호를 애타게 만든 이 대단한 매력의 주인공인 민영이 생각하는 남녀 사이의 사랑은 매우 불완전하고 변덕스러워서 믿을 수 없는 것이었다. 남녀 사이의 사랑이 사람의 감정과 감각에 의지해서 이루어지는 한 불완전하고 변덕스러운 것은 어쩔 수 없다고 그녀는 생각했다. 사람의 감정이나 감각이 불완전하고 변덕스러우며 믿을 수 없기 때문에. 감정도 믿을 수 없고 감각도 믿을 수 없는 것이다. 특히 감각은 본질적으로 육체적인 것이므로 육체적 접촉에 의한 흥분을 사랑으로 착각하면 안 된다고 그녀는 믿었다. 그녀가 한사코 남자와의 키스를 거부한 것은 그다음에 이어질 육체적 접촉을 경계하기 때문이었다. 준호와는 다른 견해이지만, 결혼은 그처럼 변덕스럽고 불완전한 사랑을 완전하게 보장해주는 장치로서의 기능을 하기 때문에 그녀에게 중요했다.

감정의 변덕스러움 말고 그에 못지않게 치명적인 것이 또 있다. 어떤 사람도 완벽하지는 않다는 것이 그것이다. 완벽하지 않은 사람들이 맺는, 불완전할 수밖에 없는 관계를 보장해주기 위한 장치가 필요하다고 그녀는 생각한다. 그녀는 사람이 누군가를 사랑할 때 그 사람의 일부만, 예컨대 마음에 드는 부분만 사랑할 수는 없으며, 그래서도 안 된다는 확고한 입장을 견지하고 있었다. 아무리 훌륭한 사람에게도 받아들이기 힘든 요소가 하나쯤은 있기 마련이다. 그 가운데 어떤 것은 정말 참기 힘든 것일 수도 있다. 그러면 어떻게 할 것인가. 자기 마음에 드는 부분만 취하고 마음에 들지 않는 부분은 버릴 것인가. 가슴은 취하고 다리는 버릴 것인가. 그럴 수 있는가. 가령 잠들기 전의 달콤한 키스는 취하고 그 사람이 코 고는 것을 버리는 것이 가능한가? 그렇지 않다. 그 사람과의 키스를 즐기려면 그 사람의 코골이도 용납해야 한다. 키스의 달콤함을 제공한 사람과 코를 심하게 골아 잠을 방해하는 사람은 같은 사람이다. 감정과 감각에만 의

존할 때 사람은 키스의 달콤함만을 기대하고 바라게 된다. 감정이나 감각이 아니라 그보다 강제적인 어떤 것, 이를테면 의지에 기반해야 하는 이유가 그것이다. 의지에 입각하지 않은 사랑은 일관성 유지가 힘들다. 결혼 제도는 장치로서의 의지라고 할 수 있다. 키스의 달콤함을 제공하는 사람이 자기가 사랑한 사람이고, 곁에서 코를 골아 잠을 방해하는 사람은 자기가 사랑한 사람이 아니라고 제외시켜버릴 수 있는 인간의 비겁하고 나약한 본성 때문에 사랑은 외부에서 강제된 결혼이라는 의지의 보장을 받아야 한다.

준호는 오해했다. 그녀에게 결혼은 사랑의 귀결이나 목적지가 아니라 사랑의 시발점이었다. 결혼을 하기 위해 사랑하자는 것이 아니라 사랑을 시작하기 위해 결혼을 하자는 것이었다. 그러니까 설득당한 사람은 준호였다. 그는 의아해하는 친구들에게 이렇게 말했다. "연애의 종착지가 결혼이라고 생각한다면 나는 결혼하지 않을 것이다. 왜냐하면 나는 연애지상주의자이고, 연애의 종착지를 보고 싶은 사람이 아니기 때문이다. 나는 연애의 완성, 연애의 결론으로서의 결혼을 인정할 수 없다. 연애는 결혼을 지향하지 않고 결혼에서 마침표를 찍는 것도 아니다. 한마디로 말하면 이렇다. 나는 사랑을 하기 위해 결혼한다." 그는 묘한 어법으로 그동안 견지해온 자신의 연애관에 변화가 없다는 제스처를 취했지만, 듣는 이들은 그가 달라졌다는 사실을, 적어도 사랑에 대한 한, 어렵지 않게 파악할 수 있었다. 나는 사랑을 하기 위해 결혼한다, 라는 그의 말이, 나는 키스하기 위해 결혼한다, 라는 말로 들려서 서글펐다고, 물론 나중에, 말한 사람은 형배였다.

15   라이벌

—

이성으로부터 받는 인기에 대해 말할 때 빼놓으면 안 되는 요소가 있는데, '받아들일 준비가 되어 있는 자세'라고 할 수 있는 일종의 개방성이다. 얼굴이 예쁘다든가, 몸매가 좋다든가, 유머 감각이 있다든가, 매너가 좋다든가, 남들이 부러워하는 직장에 다닌다든가, 하는 조건들이 이성으로부터 인기를 끌게 하는 눈에 띄는 요소들이다. 그 사람을 둘러싼 이런 조건들을 무시할 수는 없다. 그렇지만 그것이 전부라고 할 수 없으며 그것이 반드시 필수적이라고 할 수도 없다. 객관적으로 얼굴이 예쁘다는 평가를 받는데도 남자들이 다가가지 않아 외로워하는 여자도 있고, 몸매가 좋고 유머 감각이 있음에도 불구하고 여성들에게 인기가 없어 혼자 지내는 남자가 있는 것은 어쩐 일일까. 이런 사람들에 대해 이해하기 어렵다는 반응을 보이거나, 이해를 한답시고 눈이 높아서라든가 남이 모르는 결점이 있을 거라고 추측하는 정도가 고작이다. 물론 눈이 높아서 그럴 수 있고, 남이 모르는 결점이 있어서 그럴 수도 있다. 눈이 높지도 않고 남이 모르는 결점이 있는 것도 아니라면? 그럴 수는 없는가?

객관적으로 이성을 끌 만한 조건을 충분히 가졌음에도 불구하고 이성의 접근을 받아들일 준비가 되어 있다는 자세를 어떤 식으로든 보여주지 않을 때 이성이 다가가지 않는다는 사실을 잘 이해하고 있는 사람은 많지 않다. 이성의 접근을 받아들일 준비가 되어 있지 않다는 표시는, 그 또는 그녀에게 다가갈 마음을 가지고 있는 사람의 눈에는 금방 띄게 된다. 다가갈 마음을 가지고 있는 사람이 가장 잘하고, 늘 하고 있는 것이 예의 주시니까. 그 사람이 호감을 느낀 상대를 주시하며 파악하려고 하는 것이, 다가가도 되는가, 되지 않는가, 이니까. 다가갔을 때 자기를 받아들일 것인가, 받아들이지 않을 것인가, 이니까. 다가갈 마음을 가지고 있음에도 불구하고 상대로부터 받아들일 준비가 되어 있지 않다는 암시를 받을 때 대개는 멈칫거리고, 눈치를 보고, 조금 더 예의 주시하고, 그러다가 결국 포기하는 것이 일반적이다. 워낙 상대방의 상태에 둔감해서 준비가 되어 있지 않다는 표시를 하든 말든 신경 쓰지 않고, 물불 안 가리고 덤비는 종류의 인간들이 아주 없는 것은 아니고, 또 그런 이들이 의외의 성공을 거둔 예가 없지 않지만, 그 성공 사례들은 특유의 무용담적 입심에 의해 과장되거나 왜곡된 경우가 흔하고, 설령 그런 사례들이 누군가에 대한 호감을 표시하는 데 소극적인 사람들의 용기를 북돋우는 자극제로서 나름의 기능을 한다고 하더라도, 그런 식의 섬세하지 않은 처신을 의미 있는 사례로 다뤄야 하는지는 의문이다. 누군가에게 호감을 표현하(려)는 사람은 자기가 한(하려는) 표현이 맞이할 운명에 민감하다. 어떤 사람도 자기 호감의 표현이 홀대를 당하고 버려지는 사태를 겪고 싶어 하지 않는다. 하늘을 향해 던진 공은 땅에 떨어져서는 안 된다. 자기가 던진 공을 받아줄 거라는 확신 내지는 기대를 주는 사람에게 공을 던지는 것은 자연스러운 이치이다. 그러니까 받아들일 준비가 되어 있다는 암시는, 이성을 끌어들이는 데 있어, 그 사람을 둘러싼 외적 조건들 못지않은, 아니 그보다 훨씬 중요한 요소라고 할 수 있다. 외적 조건들은 이 조건을 이길 수 없다. 어떤 예쁜 여자 곁에 남자가 없거나 잘생긴 어떤 남자가 늘 혼자인 미스터리가 이런 설명으로 조금은 해소될 수 있지 않을까. 객관적으로 매력이 있다고 할 수 없는 여자, 그다지 잘생겼다고 보기 어려운 남자들이 인기를 끄는 미스터리 역시 마찬가지.

준호가 여성들에게 당신의 공을 땅에 떨어뜨리지 않고 받아주겠다는 암시를 항상 흩뿌리고 다녔다는 뜻인가? 그런 뜻이다. 그는 늘 열려 있었다. 완고하지 않다는 점에서 이것은 상대에 대한 존중이라고 할 수 있고, 그러니까 일종의 미덕이라고 볼 수 있다. 이런 사람들은 이성의 접근을 받아들일 준비가 되어 있다는 암시를 적극적으로 제공하지 않는 사람과 비교할 때 상대적으로 덜 불편하다. 불필요한 긴장감이나 경계심을 자극하지 않는다.

닫고 있는 사람은 닫혀 있는 다른 사람을 여는 데 자신이 없고, 그래서 시도를 하지 않는다. 여는 데 실패했을 때 겪어야 할 쓰라린 기분을 미리 상상 속에서 맛보기 때문이다. 특유의 경계심 때문에 100퍼센트 실패하지 않을 거라는 확신이 생길 때까지는 결코 움직이지 않는 이런 사람들은 종종 자기는 한 번도 누구에게도 거절당해본 경험이 없다고 자랑인 양 말하곤 하는데, 거짓은 아니겠지만 자랑할 일도 아니다. 거절당한 경험이 없는 것은 시도한 경험이 없어서이기 때문이다. 반대로 늘 자기를 열고 있는 사람은 닫혀 있는 다른 사람을 여는 데 별 망설임을 보이지 않는데, 여는 데 실패했을 때 겪어야 할 쓰라린 기분 같은 것에 대한 염려가 아예 없거나 거의 없기 때문이다. 그런 기분을 미리 앞당겨서 느끼지 않을 뿐 아니라 설령 거절당했다고 해도 그런 기분을, 100퍼센트 실패하지 않을 거라는 확신이 생길 때까지는 결코 움직이지 않는 사람과 비교하면, 거의 느끼지 않는다.

준호는 민영을 알아봤다. 그녀 주변에 남자가 없다는 것, 그녀 주변에 남자가 없는 것은 닫혀 있기 때문이라는 것, 받아들일 준비가 되어 있다는 암시를 아무에게도 보내지 않기 때문이라는 것을 알아봤다. 그리고 또 그는 받아들일 준비가 되어 있다는 암시를 전혀 보내지 않음에도 불구하고 어쩔 수 없이 뿜어져 나오는 그녀의 매력을 알아봤다. 그는 거절에 대한 공포심이 없고, 자기의 호감 표현이 혹시 맞게 될지도 모를 홀대에 대한 걱정을 하지 않는 사람이었으므로 여느 때와 다름없이, 망설임 없이, 내부의 감정이 시키는 대로 그녀를 향해 다가갔다.

그들이 처음 만난 곳은 준호가 졸업한 대학의 학과실이었다. 그는 졸업한 지 오 년 만에 학교를 찾아갔다. 학점이 모자라 졸업을 미뤄야 할 위기에 처해 있던 그를 위해 계절학기에 전공과목을 개설해서 구제해준 대학 은사가 떠오른 것이 하필이면 5월이었다. 마침 학교 근처에서 있었던 거래처 직원과의 미팅이 비교적 일찍 끝난 것도 그렇지만, 옆 사람들이 나누는 대화를 통해 다음 날이 스승의 날이라는 사실을 우연히 알게 된 것도 이유랄 수 있었다. 반가움을 감춘 채, 네놈이 어쩐 일이냐고 농담을 건네는 교수에게는 멋쩍게 웃으며 그는 이렇게 말했다. 그러게요. 하필 약속 장소가 학교 앞인 데다가 미팅이 생각보다 일찍 끝났고, 거기다가 옆자리 젊은 여자들이 내일이 스승의 날이라는 걸 알려주지 뭡니까. 이래도 인사하러 안 갈래? 하고 다그치는 것 같아서 그냥 갈 수 있어야지요. 온 세상이 작당해서 몰아대는데 어떻게 하겠어요?

그가 그 말을 할 때 컴퓨터 화면을 들여다보고 있던 조교가 쿡 소리를 내며 웃었다. 그녀가 쿡 소리를 내며 웃기 전에 준호는 이미 그녀를 보았다. 그 방에 들어서는 순간 소박하고 은은한 향기를 맡았는데, 그것이 그 방의 주인으로부터 말미암는다는 걸 직감적으로 파악했었다. 실제로 그 방에 그런 향의 꽃이 놓여 있거나 그런 향의 향수가 뿌려져 있었는지는 확실하지 않다. 그가 그녀의 용모를 소박하고 은은한 향기로 파악했다고 하는 편이 아마 사실에 부합할 것이다. 왜냐하면 그 방에는 꽃이 없었고, 나중에 확인한 것이지만, 그녀는 어떤 향수도 쓰지 않기 때문이다. 그녀가 내뿜는 향기에 끌렸다는 것이 이 상황에 맞는 진술이다. 그가 평소에 소박하고 은은한 향기를 좋아하는 취향이어서 그녀에게 끌렸다는 것으로 오해하면 안 된다. 강렬한 매력이 육박

해올 때 평소의 취향은 발언권을 내세우지 못한다. 더구나 짐작할 수 있는 대로, 준호는 특별한 취향이라고 하는 게 없는 사람이다. 특별한 취향을 앞세우는 사람은 제한하고 구별하고 솎아내고 집착하고, 어쩔 수 없이 협소해진다. 선택은 언제나 배제를 전제한다. 배제를 통하지 않고 선택하는 건 불가능하다. 선택이 곧 배제의 방법이다. 배제하기 위해 선택하는 것은 아니지만 선택하기 위해서는 배제가 불가피하다. 그런 것은 준호의 방식이 아니다. 그는 각각의 개인은 각각의 고유한 매력을 지닌다고 생각하는 사람이다. 그것은 각각의 개인이 각각의 성격을 가지고 태어나기 때문이다. 한 가지 취향을 고수하게 되면 각기 다른 개인들의 매력을 무시해야 되는데, 그것은 주어진 자원을 충분히 누리지 못한다는 점에서 손실이고, 각기 다른 매력을 가진 개인들에 대한 모독이다. 손실이든 모독이든 그것은 온당한 일이 아니다. 취향을 강조하는 사람은 상대적으로 매력을 감지하는 능력이 탁월한 것처럼 이해되곤 하는데 그것이야말로 오해이다, 라고 준호는 말한다. 세계는 한 가지 색으로 이루어져 있는 것이 아니다. 세계는 다채롭고 풍부하고 다양하다. 세계에 퍼져 있는 다채롭고 풍부하고 다양한 매력을 감지할 능력을 갖지 못한 사람들이 특정한 취향에만 반응한다. 능력의 부재를 특별한 개성인 양 위장한다는 것이 그의 논리이다. 한 사람만 사랑하는 것은 각기 다른 개별 존재들의 다채로운 매력을 무시한 처사이므로 악덕이다. 능력의 부재를 순수한 사랑으로 위장하고 권장하는 것은 온당한 일이 아니고, 그래선 안 된다. 그는 그런 사람이 아니므로 그럴 수 없다.

그의 견해에 동의하고 말하자면, 그가 그녀에게서 맡은 소박하고 은은한 향기는 그녀의 매력의 내용이다. 그는 다른 향기의 매력에 끌리는 것처럼 이 향기의 매력에 끌렸다. 다른 향기를 감지할 능력이 그에게 있는 것처럼 이 향기를 감지할 능력 또한 그에게 있었으므로 마음의 움직임을 따라 반응했다. 그러니까 바람둥이라는 호칭은, 그의 논리에 의하면, 개별 존재들의 고유한 매력을 알아보는 능력을 가진 자에게 붙여진 것이다. 사람들이 바람둥이라고 비아냥거리듯 부를 때 그 속에는 시기심이 들어 있다고 바람둥이인 준호는 말한다. 그런 사람들은 바람둥이들이 가진 그런 능력, 즉 각기 다른 고유한 개별 존재의 매력을 감지할 능력을 자기들도 가지고 있음에도 불구하고 그 능력을 활용하지 않고 한 사람만 선택해 사랑하는 것이 아니라 그런 능력이 없기 때문에 한 사람만 사랑하는 것이다. 바람둥이인 준호의 이 대단한 자부심에 대해 시비를 걸 때 우리는 열등감과 시기심에 사로잡힌 자가 된다.

그의 수완이 어떻게 발휘되는지를 살피기 위해서는 민영

을 처음 만난 날 그가 그녀에게 무슨 말을 했는지를 복기하는 것으로 충분할 것이다. 오 년 만에 교수를 찾아올 생각을 한 것은 결코 자연스러운 일이 아니었다고, 있을 수 없는 일이 일어난 것이라고, 그런데 그것은 그냥 일어난 일이 아니라고, 학교 앞에서 거래처 사람과 미팅을 하고, 그 미팅이 예정보다 빨리 끝나 시간이 생기고, 그리고 옆에 앉은 사람들의 대화를 통해 다음 날이 스승의 날이라는 사실을 알게 된 것이 우연일 수 없다고, 이유 없이 그냥 일어날 수 있는 사건이 아니었다고, 그 모든 요인들이 동원되어, 즉 작당해서 그를 그녀에게로 이끌었다고, 오직 그녀를 만나게 하려고 그 모든 우연들이 한꺼번에 그 자리에 집합한 거라고 한껏 부풀려서 지껄였다. 그녀가 그의 야단스러운 침소봉대에 넘어간 것은 아니었다. 그렇지만 그의 악의 없는 치켜세움을 거북해하지도 않았다. 경박함 대신 경쾌하고 명랑하다는 인상을 가진 것이 그의 요란스런 구애를 물리치지 않은 이유가 되었다. 그는 그날 바로 데이트 약속을 받아냈고, 사흘 후 학교 앞에서 만났다.

구애는 어렵지 않게 받아들여졌지만 연애의 과정은 험난했다. 우선 밤 10시 이후 데이트가 곤란했다. 술집에 갈 수 없었다. 그녀는 술을 마시지 않았고, 다른 사람이 술을 마시는 것도 좋아하지 않았다. 그리고 스킨십이 극도로 제한되었다. 그로서는 처음 겪는, 적응하기 힘든 새로운 연애였다. 뭐 이런 여자가 있어, 하며 헛웃음을 짓고 물러났어야 하지만 그러지 않았다. 그러지 못했다. 평소의 그와는 달리 마음속에서 무언가 불끈 일어나는 걸 느꼈는데, 그것은 공략하기 힘든 상대를 만났을 때 생기는 투쟁 의지, 일종의 전의였다. 실패의 이력을 용납하고 싶지 않은 오기가 발동한 거라는 그의 생각은 틀리지 않았다. 그도 자기에게 그런 것이 있는 줄 몰랐으므로 놀랐지만 무시할 수 없었다. 그러나 그 전의, 즉 오기가 다다르기를 원하는 곳이 어디인지는 신중하게 생각하지 못했다. 아니면 이전에 만난 사람들에게서 경험한 것과는 어딘가 다른 이상한 끌림을 부정하기 위해 애써 전의나 오기로 절하하려 했던 것일까. 한 번도 빼앗겨본 적이 없는 주도권을 넘겨주고 말았다는 사실을 깨달았을 때는 이미 돌이킬 수 없는 상태가 된 다음이었다. 그리고 곧 이 새로운 연애가 왜 그렇게 힘든지 알게 되었다. 알게 되었지만 돌이킬 수 없었다. 처음에는 집안의 부모님이 엄격해서라고 생각했다. 그러나 엄격한 집안 분위기나 가정교육 때문이 아니었다. 상대하기 벅찬 라이벌의 존재를 그는 곧 인정하지 않을 수 없었다.

라이벌이라고? 연애와 관련해서 말하자면, 준호는 열린 사람이고, 누구보다 자신감이 넘치는 사람이다. 그에게는 라이벌에 대한 인식이 없었다. 누구와 겨룬다는 관념이 아예 없으므로 누구와 겨루었을 때 자기가 질 거라는 걱정 또한 한 적이 없었다. 그에게 사랑은 단 두 사람의 문제였다. 그는 자기를 매혹시킨 사람만 바라볼 뿐, 다른 아무것도 마음에 두지 않았다. 그 사람 곁에 누가 있는지는 염두의 대상이 아니었다. 일견 오만한 자신감의 표현으로 보이는 이 태도에 대해 그는 이렇게 해명한다. 사랑을 쟁취의 대상으로 여기면 싸움은 불가피하다. 왜냐하면 내가 쟁취하려는 것을 똑같이 쟁취하려는 사람이 있기 마련이고, 그럴 때 경쟁이 생기지 않을 수 없으니까. 누군가 얻으면 다른 사람은 얻지 못하니까. 싸움은 그런 것이다. 나는 사랑을 얻기 위해 내 연애의 대상 외에 다른 누구와도 싸우지 않는다, 라고 그는 말한다. 사랑은 두 사람의 문제이다. 사랑할 때 세계는 단 두 명의 인류만을 가진, 저 최초의 정원, 에덴으로 바뀐다. 그 또는 그녀가 그녀 또는 그를 사랑하거나 사랑하지 않는다. 다른 인류는 없다. 그러니까 그에게 사랑의 라이벌이라는 개념은 존재하지 않은 것이나 마찬가지였다. '다른' 사람이 없는데 라이벌이 어떻게 있을 수 있는가. 이 문제에 관한 한 그는 단순하고 편리하고, 무엇보다 한결같았다. 그런데 라이벌이라니? 상대하기 벅찬 라이벌이라니?

16

알리사의

세계

연애가 시작되고 얼마 지나지 않았을 때, 이런 일이 있었다. 그녀를 집까지 바래다주는 길에 준호가 민영의 손등에 자기 입술을 가져다 대었다. 그녀는 화들짝 놀라 손을 빼내며 물었다. "뭐하는 거예요?" 그녀의 그런 반응이 몹쓸 짓을 당하기라도 한 것같이 여겨졌으므로 그는 뜨악하게 바라볼 수밖에 없었다. 내가 뭘 어쨌다고 그래? 하며 황당하다는 표정을 짓자 그녀는, 미안해요, 당황해서 그랬어요, 하며 사과했다. 그는, 당황한 사람은 나야, 이런 거 자연스러운 거야, 하고 조금 소리를 높였다. 그러면서 다시 손을 잡아끌어 입술로 가져갔다. 그러나 이번에도 성공하지 못했다. 그녀의 손에 힘이 들어가는 게 느껴졌으므로 자존심이 상한 그는 내치듯 그녀의 손을 놓았다. "자연스럽다고 생각하지 않아요." 약간의 침묵 후 그녀가 말했다. "사랑하지 않는다는 말로 들리는군." 그가 퉁명스럽게 답했다. "그런 건 아니지만, 잘 모르겠어요. 사랑한다고 꼭 그렇게 해야 되는 건 아니잖아요. 꼭 그렇게……." 그녀가 그렇게 말했을 때 그는 마음이 몹시 상했고, 그래서 두말하지 않고 그냥 돌아서 가려고 했다. 꼭 그렇게? 이건 뭐 변태나 파렴치범 취급이 아닌가. 이것으로 끝이다. 다시는 만나지 않을 것이다. 그렇게 마음을 정하고 돌아서는 것이 그답고 자연스러웠다. 그런데 그렇게 확실하고 익숙한 마음의 다짐과는 달리 발이 움찔하다 말았다. 그답지 않았고 자연스럽지 않았다. 그는 다시 움직이라고 지시했지만 그의 두 발은 바닥에 달라붙은 듯 꿈쩍도 하지 않았다. 그는 그런 자신이 몹시 실망스러웠다. 그런 자신에게인지, 자신을 그렇게 만든 민영에게인지 제대로 분간하지 못한 채 화를 냈다. "왜 그러는지 몰라? 바보야? 왜 꼭 그렇게? 왜 내 손등에 키스를 해요? 그걸 물어? 그걸 질문이라고 하는 거야? 말해줘? 그래, 말해줄게. 말해주지. 닿으려고 그러잖아. 닿으려고. 너한테 닿으려고. 거기까지밖에 닿을 수 없으니까 거기까지 닿으려고, 그러는 거잖아. 사랑하는 사람에게 닿으려고 하는 거, 그거 아주아주 자연스러운 거야." 그녀가 어쩔 줄 몰라 하며 몇 차례 고개를 끄덕였기 때문에 그는 소리를 높인 게 나름대로 효력을 발휘했다고 생각했다. 그러자 조금 전에는 분명히 화가 나서 소리쳤는데, 실은 정말로 화가 나서 소리친 것이 아니라 화가 난 것마냥 연기를 한 것 같은 생각이 들었다. 그녀가 설득되었다고 판단했다. 그러니까 자연스러운 그 행위를 다시 시도하는 것이 마땅했다. 그러나 그것이 오해였다는 사실을 아는데는 십 초도 걸리지 않았다. 손목시계에서 시간을 확인한 그녀가 화들짝 놀라는 포즈를 취하더니, 10시 5분 전이에요, 들어가야 돼요, 하고 빠르게 걷기 시작했던 것이다. 뒤에 남겨진 준호는 자기가 한 말들이 연기가 되어 공중에 흩어지는 걸 보며 허탈하게 웃었다. 그리고 이를 악물고 아까 속으로 했던 생각을 밖으로 꺼냈다. 세상에 여자가 혼자인 줄 아는군. 이것으로 끝이다. 다시는 연락하지 않을 거야. 다시는……

그러나 그의 작심은 이틀을 넘어가지 않았다. 자연스럽지 않은 일이 빈번하게 일어나는 것은 자연스럽지 않지만, 그런 일이 전혀 일어나지 않는 것도 자연스럽지 않다. 그는 그녀를 다시 보지 않고는 견딜 수 없을 것 같았으므로 이틀을 견디다 전화를 걸었다. 그녀는 오늘은 안 된다고, 나중에 보자고 했다. 그는 잠깐이면 된다고, 얼굴이라도 보자고 졸랐다. 그녀는 이번 주는 말고 다음에 보자는 말만 되풀이했다. 그 순간, 연인의 사소한 눈짓 하나 손짓 하나에도 과도한 의미를 부여하고 과장하고 할 수 있는 대로 비관적인 방향으로 성급하게 예단하는, 사랑에 빠진 사람 특유의 반응이 그에게 나타났다. 그는 그녀가 자기를 피하려 한다고 단정했고, 그녀가 왜 자기를 만나지 않으려고 하는지 곰곰이 돌아보는 데 자기에게 할애된 시간의 거의 전부를 썼다. 그녀의 손을 잡고 손등에 키스를 한 일과 갑자기 소리를 높여, 닿고 싶어서 그런다고 했던 말들이 마음에 걸렸다. 그 순간에는 그녀를 설득했다고 생각했던 그 자연스러운 말들이 새삼 매우 부자연스럽고 억지스럽게 여겨졌을 수 있다는 우려가 생겼다. 그녀가 자기를 이상한 사람으로 생각하고 마음을 닫아버린 것 같아 걱정이 되었다. 그러자 자기가 정말로 이상한 사람처럼 여겨졌다. 그녀가 속되고 천박한 사람이라고 자기를 비난하는 소리가 들리는 것 같았고, 그러자 자기가 정말로 속되고 천박한 사람처럼 여겨졌다. 그녀의 목소리를 빌려 자기를 나무라고 책망했다. 그녀는 순수하고 바르고 맑은 사람이고, 자기는 속되고 이상하고 그른 사람이라고 자기를 비하했다. 더럽혀지지 않은 영혼을 가진 그녀에게는 자기의 속되고 천박한 욕망이 이해되지 않았을 거라는 생각이 그를 부끄럽게 했다. 그 순수함에 끌렸으면서 그 순수함을 훼손하려 한 자기의 이율배반적 태도를 비난하기까지 했다. 그는 의식하지 못했지만, 균형 잡힌 사고를 할 능력을 잃었다. 그럴수록 그녀를 놓치면 안 된다는 생각만 간절해졌다.

그는 하루 종일 그녀 생각을 하며 진을 빼다가 더 이상 참지 못하고 무작정 그녀의 집 앞으로 갔다. 격정에 사로잡힌 그가 집 앞에 와 있으니 잠깐만 나오라고 그녀에게 전화를 건 것은 밤 11시였다. 밤 11시는 그녀가 말한 통금 시간에서 한 시간이나 지난 시간이었다. 전화는 받았지만 전화를 받은 것이 다행인지는 말할 수 없다. 그의 하소연을 한참 듣던 그녀가 한숨을 푹 쉬며, 고난주간이에요, 했다. 처음에 그는 그녀의 말을 알아듣지 못했다. 무슨 주간? 하고 그가 되묻자 약간의 침묵 후에 그녀가 다시 가볍게 한숨을 쉬고 대꾸했다. "말했잖아요. 예수님이 십자가를 지고 골고다에서 고난을 당하셨어요. 이번 주가……." 지난번 만났을 때 그녀가 했던 말이 그제야 생각났다. 고난주간에는 그리스도의 고난을 묵상하며 경건하고 거룩하게 지낸다고, 매일 교회에 가고 금식도 한다고 했던 말을 그는 주의 깊게 듣지 않았다. 아니, 그렇다고 해서 자기를 만나지 않을 거라고는 생각하지 못했다. 데이트를 즐기고 하나님이 아닌 사람에게서 행복을 찾고 감각적 기쁨을 누리는 것을 죄송스러워한다는 생각을 할 수 없었다. 그녀의 세계가 그의 세계와 다르다는 사실을 그렇게 심각하게 인식하지 못했다.

이제 비로소, 마치 번개가 창문 밖의 어둠에 한순간 균열을 만들듯 그렇게 모든 것이 환하게 비춰졌다. 그녀의 모든 말과 행동들이 일목요연하게 이해되는 것 같았다. 그녀는 절대로 일요일에 약속을 잡지 않았다. 새벽마다 교회에 간다고 했다. 매일 큐티(Quiet Time)를 하고 가정 예배를 드린다고 했다. 청년부 모임이 있다며 토요일에도 교회에 갔다. 밤 10시 전에 집에 들어가는 데다가 주말을 그런 식으로 빼앗기니 데이트할 시간이 절대적으로 부족했다. 비로소 분명해졌다. 그녀와의 연애가 힘든 것은 너무 센 라이벌 때문이었다. 그의 연애의 라이벌은 그녀가 섬기는 신이었다. 그는 그녀의 신과 겨루어야 했다. 그녀의 신은 그녀에게, 내가 거룩하니 너희도 거룩하라고 요구했다. 너희 몸으로 하나님께 영광을 돌리라고 주문한 이도 그분이었다. 일주일에 하루, 일곱째 날은 거룩하게 안식할 날이라고 했으므로 일요일에 그녀는 거룩하게 예배를 드리는 일 말고 다른 일은 하지 않았다.

아주 보수적인 교단의 극성 신자라는 사실을 알았는데도 그녀를 포기할 수가 없는 것은 그의 문제였다. 사랑에 대한 그의 신념은 무너졌다. 그는 자기 연애가 신과 겨루어야 하는 것임을 인정했다. 자기 라이벌이 그녀가 섬기는 신이라는 사실을 인정하고, 그 힘센 라이벌로부터 그녀를 쟁취하기 위해 고심했다. 그리고 이상한 방식의 타협이 이루어졌다. 그는 라이벌인 신으로부터 그녀를 빼앗기 위해 그녀와 함께 그녀의 교회에 나가는 쪽을 택했다. 그렇게 함으로써 안식일로 빼앗긴 일요일을 빼앗아냈다. 그럴 수 있다고 믿었다.

　그는 이해하지 못했지만, 이것은 『좁은 문』의 조숙한 소년 제롬이 두 살 연상의 알리사를 사랑하기 위해서 사용한 방법이었다. "네가 어떤 대상에게 예배 드린다는 걸 알고서, 나 역시 그 대상에게 예배를 드리는 건, 바로 그 안에서 너를 발견하기 위해서라는 생각이 들어." 조숙한 제롬보다 훨씬 조숙한 알리사는 그런 예배는 순수하지 않다고 나무란다. 제롬의 관심은 순수한 예배가 아니라 알리사의 사랑을 얻는 것이기 때문에, 비록 그곳이 천국이라 해도, 거기서 그녀를 발견하지 못한다면 자기에게는 아무 필요가 없다고 답한다. 그는 자기의 예배가 순수하지 않다는 것을 부정하지 않는데, 그것은 그가 그런 비난을 개의치 않기 때문이다. 그의 예배가 순수하지 않다는 것이 곧바로 그가 순수하지 않다는 근거가 될 수는 없다. 어떤 순수는 때로 순수하지 않은 행위를 통해 증명된다. 순수하지 않은 행위가 그 사람의 순수를 보장하는 예는, 흔하지는 않지만 희귀한 것도 아니다. 준호는 민영의 사랑을 얻기 위해 순수하지 않은 예배를 택했다. 순수하지 않은 예배는 그(의 사랑)의 순수를 드러낸다. 이 과정에서 그가 자기에게 가한 약간의 합리화와 기만은 그의 비순수가 아니라 순수를 증명하는 예로 충분하다. 그가 라이벌로부터 빼내온 시간이 라이벌에게 바침으로써 얻어진 것이라는 점을 그는 모른 체했다. 말하자면 그 시간은 그녀를 라이벌로부터 분리해냄으로써 이룩한 승리가 아니라 그가 라이벌의 영역에 포함됨으로써 확보해낸, 혹은 시혜받은 일종의 혜택 같은 것이었다. 그는 모를 수 없는 그 사실을 모른 체함으로써 사랑을 지켜냈다. 순수를 위해 비순수를 감내했다고 해야 할까. 그런 일은 인간의 삶에서 모순이라고 할 수 없고, 오히려 흔하기까지 해서 차라리 삶의 어떤 규칙처럼 여겨질 정도이다.

제롬이 알리사의 사랑을 얻기 위해 성스러운 덕을 추구한 것처럼 준호는 민영의 사랑을 얻기 위해 그녀의 세계 속으로 들어가고자 했다. 그녀의 사랑을 얻기 위해서는 그 길밖에 없기 때문에 그렇게 했다. 몸을 만지고 키스를 원하는 자신의 욕망을 저열한 것으로 여기는 것이 그녀 세계의 통념이었기 때문에 자기도 그렇게 바뀌려고 했다. 교회에 출석하고 예배를 드리고, 교회 청년부의 봉사 활동에 동참했다.

10시에 귀가하고 술집에 가지 않고 키스를 탐내지 않았다. 겉으로는 확실히 바뀌었다. 그러나 바뀌기 전의 준호나 바뀐 다음의 준호나, 모양은 다르지만, 연애지상주의자인 것은 같다. 사랑에 대한 애초의 신념을 바꿀 수 있었던 것도 그가 연애지상주의자였기 때문에 가능한 일이었다. 사랑이 최고의 선이고 유일한 원동력이기 때문에, 사랑을 제외하고 무엇이든 바뀔 수 있고, 바꿀 수 있다. 사랑을 위한 것이라면 어떤 변신도 용납된다. 사랑을 위해 한 것이라면 어떤 비순수도 비순수가 아니고 어떤 배반도 배반이 아니다. 모든 규범을 부정하는 상황윤리주의자들이 유일하게 인정하는 것이 사랑이다. 사랑의 동기에 의해 행해진 행동은 선이라고, 그것만이 선이라고 그들은 말한다. 준호는 그런 사람이다. 그녀가 결혼을 하지 않으면 키스할 수 없다고 했기 때문에 그는 기꺼이, 키스를 하기 위해 결혼하기로 마음먹었다.

17

말의 주술,
사랑의 주술

　강요당하지 않고 사랑한다는 말을 하는 것은 불가능하지만, 그러니까 모든 사랑의 고백은 강요된 것이지만, 거꾸로 사랑한다는 고백에 의해 사랑이 이끌려 나오는 일도 일어난다. 없는 사랑이 갑자기 생겨난다는 뜻은 아니다. 그럴 수도 있겠지만 흔하지는 않다. 생겨나는 것이 아니라 이끌어내어진다. 수면 아래 깊이 잠겨 있거나 뒷방 구석의 어둠에 단단히 숨어 있던 것을 이끌어낸다는 뜻이다. 사랑하지 않으면서 사랑한다고 말하는 것은 어렵지만, 사랑한다고 말해놓고 사랑하지 않기는 더욱 어렵다는 말을 어떤 소설가는 자기 소설집 작가의 말에 쓴 적이 있다. 그런 뜻이다. 그 작가가 그 짧은 글에서 염두에 둔 대상은 독자였지만, 이것이 작가와 독자 사이에만 적용되는 원리일 리 없다. 기본적으로 이 문장은 말의 주술에 대한 것으로 읽힌다. 말이 가진 힘에 대한 말.

집에서 키우는 식물들에게 긍정적인 기운의 말을 하면서 물을 주면 잘 자라고 반대로 부정적인 기운의 말을 하면서 물을 주면 잘 자라지 않고 시든다는 실험이 보고된 적이 있었다. 그런 유의 이야기는 꽤 많다. 우리가 먹는 밥이나 물도 칭찬의 말과 저주의 말에 대해 특정한 반응을 보인다는 보고도 있었다. 칭찬의 말을 들은 음식과는 달리 저주의 말을 들은 음식은 금방 상하고 쉬 부패한다는 것. 사랑의 말을 듣고 자란 아이와 그렇지 않은 아이의 인생이 어떻게 달라지는가에 대해서도 많은 사람이 많은 언급을 했다. 말의 힘에 대한 이런 보고들은 수신자, 즉 특정한 말을 듣는 대상(사람은 물론 동식물이나 무생물까지를 포함하여)에게 나타난 결과들에 대한 것이다. 말을 하는 사람이 아니라 말을 듣는 사람에게 말이 어떤 영향을 미치는가 하는 연구들이다. 자극을 받은 대상에게 자극의 효과가 나타나는 것은 당연해 보인다.

그러면 자극을 가한 주체에게는? 말을 들은 사람이 아니라 말을 한 사람에게는? 말의 영향은 말을 듣는 사람만 아니라 말을 하는 사람에게도 나타나지 않을까. 말하는 사람에게는 더욱 나타나지 않을까.

왜 아니겠는가. 사랑한다고 말하는 순간, 그 말은 그 말을 듣는 사람만 아니라 그 말을 하는 사람도 겨냥한다. 더욱 겨냥한다. 그 말을 하는 사람은 자기가 하는 말을 듣기도 하기 때문이다. 듣는 사람은 듣기만 하는 사람이지만 하는 사람은 하면서 듣기도 하는 사람이다. 듣는 사람은 잘못 들을 수도 있지만 하는 사람, 하면서 듣는 사람은 잘못 들을 수도 없는 사람이다. 그래서 사랑한다고 말한 사람은 사랑하는 사람이 된다. 되지 않을 수 없다. 사랑한다는 말을 하기는 어렵지만 사랑한다는 말을 해놓고 사랑하지 않기는 더욱 어렵다.

그런데 이런 현상이 생기는 것은, 질문해보자, 단지 그 말을 했기 때문일까. 말의 힘, 즉 주술일 뿐일까. 그것뿐일까. 주술사는 누구, 혹은 무엇을 향해 주술을 건다. 주술에 힘이 있다는 것은, 주술사가 겨냥한 그 누구, 혹은 무엇에 주술사가 의도한 어떤 현상이 결과로 나타나는 것에 대해 하는 말이다. 그런데 주술사가 건 주술이 누구이거나 무엇이 아니라 주술사 자신에게 나타난다는 것을 어떻게 이해해야 할까. 이 경우에는, 이 주술이 말하는 사람의 외부, 그러니까 누구이거나 무엇을 향하지 않고 자기를 향한다. '나는 너를 사랑한다.' 이것이 주술의 내용이다. 자기 자신에게 주술을 걸고 있는 형국이다. 말하는 나와 듣는 너가 동일인이므로 이 말을 할 때 그는 사랑한다고 고백하는 사람이면서 동시에 사랑한다는 고백을 듣는 사람이다. 주술이 이 사람을 피할 리 없다.

그럼에도 말의 힘, 말의 주술에 내포된 역설이라고 단정하고 넘어가는 것은 좀 단편적일 수 있다. 사랑한다고 말하고 나면 사랑하지 않을 수 없게 되는 이 현상은 말의 힘만 아니라 사랑의 힘 때문이기도 하다고 말해야 맞다. 사랑한다는 말은 실제로 그 말을 들은 사람의 마음을 움직이기보다 그 말을 한 사람의 마음을 더 움직인다. 사랑한다고 말할 때 말해지는 것이 사랑이라는 사실을 고려하면, 말의 주술만 작용하는 것이 아니라 사랑의 주술 또한 작용하고 있다고 하는 것이 자연스럽다.

영석이 그런 생각을 한 것은 자기 입에서 사랑한다는 말이 나온 다음에 자기가 정말로 그 사람을 사랑한다는 사실을 의심의 여지 없이 믿게 된 사실이 믿어지지 않아서였다. 그에게 그 말을 하게 한 사람은 선희였다. 선희는 그에게 사랑한다고 말해달라고 주문했다. 눈이 소복이 쌓인 길을 걷다가 문득 멈춰 서서 그 말을 했다. 술집에서 나왔지만 그는 거의 술을 마시지 않았으므로 취하지 않았다. 술집에서 그녀는 그에게 자기 마음을 다 보였다. 아니, 그 전에 수없이 보였다. 그녀의 마음은 거의 투명해서, 술자리 전에도 그는 그 마음을 이미 다 보았다. 그러나 그의 마음은 불투명해서 그 전은 물론 그날의 술자리에서도 아무것도 보지 못했다. 보았지만 보지 못했다.

둔한 것이든 무신경한 것이든, 아니면 자기방어가 지나치게 완강한 것이든 답답하긴 마찬가지였다. 조금 짜증이 난 그녀가 문득 걸음을 멈추고 몸을 돌린 다음 그 말을 했다. "나한테 사랑한다고 말해줄래요? 그 말을 하기가 그렇게 어려워요?" 가로등 불빛을 받아 눈송이가 반짝거렸다. 눈송이가 그녀의 코트 위에 내려앉았다가 사그라지는 모습을 보고 있다가 그는, 그 말이 듣고 싶어요? 하고 물었다. 그녀는 대답은 하지 않고 흰 눈이 얌전히 내려앉은 가로등을 올려다보았다. 불빛 때문인지 노려보는 것 같았고, 눈물이 그렁거리는 것 같기도 했다. 그는 노려보는 것도 눈물이 그렁거리는 것도 불편했다. 그는 그녀의 시선을 따라 가로등 위에 얌전히 내려앉은 흰 눈을 바라보았다. 심각해지지 않으려 했는데, 영문을 알 수 없는 감동이 울컥 치밀어 올라왔고, 그래서, 사랑해요, 나도, 라는 말을 하고 말았다. 자기 입에서 발음되어 나온 말에 움찔 놀란 그가 말끝을 흐리며 어색하게 웃었다. 그 순간 그로서는 해석할 수 없는 감동이 목메게 했다는 사실을 그는 그 당장에는 짐작하지 못했다. 말끝을 맺을 필요는 없었다. 그녀가 그를 끌어당기고, 그의 입술 위에 자기 입술을 얹었다. 그녀의 품에 안긴 상태에서 그는 자기가 한 말을 반복해서 들었다. 그가 한 번 한 말을 반복해서 듣고 있는 사람은 그 자신이었다. 사랑해요, 나도. 사랑해요, 나도. 사랑해요, 나도. 목이 메어 제대로 끝맺지 못한 그 한마디 문장이 눈처럼 그의 내부에 차곡차곡 쌓였고, 마침내 포화 상태가 되었을 때, 자기가 발음한 그 어색한 한마디가 내부에 가득 차서 더 이상 다른 어떤 것도 들어올 틈이 없게 되었을 때 그는 자기가 그녀를 사랑한다는 사실을 인정했다. 사랑은, 자기가 한 사랑의 말—"사랑해요, 나도"—에 의해 충만해지는 상태를 가리키는 것임을 깨달았다.

사랑한다고 말했기 때문에 사랑하는 자가 되었음을 알게 된 것은 신비였다. 말이 힘을 가지고 있는 것처럼 사랑도 그러했다. 그는 자기가 그녀에게 사랑한다고 말했다는 단순한 사실에 깊이 매료되었다. 그는 사랑한다고 말했다. 그가 한 말은 '사랑한다'였다. 그녀가 자기를 사랑한다고 말했기 때문이 아니라 자기가 그녀를 사랑한다고 말하는 순간 사랑이 자기 안에 살기 시작했다는 사실이 그를 흥분하게 했다. 그는 온몸에 전율을 느꼈는데, 그것은 비단 그 순간 그녀가 그의 입술을 깊이 빨아들였기 때문이 아니었다.

그런데 그가 그 말을 한 것은 상대방이 그것을 요구했기 때문이 아닌가? 선희는 그에게 사랑한다고 말해줄래요? 라고 말했다. 그녀는 그에게 사랑한다는 말을 하도록 강요한 것이 아닌가? 그녀의 강요가 사랑한다는 그의 말을 이끌어낸 것은 아닌가, 라는 의문을 가진 사람은, '사랑한다고 말해줄래요?'라는 문장을 명령형으로 제대로 읽은 사람이다. '사랑한다고 말해줄래요?'는 질문의 구조 안에 담긴 부탁이다. 지시나 요구나 부탁을 하는 문장은 모두 명령형이라고 할 수 있으므로, 아무리 공손하게 혹은 간절하게 부탁하고 있다고 해도 본질은 명령인 셈이다. 의문형 속에 담긴 명령형 문장. 그녀가 그에게 부탁의 형식을 빌려 강요하고 있다는 사실은 명백해 보인다. 겉으로 보기에는 그렇다. 그러나 부탁의 형식을 빌려 강요하는 것으로 읽히는 그녀의 이 문장이 실은 그녀가 받은 강요의 결과임을 포착한다면 사정이 좀 달라진다. 그녀는 강요하고 있는 것이 아니라 사실은 강요받고 있다. 이 부탁은 그녀가 하기를 원한 것이 아니다. 안 할 수 있으면 안 하고 싶은 그 명령형 문장을 안 할 수 없어서 한 것이라면 그녀가 강요하는 자가 아니라 강요당한 자라고 말하지 않을 이유가 없다. 사랑한다고 말하는 사람보다 사랑한다고 말해달라고 말하는 사람이 더 강

요당하고 있다고 말하지 않을 이유가 없다. 그러니까 강요
당하지 않고는 사랑의 말을 할 수 없다는 명제는 여전히 유
효하다.

18 구걸하는
—   자

그리고 기묘한 반전이 일어났다. 영석은 걸핏하면 선희
가 했던 그 말을 했다. "사랑한다고 말해줘, 나에게." 키스를
하다 말고 그 말을 하고, 애무를 하다 말고 그 말을 했다. 선
희는 그가 요구할 때마다 기꺼이 그 말을 해줬다. 어떨 땐
심각하게 했지만 대부분 장난스럽게 웃으면서 했다. 그런
선희와는 달리 영석은 한 번도 장난스럽게 웃으면서 그 말
을 하지 않았다. 선희와는 달리 그는 언제나 심각했다. 선희
와는 달리 그는 언제나 간절하고 진지하고 절실했다. 난생
처음 진귀한 음식 맛을 본 사람이 정신을 차리지 못하고 탐

욕을 부리듯 자꾸만 그 말을 듣고자 했다. 때로는 자기와는 달리 심각하지 않은 선희의 장난스런 대답에 짜증을 내기도 했다.

뭐야, 성의 없이, 적선하는 거야? 하고 대든 적도 있었다. 항의하는 형식에 담긴 그 말이 변형된 고백이기도 하다는 사실을 그는 모르지 않았다. 실제로 그가 구하는 것은 적선이었다. 그는 사랑을 구걸하는 자였다. 그녀가 자기를 사랑한다는 사실을 모르지 않았다. 그녀의 사랑이 부족하다고 생각하지 않았으므로 불만도 없었다. 오히려 과분하다고 여기고 있었다. 그런데도 사랑한다는 말을 들려달라고 구걸하기를 멈추지 않았다. 그의 구걸은 결핍을 채우기 위한 것이 아니라 구걸 행위 자체를 위한 것이었다. 구걸을 통해 무엇을 얻으려는 것이 아니라 구걸이 목적인 구걸이었다. 구걸을 통해 얻게 되는 재화가 아니라 구걸의 행위나 경험이 그가 원하는 것이었다. 결여된 무엇을 구걸하는 사람은 그것이 채워지면 구걸을 멈추지만, 결여된 무엇이 구걸의 행위인 사람은 어떻게 해서도 그것을 채울 수 없으므로 구걸을 계속할 수밖에 없다.

누군가에게 무엇인가를 받아본 경험이 없는 사람의 삶보다 문제 되는 것은 누군가에게 무엇인가를 달라고 구해본 경험이 없는 사람의 삶이다. 대개의 경우 무엇을 받아본 경험이 없는 사람과 무엇을 달라고 구한 경험이 없는 사람은 동일인이다. 원하는 것을 받은 경험이 없는 것보다 원하는 것을 달라고 구해본 경험이 없다는 사실이 이 사람의 내부를 더 심각하게 충격한다. 원하는 것을 받지 못한 경험이 아니라 원할 기회를 갖지 못한 경험이 더 근원적이고 더 뿌리 깊다. 원하는 것을 받지 못한 경험에 의해 생긴 상처는 대상이 되는 재화를 얻음으로써 치료가 되기도 하지만 원할 기회를 갖지 못한 경험에 의해 생긴 상처를 낫게 할 재화는 없다. 그는 단지 구하는 경험을 되풀이할 뿐인데, 그렇게 하는 것은 그렇게 함으로써 상처가 치료되기 때문이 아니라 그것이 그 상처의 고유한 증상이기 때문이다. 구한 것이 구해져도 그의 구하기는 멈추지 않는다. 그는 다만 끊임없이 무엇인가를 구하는 행위를 되풀이함으로써 자기가 누구인지를 고백한다. 그는 구걸하는 자이다.

영석은 늘 자기가 혼자라는 생각을 하며 살았다. 본질적으로 인간은 혼자 사는 존재라는 차원에서가 아니라 의지할 상대가 없다는 뜻에서, 그러니까 가족이나 친구가 없다는 점에서 그랬다. 그는 부모의 얼굴을 기억하지 못하는데, 그것은 그의 부모가 너무 일찍, 그러니까 그의 기억력이 미칠 수 있는 자장의 범위인 네 살 이전에 그를 떠났기 때문이다. 어부였던 아버지는 배를 타고 나갔다가 태풍을 만나 돌아올 수 없는 몸이 되었는데, 그의 나이가 두 살도 되기 전이었다. 어머니는 추운 겨울날 독감으로 앓아누웠다가 폐렴까지 생겨 일어나지 못했다. 사람들이 들려준 바에 의하면 그가 어머니를 잃은 것은 다섯 살 때였다. 다섯 살이면 흐릿하게라도 기억이 날 법한데 그에게는 어머니에 대한 인상이 전혀 남아 있지 않았다. 어머니가 돌아가신 후 그는 천덕꾸러기처럼 이 집 저 집을 오가며 자랐다. 큰아버지가 몇 달 데리고 있다가 고모에게 보내고, 고모가 몇 달 데리고 있다가 외삼촌에게 보내고 하는 식이었다. 그러다가 그가 초등학교를 졸업할 나이가 되었을 때 친척들은 그를 읍내의 시계방에 사환으로 보냈다. 그는 시계방에서 숙식을 제공받으며 잡일을 했다. 이 집 저 집 옮겨 다니며 밥을 얻어먹는 동안 자연스럽게 생긴 것이 눈치였다. 그것은 생존에 대한 감각 같은 것이었다. 그는 어린 나이에도 의지가 강하고 과묵하며 진중하다는 평을 들었는데, 그것은 그가 터득한 생존의 감각에 대한 사람들의 해석이라고 할 수 있었다. 오해는 아니지만, 그런 성품이 빚어진 요인과 그런 성품의 내부에 도사린 복잡한 감정을 차분히 헤아린 반응은 아니었다. 그는 누구에게나 잘 보여야 했지만 누구에게도 자기를 잘 보이기 어렵다는 사실을 거의 무의식적으로 깨달아 알고 있었다. 누구에게도 잘 보이기 어렵지만 누구에게나 잘 보이지 않으면 안 된다는 강박이 그를 눈치 빠르고 과묵하고 독한 아이로 만들었다. 누구도 그를 진정으로 보살펴주지 않았으므로 그는 누구에게도 진정으로 의지하지 않고 사는 법을 터득해야 했다. 그것은 혼자 사는 것이었다. 세상에 자기 혼자밖에 없는 것처럼 사람들 속에서 사는 것이었다. 아무도 믿지 않고, 그러나 아무도 믿지 않는다는 것을 아무에게도 내보이지 않고 사는 것이었다.

그는 시계방에서 잡일을 하며 초등학교를 같이 다니던 친구들로부터 중학교 교과서를 물려받아 공부를 했다. 삼 년 후 그는 도청 소재지인 대도시로 흘러들어 갔고, 아침에 신문을 돌리고 저녁에 건물 청소를 했다. 우연히도 그 건물의 두 층을 입시 학원이 사용하고 있었다. 그는 학원에서 쓰는 교재를 얻었고, 기회가 되는 대로 강의를 들었다. 스물두 살에 그는 도청 소재 도시의 한 백화점 시설부에서 일하면서 야간대학에 입학했다. 서른 살이 되었을 때 그는 서울의 한 보안 회사 영업부 직원이 되었다. 서른여섯 살이 되었을 때 그는 서울 근교의 한 소도시에서 그 지역 출신의 작가를 기려 만든 문학관의 관리자를 찾는다는 공고를 보았다. 사람들과 섞여 사는 일에 늘 긴장감을 느끼며 위장장애를 겪고 있던 그는 조심스럽게 지원서를 냈고, 칠순의 원로 소설가가 명예직이나 다름없는 관장직을 맡고 있는 이형문학관의 직원 두 명 가운데 한 명이자 실질적인 책임자가 되었다. 그 시간을 거쳐 오는 동안 그는 어린 시절보다 눈치는 덜 보게 된 대신 한층 과묵해졌고 마음을 잘 열지 않게 되었고 내부로 침잠해 들어갔다. 혼자 밥을 먹고 술을 마시고 산책하는 데 익숙했다. 선희를 만나 마음을 열 때까지 진정으로 누구를 좋아해본 적이 없었다. 탐색하고 방어하는 마음 없이 누구를 만나본 기억이 없었다.

그 시간을 거쳐 오는 동안 누군가로부터 도움을 받지 않은 것은 아니지만 그가 누군가에게 자발적으로 무엇을 요구하고 바란 적은 없었다. 원하는 것이 (많지는 않아도) 없었던 것은 아니지만, 그것을 얻고자 누구에게 요구한 경험은 없었다. 그럴 사람이 없었고, 그럴 사람을 만들 생각도 하지 않았다.

선희를 만나면서 그가 정말로 원한 것은 사랑한다고 해주는 말을 듣는 것이 아니라 사랑한다는 말을 해달라고 요구하는 경험이었다. 사랑한다는 말을 해달라고 요구하는 자기를 겪는 일이었다. 사랑한다는 말을 하는 자기 자신에게 매료되었듯 그는 또 사랑한다고 말해달라고 요구하는 자기 자신에게 매료되었다. 그의 요구를 받아 그녀가 사랑한다고 말할 때가 아니라 자기가 그녀에게 사랑한다고 말해달라고 요구할 때, 그런 요구를 하는 자기를 보고 그런 요구를 하는 자기 목소리를 들을 때, 그는 흥분했다. 그러나 그 흥분은 마약과 같아서 시효를 지니고 있었다. 일정한 시간이 지나면 다시 자극을 필요로 했다. 다시 사랑한다고 말해달라는 말을 해야 했다. 사랑한다고 말해달라는 말을 끊임없이 해야 했다.

연인의

역할

사랑한다는 말을 해달라고 조르는 이 남자가 한 계절이
지나면 마흔 살이 되고, 이 남자로부터 이런 요구를 받는 여
자가 서른 살 생일을 며칠 전에 지냈다는 사실을 알면 어떤
사람은 고개를 갸우뚱할지 모르겠다. 열 살 연상인 남자가
열 살 아래 여자한테? 뭔가 어색하고 부자연스럽다는 생각
을 하는 사람이 있다면 그 사람은 사람들의 관계, 특히 남자
와 여자 사이에 이루어지는 만남에 대해 매우 상투적이고
획일적인 통념을 가지고 있을 가능성이 높다. 모든 만남이
그렇지만, 특히 사랑의 감정을 교류하는 남자와 여자 사이

의 관계는 상투적일 수 없고 획일적일 수도 없다. 정형화할 수 없고 규정할 수도 없다. 나이 많은 사람이 항상 나이 어린 여자보다 어른스럽다고 할 수 없고, 모든 남자가 여자보다 남자다운 것도 아니다. 연인이라는 호칭이 가리키는 대상은 유일하지 않고 고정되어 있지도 않다. 유일하고 고정된 것도 규정하기가 어렵거니와 유일하지 않고 고정되어 있지 않은 것은 더욱 규정하기가 어렵다. 연인의 역할과 성격이 따로 정해져 있다고 말할 수 없는 이유이다. 어떤 연인들은 오누이처럼 지내고, 어떤 연인들은 친구처럼 지낸다. 그러나 모든 오누이들이 다 같은 것이 아니고 모든 친구들 역시 다 같은 것이 아니므로 이 문장은 매우 불완전하다. 예컨대 어떤 오누이는 모자지간 같고, 어떤 친구들은 사제지간 같을 수 있다. 그러나 또 모든 모자가 다 같지 않고 모든 사제가 다 같지 않으므로 우리는 다시 어떤 모자지간인지, 어떤 사제지간인지 물어야 한다. 친구 같은 모자지간이라거나 연인 같은 사제지간이라는 답을 할 수 있을 텐데, 그 경우 역시 어떤 친구, 어떤 연인인지를 다시 묻지 않을 수 없으니 이 질문은 끝이 없이 되풀이되고, 결국 둥근 고리를 잡고 빙빙 도는 형국이 될 수밖에 없다.

모든 사랑이 다 다르니까, 사랑하는 사람은 이러이러해야 한다고 규정되지 않으니까 이상적인 사랑이라는 걸 따로 정할 수도 없다. 사랑하는 사람은 특정한 상황 속에 있고 마찬가지로 특정한 상황 속에 있는 사람과 관계하기 때문에 개별적이고 실존적이다. 각각의 사랑 안에서 연인들이 맡은 역할이 다를 수밖에 없는 이유이다. 이 역할은 기질과 상황과 조건, 그리고 상대 연인의 사정, 즉 그 또는 그녀의 기질과 상황과 조건에 따라 정해진다. 상대가 달라지면 다른 역할 관계가 형성된다. 배치가 달라졌기 때문에 관계도 변한다. 실존적이라는 것은 그런 뜻이다.

제각기 다르게 사랑하면서도 누구나 '사랑한다'는 한 가지 표현을 쓴다. 사랑하는 것을 사랑한다는 것 말고 다른 말로 표현할 길이 없기 때문이다. 사랑하는 사람들은, '사랑한다'고 같은 말을 하면서 다르게 사랑한다. 다르게 사랑하면서 똑같이 사랑한다는 한 가지 표현을 쓴다. 백 쌍의 연인이 있으면 백 개의 각기 다른 사랑이 있을 수밖에 없는데 한 가지 표현을 쓰므로, 쓸 수밖에 없으므로, 오해가 생긴다. 영석과 선희가 다른 누구, 가령 철수와 영희처럼 사랑하지 않는다고 해서 사랑하지 않는 것이라고 말할 수 없다. 자기와 같은 방식으로 사랑하지 않는다고 해서 사랑이 아니라고 말해선 안 된다.

여기 하나의 사랑이 있다. 영석과 선희의 사랑. 나이 든 남자인 영석은 응석을 부리고 나이 어린 여자인 선희는 그의 응석을 받아준다. 그들이 사랑하는 풍경이다. 선희가 다른 남자와의 관계에서, 가령 형배와의 관계에서 그런 역할을 하지 않았으며 하지 않을 거라는 걸 우리는 알고 있다. 그것은 영석이 형배가 아니고 형배가 영석이 아니기 때문이다. 형배가 영석처럼 응석을 부리지 않기 때문에 선희는 응석을 받아주는 사람이 될 수 없다. 당신이 나의 방식을 정한다. 연인은 사랑하는 자이고, 동시에 연인의 사랑의 방식을 결정하는 자이다.

영석은 자주 선희의 품속으로 파고든다. 그는 선희의 몸을 으스러지게 끌어안고 자기 얼굴을 그녀의 가슴에 파묻는다. 그녀의 가슴을 열고 안으로 들어올 것 같은 기세에 놀라 처음에 그녀는 몸을 뒤로 빼며 힘을 주어 밀어내었다. 숨을 쉴 수 없을 것 같았기 때문이고, 가슴뼈와 등뼈가 으스러지는 것처럼 아팠기 때문이다. 왜 이래요, 하고 소리치며 밀어낸 것은 거의 본능적인 방어 본능 같은 것이었다. 그녀는 실제로 위협을 느꼈다. 자기 신체가 손상될 것 같은 두려움과 함께 남자의 정신 상태에 대한 의심과 불안이 머리끝을 쭈뼛거리게 했다. 그렇게 느낄 만큼 거칠고 난폭했다. 상대방에게 존중받지 않고 있는 것 같아 불쾌하기도 했다. 그는 놀라게 해서 미안하다고 사과했지만, 그다음에도 태도가 달라지지 않았다. 존중하지 않아서가 아니라 서툴러서, 조심성이 없어서가 아니라 어떤 핍진함에 이끌려서 어쩔 수 없이 그러는 것이라는 호의적인 해석이 생기지 않았다면 그를 감당하기가 어려웠을 것이다. 서툴러서, 어떤 핍진함에 이끌려서, 어쩔 수 없이, 라는 이유들이 이 특별한 연인을 받아들이고 사랑을 지속하게 했다. 연인을 받아들이고 사랑을 지속하려는 의지가 그런 이유들을 계발하게 했을 수도 있다.

그의 애무는 거칠고 집요했다. 침대에 같이 있을 때 그는 그녀의 가슴에서 얼굴을 떼지 않았다. 그녀의 가슴에 얼굴을 묻고 킁킁거리다가 몸에서 뜯어내기라도 할 것처럼 젖꼭지를 물고 빨기를 계속했다. 그녀가 아프다고 제지해야 하는 경우가 많았다. 그러면 주춤거리며 떨어져 나갔다가 얼마 후 다시 또 그녀의 가슴으로 달려들었다. 그럴 때면 그녀는 그의 등을 가만히 토닥이거나 뒷머리를 쓰다듬으며 진정시켜주어야 했다. 그의 흥분을 가라앉히는 게 중요하다는 걸 알게 되었기 때문이다. 가끔은 아주 작은 소리로 자장가를 흥얼거리기도 했다. 그 모습은 엄마가 아이를 어르는 동작을 떠올리게 했다. 그의 등을 토닥이거나 그의 뒷머리를 쓰다듬을 때 실제로 그녀는 자신을 '엄마'처럼 느꼈다. 그때 그녀는 밖에서 상처받고 돌아온 아들에게 품을 열어 달래는 어머니가 되었다.

물론 처음부터 그런 것은 아니었다. 반 시간 동안 가슴에
만 매달려 있을 뿐 좀처럼 다른 시도를 하지 않는 그에게 짜
증이 난 그녀가 신경질적으로 몸을 일으키고 옷을 찾아 입
을 때 그녀는 자기의 짜증과 의심과 실망을 굳이 숨기려 하
지 않았다. 그녀는 자기의 짜증과 의심과 실망을 말로 표현
하려고 그를 똑바로 바라보았다. 당신, 불능이야? 하고 퍼부
을지, 변태냐고 몰아붙일지는 아직 정하지 않은 상태였다.
그러나 그녀는 이러지도 저러지도 못하고 얼어붙어버렸는
데, 언제 뒷걸음질을 쳤는지 그가 벽 모서리에 몸을 바짝 붙
인 채 알 수 없는 표정으로 그녀를 올려다보고 있었기 때문
이다. 그녀의 눈에 그는 위기에 몰린 한 마리 작은 짐승처럼
처참하고 비굴해 보였다. 곧 눈물을 쏟아낼 것 같은 그의 눈
을 향해 신경질을 부릴 수 없었다. 불능이냐고 퍼부을 수도
몰아붙일 수도 없었다. 그러기는커녕 마주 보기도 힘들었
다. 처참하고 비굴한 것들이 얼굴을 찡그리게 하는 것은 불
쾌함 때문이 아니라 불편함 때문이라는 것을 우리는 안다.
그것들은 보는 사람을 궁지로 몬다. 보인 것의 의도와 상관
없이 보는 사람은 공격당한 상태에 들어간 자신을 느끼게
된다. 피할 수는 있지만 공격할 수는 없다. 피할 수는 있지만
벗어날 수는 없다. 약한 것은 힘으로 누를 수 있다. 그러나
처참하거나 비굴한 것은 그러기가 어렵다. 만일 그것이 맹

수에게 어미를 잃고 벌벌 떠는 새끼 짐승의 이미지와 연결되기라도 하는 날에는 더 곤란하다. 얼굴을 찡그리고 외면하는 건 아예 불가능해진다. 그런데 그런 일이 그 순간 그녀에게 일어났다. 무슨 연상 작용인지, 그녀는 아주 조그맣게 부피를 줄인 채 구석에 웅크린 남자에게서 벌벌 떠는 새끼 짐승의 이미지를 떠올리고 말았다. 말해주지 않았는데도 그녀는 그의 오래 묵은 상처와 은폐된 두려움을 감지했다. 그녀는 깊은 상처를 입고 그의 내면 깊은 곳에 오랫동안 웅크려온 한 마리 새끼 짐승을 보았다. 그녀는 꺼부을 수 없었고, 몰아붙일 수 없었다. 얼굴을 찡그릴 수 없었다. 외면할 수 없었다. 이상한 힘에 이끌려 그녀는 그에게 자기 가슴을 내주었다. 자기 가슴을 내주고 그의 등을 쓰다듬었다.

20 고아의
─ 사랑

　행복해본 적이 없는 사람은 행복해본 적이 없기 때문에
행복한 상태가 어떤 것인지 모르고, 그럼에도, 혹은 그렇기
때문에 행복한 상태를 동경하고, 그렇지만 행복한 상태가
어떤 것인지 모르기 때문에 자기가 행복한 상태에 있는지
그렇지 않은지 자각하지 못한다. 행복해도 행복한 걸 모르
고 행복하지 않아도 행복하지 않은 걸 모른다. 그러면서도
행복을 갈구하는 것은 행복이 있다는 것을 여러 경로의 풍
문을 통해 들어 알고 있기 때문이다. 그런데 행복이 무엇인
지 모르면서 행복을 추구하는 사람은 사실은 자기가 무엇을

추구하는지 모르는 사람이다. 무엇을 추구하는지 모르기 때문에 더 간절하고, 간절하지만, 간절하기만 할 뿐, 어떻게 해야 할지 몰라서 어떻게 하지 못한다. 방향이 없는 간절함은 제자리를 맴도는 열뜬 몸짓이 된다. 그는 행복을 갈구하면서, 갈구하는 동안에도, 행복과 닿아본 적이 없기 때문에, 더 정확하게는 행복에 닿았는지 어떤지 인식하지 못하기 때문에 자기가 갈구하는 행복을 의심한다. 갈구하는 그것이 어떤 모양인지 모르기 때문에 정작 그것이 다가올 때 알아보지 못할까 봐 걱정하고, 갈구하는 그것으로 여겨지는 것이 가까이 다가왔을 때는 혹시 위장한 행복이 아닌지, 미끼나 함정이 아닌지 신경을 곤두세운다. 행복을 탐하면서 행복이란 게 있기는 한 건지 의심하고, 동시에 정말로 행복해질까 봐 전전긍긍한다. 행복해지려 하지만, 행복해지면 안 될 것 같아서 행복해지지 않으려 한다. 행복해지면 불행해질 것 같아서 행복해지지 않으려는 당착이 그를 지배한다. 행복은 그가 간절하게 갖기를 원하는 것이면서 동시에 갖게 될까 봐 주저하는 것이 된다.

　고아의 내부에는 그처럼 복잡한 회로가 엉켜 있다. 선희는 영석을 만나는 동안, 특히 연애 초기에 크고 작은 상처를 많이 받았는데, 그것은 영석이 자기 내부의 엉킨 회로를 제대로 풀지 못한다는 사실을 이해하지 못해 생긴 일이었다.

영석이 그녀에게 상처를 입힌 것은 자기 내부의 엉킨 회로를 풀지 못해서였고, 그러므로 그는 자기가 그녀에게 상처를 입히고 있다는 사실을 인식하지 못했다. 심지어 그는 자기가 그녀에게(그녀만 아니라 누구에게든) 상처를 입힐 수 있다는 사실도 인지하지 못했다. 자기에게 그런 능력이 있다는 것을 인정하지 못했다.

그의 그런 상태를 이해하기까지 시간이 필요했고 인내가 요구되었다. 이를테면 불같이 뜨거워졌다가 어느 순간 얼음처럼 차가워지는 남자로부터 농락당하는 기분을 느끼지 않기 위해서는 여러 번의 경험의 반복과 심사숙고의 과정을 통해 모성의 조건 없는 수용성을 학습해야 했다. 그녀는 자기가 없으면 죽기라도 할 것처럼 이글거리는 눈빛으로 호소하고 간절하게 손을 뻗어 그녀를 들뜨게 해놓고는 다음 날 언제 그랬느냐는 듯 냉담하게 변해버리는 남자를 어떻게 대해야 할지 몰라 난감해했다. 여러 번 그를 떠났고, 다시 돌아왔다. 어처구니없는 냉담함으로 떠나게 한 그가 거부하기 힘든 간절함으로 다시 돌아오게 했다. 그의 이해할 수 없는 냉담함이 자기가 전날 보여준 들뜬 행동과 뜨거운 말에 대한 과도한 검열과 그로 인한 수치심 때문이라는 걸 그녀가 깨닫기까지 꽤 많은 시간이 걸렸다. 그의 복잡한 내면을 짐작할 리 없는 그녀가 황당해하며 마음을 닫고 돌아서면 그는 다시금 거의 맹목적이다시피 뜨겁고 간절한 구애를 퍼부었다. 그녀는 그런 그를 종잡을 수 없어 했지만, 그런 그를 그녀보다 종잡을 수 없어 한 사람은 실은 그 자신이었다. 그는 그녀에게 종잡을 길 없는 사람이었지만, 그에게는 더욱 종잡을 길 없는 사람이었다. 그는 자기 안의 감정을 언제나 종잡을 수 없어 했다. 그는 자기감정이 자기 안에 있다는 사실을 의아해했다. 자기가 제어할 수 없는 것이 자기 안에 있다는 사실을 긍정해야 하는 일이 늘 거북하고 이상했다. 때로는 자기감정이 자기 안에 들어 있는 것이 아니라 자기가 자기감정 안에 들어 있는 것 같은 터무니없는 기분에 사로잡히기도 했다. 자기감정을 자기가 제어하지 못하는 까닭이 그 때문이라고, 자기가 자기감정을 소유하고 있는 것이 아니라 자기감정이 자기를 소유하고 있어서라고 느끼기도 했다. 그의 내부에 복잡하게 엉킨 회로가 설치되어 있지만, 그는 그것을 설치하도록 공간을 내준 사람이 아니었고, 그것을 설치한 사람은 더더욱 아니었다. 그 회로는 그에게도, 아니, 그에게야말로 낯설고 난감하고 혼란스러운 것이었다. 그가 그녀에게 자기 내부의 회로도를 보여주지 않은 것은 보여주고 싶지 않아서가 아니라 그런 걸 가지고 있지 않았기 때문이다. 그런 게 가장 필요한 사람은 그 자신이었다. 선희가 영석으로부터 여러 번 상처를 많이 받았다고 했지만,

그것은 사실이지만, 그로부터 더 상처를 많이 받은 사람은 실은 그 자신이었다.

선희는 여러 번 돌아섰고, 돌아섰다 여러 번 돌아왔고, 그 과정에서 마침내 복잡하게 엉킨 그의 내부의 회로를 이해하게 되었다. 복잡하게 엉킨 내부의 그 회로를 파악할 수 있게 되었다는 뜻으로 하는 말이 아니다. 그의 내부에 그렇게 엉킨 복잡한 것들이 존재한다는 사실을 알게 되었다는 뜻이다. 그녀가 보기에 그는 사람을 만날 때 누구나 마땅히 갖게 되는 수준 이상의 과도한 긴장을 느끼는 사람이었다. 균형 감각을 잃으면 안 된다는 강박적인 자기통제가 오히려 균형 감각을 잃게 만드는 경우에 속했다. 특히 모르는 사람을 만나거나 낯선 환경에 들어갈 때 심했다. 그가 자주 어쩔 줄 몰라 하거나 비상식적인 반응을 보이는 것은 그 때문이었다. 그에게 균형 감각을 요구할 수 없다는 사실을 그녀는 반복 학습을 통해 터득했다. 그는 어린아이와 같았다. 예컨대 그녀와 함께 있을 때 그는 너그럽고 능숙한 남자 연인이 아니라 서툴고 심술궂고 어머니의 사랑을 무조건적으로 갈구하는 이기적인 아이가 되었다. 애무를 할 때도 예외가 아니어서 그녀는 가끔 자기 품을 거칠게 파고드는 어린아이를, 어머니가 그렇듯, 너그럽고 능숙하게 다독이며 헛웃음을 웃곤 했다.

21
—

넝쿨식물의

넝쿨

큰 나무를 칭칭 감고 올라가는 넝쿨식물을 찍은 사진이
영석의 사무실 벽에 붙어 있었다. 그 사진을 찍은 사람은 영
석 자신이었다.

그가 근무하는 이형문학관에서 가까운 곳에 왕릉이 있다.
왕릉은 넓고 찾는 사람이 거의 없어 한적한 편이다. 문학관
에서 거기까지 가는 데 이십 분이 걸리지 않았다. 그는 자주
오래전에 죽은 왕과 왕비를 위해 제공된 20만 평의 땅을 제
집 정원인 양 산책했다. 죽은 왕의 큰 무덤을 향해 가는 길은
숲으로 둘러싸여 있었다. 숲에는 꾸부정한 허리를 짚고 서

있는 나이 먹은 나무들이 많았다. 그는 숲속으로 들어가 나무들 사이를 걷는 걸 좋아했다. 콧속으로 들어와 몸속을 물처럼 흐르는 깊은 나무 향과 피부를 간질이는 부드러운 바람과 수풀 사이를 날아가는 새들의 노랫소리와 잎이 넓은 낙엽을 밟을 때 발밑에서 바스락거리는 소리를 좋아했다. 그곳에 심어진 나무들 가운데 그가 이름을 아는 것은 소나무와 참나무와 상수리나무와 때죽나무 정도였다. 초여름이 되면 숲은 빽빽한 푸른색으로 뒤덮였다. 나무들은 화려한 장식 같은 잎들을 붙이고, 풀들은 하루하루 발돋움을 하며 쑥쑥 자라났다. 줄기가 튼튼하지 않아 꼿꼿하게 서 있기 힘든 넝쿨식물들은 크고 굵은 나무의 몸을 의지하고 뻗어나갔다. 햇빛이 잘 들고 습기가 충분히 공급될 때 넝쿨식물의 넝쿨이 뻗어나가는 속도는 놀라웠다. 실제로 그는 산책 중에 넝쿨이 다다라 있는 위치를 눈대중으로 측정하곤 했는데, 여름철에는 하루 만에도 그 변화를 확인할 수 있을 정도였다. 위로 올라가면서 넝쿨은 여러 개의 줄기로 분화했고, 잎이 넓어지고 짙어지고 많아졌으며 더 억세게 나무의 몸통을 움켜쥐었다. 그것을 보려고 왕릉에 가는 것은 아니지만 그곳에 갈 때마다 크고 굵은 나무줄기를 감고 올라가는 넝쿨식물들을 올려다보았다. 여름이 무르익었을 때 크고 오래된 나무줄기는 흡사 넝쿨나무 잎 무늬의 옷을 차려입은 것처럼 보였다. 넝쿨식물의 넝쿨이 나무를 칭칭 감고 있어서 나무의 몸체가 아예 보이지 않았다. 그는 다른 날보다 더 오래 그 앞에 서 있었다. 스스로 설 힘이 없어서 굳건히 서 있는 큰 나무를 의지하고 자라나야 했던 넝쿨식물이 어느 순간 나무를 꼼짝 못 하게 붙들고 있는 모습이 그의 눈에는 기이했다. 셀 수 없이 많은 넝쿨식물의 손이 나무의 몸을 움켜쥐고 있었다. 나무가 넝쿨손에 붙들려서 옴짝달싹 못 하는 것처럼 보였다. 넝쿨식물의 넝쿨이 나무를 장악하고 있는 것처럼 보였다. 약함을 앞세워 강한 나무를 꼼짝 못 하게 하고 있는 것처럼 보였다. 끌어안는 것이 장악의 방법이었다. 사랑이 지배의 수단이었다. 그는 이상한 감동에 이끌려 핸드폰을 꺼내 사진을 찍었다.

이형문학관에 처음 왔을 때 그녀가 영석의 사무실에서 본 사진이 그것이었다. 그녀는 이형문학전집의 편집 담당자 가운데 한 명으로 그곳을 출입했다. 전집의 마지막 권은 이형 평전에 할애되었다. 그 평전을 쓸 사람은 이형의 제자 가운데 한 사람인 문학평론가였다. 문학관에 처음 왔을 때 그녀는 그 문학평론가와 동행했고, 그 이후에 몇 번은 혼자 왔다. 사진을 찍고 자료를 보충하는 일이 그녀에게 배당되었기 때문이다.

그녀가 그 사진에 대해 물은 것은 두 번째로 혼자 문학관을 찾아왔을 때였다. 그 사진으로부터 특별한 인상을 받아서는 아니었다. 잘 찍은 사진이라는 생각을 해서도 아니었다. 그녀는 사진에 대해 평가할 만한 안목이 없었다. 사실을 말하면 남자와 단둘이 있는 공간에서 아무 말도 하지 않고 있는 시간이 어색해서 별생각 없이 건넨 화젯거리에 지나지 않았다. 문학관의 직원인 영석은 그녀가 부탁하는 자료를 잘 챙겨주고 사무적인 질문에 대답도 잘해주었지만 그뿐이었다. 인사로라도 사적인 말을 할 줄 몰랐다. 틈이 없는 사람이다, 라고 그녀는 생각했다. 아무 말도 하지 않은 채 커피만 마시고 마주 앉아 있어도 그는 아무렇지 않았지만, 그녀는 그렇지 않았고, 몹시 어색했고, 문학관 직원이 손님인 자기를 배려하지 않는다고 느꼈고, 그것은 언짢지만 무슨 말인가를 해서 어떻게든 분위기를 바꾸려 했다. 두리번거리는 그녀의 눈에 벽에 걸린 사진이 들어왔으므로 불쑥 꺼낸 말이 그 사진에 대한 것이었다. 그는 누가 찍었느냐는 질문에는 대답하지 않고 어디서 찍은 거냐는 질문에는 왕릉이라고 짧게 대답했다. 그 사진에 대해 자세한 말을 덧붙이지 않았기 때문에 어색한 공기를 바꾸려는 그녀의 시도는 효과를 보지 못했다. 근처에 왕릉이 있느냐는 그녀의 물음에 그는 네, 하고 짧게 대답하고는 다시 입을 다물었다. 여유가 없는 사람이다, 라고 그녀는 생각했다. 그런 식의 짧은 대화와 침묵이 그 자리가 끝날 때까지 계속되었고, 이후의 만남에서도 크게 달라지지 않았다.

그런 그와 연인이 된 것은 기적 같은 일이라고, 그녀는 언젠가, 물론 농담으로, 그러나 진심이 섞였다는 걸 굳이 감추지 않고, 그에게 말한 적이 있었다. 그는, 기적이지, 맞아, 하고, 농담기가 전혀 느껴지지 않는 표정으로 대답했다.

22

기적은

어떻게 일어나는가

상식적으로 일어날 수 없는 것으로 간주되는 기이한 일을 기적이라고 한다. 기이한 어떤 현상이 어디에서 발생하거나 누구에게 경험될 때 우리는 기적이 일어났다고 말한다. 기적은 일어난다. 기적은 경험된 자에게 기적이다. 기적을 경험하는 자는 기적을 위해 아무것도 하지 않은 자이다. 무엇인가를 했다 하더라도, 그가 한 일이 기적을 만든 것은 아니다. 아무것도 하지 않았는데, 상식적으로 일어날 수 없는 것으로 간주되는 기이한 일이 일어난다. 어느 순간 불쑥, 예고나 암시 없이. 그러니까 기적을 경험하는 자는 피동적으로 당하는 자이다.

기적 같은 일이라고 했을 때, 선희는 이 사실을 염두에 두고 있었다. 기적 같은 일이라는 그녀의 말에 동의했을 때, 영석 역시 이 사실을 염두에 두고 있었다. 이 기적은 누구에게 일어난 것일까. 이 기적을 경험한 사람, 일어날 수 없는 것으로 간주되는 기이한 일을 피동적으로 겪은 사람은 누구일까. 그 말을 할 때 그녀는 자기가 그를 사랑하게 된 사실을 인정하며 믿을 수 없어 했다. 그 말에 동의할 때 그는 자기가 그녀를 사랑하게 된 사실을 인정하며 믿을 수 없어 했다. 두 사람 모두에게 이 사랑은 기적이었다. 두 사람 모두 기적을 경험한 자였다.

그러면 이 기적을 행한 자는 누구인가, 라고 우리는 물어볼 수 있다. 이 기적은 누구에 의해 발생했는가. 그에게 그녀가 그런 존재였을까. 그녀에게 그가 그런 존재였을까. 그들이 서로에게 그런 존재가 될 수 있을까. 기적은 상식적으로 일어날 수 없는 것으로 간주되는 기이한 일이고, 피동적으로 경험되는 것이라고 할 때, 이 정의에 암시되어 있기만 하고 표기되지 않은 것은 이 기적을 일으킨 주체이다. 누가 이 기적을 일으켰는가. 기적에 대해 말할 때 괄호 속에 숨어 있는 이 주체는 기적을 기적으로 인식하지 않는 존재여야 한다. 기적을 기이하고 특별한 일, 즉 기적으로 여기지 않는 존재여야 한다. 기적은 경험된 자에게(만) 기적이라고 했다. 상식적으로 일어날 수 없는 일이 기적이니까 그 경험을 일으킨 자에게는 그 일이 기적이 아니어야 할 것이다. 일어날 수 없는 일이 일어나는 것이 기적이므로, 누구도 일어날 수 없는 일을 일으킬 수 없다. 일어날 수 없는 어떤 일을 일으킨 사람이 있다면 그 일은 그 사람에게는 일어날 수 없는 일이 아니게 된다. 기적일 수 없게 된다. 기적을 경험하는 것이 아니라 기적을 경험하게 하는 이 존재에 붙은 이름을 우리는 알고 있는데, 그 이름은 신이거나 초자연적 존재이다. 그에게 일어난 기적을 그녀가 일으켰고, 그녀에게 일어난 기적을 그가 일으켰다고 할 수 없는 이유이다. 그에게 일어난 기적은 그녀를 통해 일어났고, 그녀에게 일어난 기적은 그를 통해 일어난 것은 맞다. 그렇다고 그녀나 그가 그 기적을 행했다고 할 수는 없다.

선희와 영석은 사랑하는 일이 기적, 곧 상식적으로 일어날 수 없는 것으로 간주되는 기이한 일이라는 고백을 하고 있다. 한 사람이 다른 누군가를 사랑하는 것은 기이한 일, 즉 기적이라고 말하고 있다. 이 기적은 그들을 통해 일어났다. 수없이 많은 사람들이 여기저기서 사랑을 하는데, 그렇게 자주 많이 일어나는데, 그렇게 흔하게 널려 있는데 기적이란 말인가, 하고 질문할 수 있다. 자주 많이 일어나도 기적은 기적이다. 상식적으로 일어날 수 없는 기이한 일이 기적인데, 기적이 자주 많이 일어날 수 있다는 것은 당착이 아닌가, 하고 질문할 수 있다. 아니다. 기적을 행하는 자, 기적이 기적이 아닌 존재에게 기적, 혹은 기적적 사건은 상식, 혹은 상식적 사건에 지나지 않는다. 상식은 자주 많이 경험된다. 가령 이 땅에 성육신한 신의 아들은 눈먼 자를 눈뜨게 하고 걷지 못하는 자를 걷게 하고 5천 명이 넘는 사람을 빵 다섯 개로 먹이고 죽은 자를 살리는 것과 같은 일을 자주 많이 행했다. 그와 같은 시공간을 살았던 사람들은 그런 경험을 자주 많이 했지만, 단지 그런 일이 자주 많이 일어났다는 이유로 그것들을 기적이 아니라고 할 수 없다. 일어날 수 없는 일들이 그렇게 자주 많이 일어나는 현상을 기적이라고 할지언정.

사람들로 하여금 다른 누군가를 사랑하게 하는, 사랑이라는 기적을 경험하게 하는 초자연적 존재의 이름은 무엇일까. 이 기적은 누구에 의해 행해지는가. 누가 사랑이라는 기적을 일으키는가. 뇌과학을 신봉하는 사람들은 도파민, 페닐에틸아민, 옥시토신 같은 호르몬의 이름을 열거한다. 그들의 주장에 의하면 사랑은 호르몬의 작용에 지나지 않은 것이다. 우리 몸속의 호르몬이 사랑이라는 기적을 만든다고 말하는 것은 허기를 느낄 때 분비되는 그렐린이라는 호르몬이 음식을 먹게 한다고 주장하는 것과 같다. 물론 인간의 신체는 오묘하고 복잡해서 호르몬의 영향을 받지 않을 수 없다. 피의 흐름과 폐활량과 스트레스의 영향을 받듯 호르몬의 영향도 받는다. 어떤 것을 억제하거나 촉진하는 작용을 하는 호르몬이 주입될 때 억제하거나 촉진하는 그 호르몬의 힘에 저항하기는 힘들다. 앞과 뒤, 원인과 결과를 뒤섞어서는 안 된다. 웃으면 기분이 좋아지기는 할 것이다. 그렇다고 기분이 좋아서 웃는 것이 아니라 웃음이 기분을 좋아지게 하는 것이라고 우길 수는 없다. 배고픔을 느낄 때 그렐린이 분비되듯 사랑을 느낄 때 도파민이 분비된다. 도파민이 사랑을 만드는 것이 아니라 사랑이 도파민을 생성한다고 말하는 것이 더 이치에 맞다.

사랑하는 사람의 눈빛이나 다정한 미소나 잘생긴 얼굴이나 근육질 몸매나 세련된 매너 같은 것에 의해 사랑이 발생하는 것처럼 여겨지기도 한다. 즉 연인에게 속한 어떤 조건들이 사랑이라는 기적을 일으킨 장본인인 것처럼 말하고 싶어 하는 사람이 있는데, 이 생각을 옳다고 인정하려면, 그러니까 연인인 그나 그녀를 이루는 어떤 요소가 사랑이라는 기적을 일으킨 것으로 받아들이려면, 알코올과 음악과 은은한 조명도 받아들여야 한다. 커피 향과 등산과 안개와 비와 바다와 하늘과 청바지와 블라우스와 시집과 영화와 예배당과 고궁과 벚꽃과 단풍과 심지어 신용카드까지 추가하여야 한다. 추가할 목록은 수없이 늘어날 것이다. 세상 모든 것들이 추가되어야 할 것이다. 사랑은 늘 어떤 상황 속에서 일어나니까. 어느 정도는 그것들이 사랑에 관여하고 있는 것이 사실이니까. 그렇다고 해서 그것들이 사랑을 일으킬 능력을 가지고 있다고 믿는 건 미신이 아닐까. 그것들에 의해 사랑이 발생하는 것이 아니라 사랑이 그것들에 빛을 비추어 특별한 의미를 부여한 것이라고 말하는 것이 더 이치에 맞지 않을까.

사람들을 사랑하게 하는 것, '사랑하기'라는 기적을 만들어내는 것은 사랑이다. 이 기적의 주체는 사랑이다. 연인들은 사랑이 기적을 행하는 장소이다. 사랑이 사랑하게 한다. 이는 마치 존재가 존재하게 하는 것과 같다. 어떤 철학자에 의하면 존재는 모든 존재자들을 존재하게 하는 근거이다. 존재의 근거와 같은 뜻으로 존재의 깊이, 그리고 존재 자체라는 표현도 보인다. 존재물들은 이 근거이고 깊이이며 존재 자체인 존재 없이는 존재할 수 없다. 존재는 모든 존재자들을 품고 있다. 모든 존재자들은 존재 안에 포섭되어 있다. 이 철학적 진술에 기대어 말하면, 사랑은 모든 사랑하는 이들을 사랑하게 하는 근거이다. 사랑의 근거이고 사랑의 깊이이고 사랑 자체이다. 세상의 모든 사랑하는 사람들은 이 근거이고 깊이이며 사랑 자체인 사랑 없이는 사랑할 수 없다. 사랑은 모든 사랑(하는 사람)들을 품고 있다. 모든 사랑(하는 사람)들은 사랑 안에 포섭되어 있다. 사랑 자체인 이 사랑이 두 사람 사이로 들어와 자기 생애를 시작한다. 그 생애가 연애의 기간이다. 어떤 생애는 짧고 어떤 생애는 길다. 어떤 생애는 죽음 후에 부활하고, 어떤 생애는 영원하다.

23   생존을 위한
—   사랑

이형문학전집을 소개하는 소책자를 별권으로 제작하면
서 거기에 이형문학관을 안내하는 내용을 넣자는 의견을 낸
사람이 누구였는지 선희는 기억하지 못한다. 아마 편집팀장
이었을 것이다. 선희는 반대했다. 그 일이 자기에게 맡겨질
것이 뻔한데, 그러면 그 무뚝뚝한 문학관 남자를 다시 만나
야 하기 때문이었다. 평전의 필자인 문학평론가와 동행했을
때는 혼자 상대하지 않아도 되니까 부담이 덜했다. 사실 대
부분의 대화를 문학평론가가 이끌었다. 그러나 이번의 경우
는 온전히 그녀 혼자 그 과묵하고 불친절한 남자를 상대해

야 했다. 그녀는 문학관에 볼 것이 별로 없어서 사람들이 찾아갔다가 실망할 수도 있다는 이유를 내세워 반대 의견을 냈다. 문학관에 볼 것이 별로 없다는 말을 할 때 그녀는 조금 켕겼다. 왜냐하면 볼 것이 있느냐 없느냐는 주관적인 판단에 따라 달라질 수 있는 문제이기도 하거니와 그녀 자신이 그렇게 느끼지 않았기 때문이다. 오히려 넓지 않은 공간을 잘 활용해서 내실 있게 운영하고 있다는 인상을 가졌었다. 그곳에 가면 볼 것이 없는 것이 아니라 그곳에 가면 보지 않을 수 없는 무뚝뚝한 한 남자를 다시 보고 싶지 않다는 마음이 부정적인 의견을 내게 했다는 것을 그녀는 모르지 않았다. 그러나 편집부의 막내인 그녀의 의견은 무시되었고, 오히려 여행을 위한 안내서의 성격을 가미하자는 쪽으로 결론이 나며 일이 더 많아졌다. 요컨대 이형문학관에 들렀다가 여기도 구경하고 저기도 들러보세요, 혹은 여기저기 구경하고 이형문학관에도 들르세요, 라는 식의 호객을 콘셉트로 잡고 진행하자는 것이었는데, 예측대로 그녀에게 그 일이 맡겨졌다. 반대를 했지만 정작 자기가 그 일을 하는 것에 대해서는 이의를 달지 못했다. 누가 보아도 그것은 그녀가 맡아야 할 일이었다.

그녀는 이형문학관으로 전화를 걸어 출판사의 취지를 설명하고 협조를 부탁했다. 네, 그러세요. 언제나처럼 영석의 대답은 짧고 건조하고 사무적이었다. 그런데 약속한 날 문학관에 도착했을 때 그는 자리를 비우고 없었다. 아르바이트생으로 짐작되는 여직원은 시간을 살피고는 곧 올 거라고 했다. 그녀는 여직원이 내준 커피를 마시며 문학관 조성 당시의 기록과 내부 구조에 대한 설명, 그리고 방문객 통계 같은 것을 요구했는데 여직원은 거의 아는 것이 없었다. "과장님께 여쭤보세요. 저는 잘⋯⋯." 거의 모든 질문에 대한 대답이 한결같았다. 전화를 걸어 출판사에서 약속한 사람이 와 있다고 연락을 해달라고 요청하자, 과장님이 핸드폰이 없어요, 했다. 이십 분이 되었을 때 그녀는 조금 기분이 언짢아졌다. 약속을 까먹은 걸까요? 하고 묻자 여직원은 이번에도, 저는 잘⋯⋯, 하며 말끝을 흐렸다. 자기도 모르게 솟는 짜증을 감추지 않은 채, 대체 어딜 가신 거예요, 알아요? 하고 물었다. 여직원은, 어디 간다는 말씀은 없었지만, 산책 가셨을 거예요, 보통 어디 간다 말씀 안 하시거든요, 보통 어디 간다 말씀 안 하시고 산책을 잘 가시거든요, 하고 대꾸했다. 보통 어디 간다 말씀 안 하시고 어디로 산책을 잘 가십니까? 하고 그녀가 웃으며 물었다. 여직원은 놀림을 당한 것으로 여겼는지 얼굴을 붉히며 왕릉요, 했다. 아, 왕릉, 저 나무 사진 찍은 데 말이로군요, 하며 그녀가 벽에 걸린 액자를 가리켰다. "그런가요, 저는 잘⋯⋯." 그녀는 그것을 몰라 죄송하다는 듯 고개를 숙였다. 어떻게 한 사무실에 있는 두 사람이 이렇게 똑같아. 하루 종일 한마디도 안 하고 지낼 거야, 아마. 하긴 그러니까 같이 근무하는 거겠지. 선희는 속으로 투덜거리며 문학관을 나섰다.

이정표를 따라 이십 분쯤 걸어 왕릉 입구에 이르렀다. 그녀는 왕릉 입구에 멈춰 서서 두리번거렸다. 주차장에는 자동차가 세 대 주차되어 있었다. 그녀는 여기까지 오는 길에 그 사람을 만날 거라는 예상을 했었다. 하지만 예상은 빗나갔고, 그녀는 그를 찾아 안으로 들어가든지 산책을 마치고 나오는 그를 입구에서 기다리든지 해야 했다. 여기까지 왔는데 그냥 돌아갈 수는 없었다. 왕릉 안으로 들어갔다가 길이 엇갈려 그 사람을 만나지 못할지 모른다는 걱정과 언제 나올 줄 알고 마냥 기다릴 것인가 하는 생각이 그녀로 하여금 이러지도 저러지도 못하게 했다. 지팡이를 짚은 노인이 천천히 왕릉 안으로 들어가는 모습이 보였다. 다섯 명의 젊은 남녀들이 조잘대며 그녀 곁을 지나갔다. 왕들은 참, 죽어서도 저렇게 큰 집에서 사네. 그러니 얼마나 외롭겠어. 같이 사는 사람도 없고, 찾아오는 사람도 없고. 죽어서 소유하면 뭐해. 하긴 죽은 자가 땅이나 집을 소유할 순 없는 거지. 땅이나 집이 죽은 자를 소유하는 거지. 소유주가 아니라 소유물이 되는 거지, 죽으면. 하긴……. 그리고 들어가는 사람도 나오는 사람도 보이지 않았다. 그녀는 능의 내부를 노려보았다. 30미터쯤 앞에 두 갈래로 갈라지는 길이 보이고, 그 양옆으로 굵고 큰 나무들이 서 있는 게 보였다. 길들이 빨려 들어가는 것 같은 울창한 나무숲은 그늘이 져서 그윽하고 고요해 보였다. 길들을 빨아들이는 것 같은 그 숲의 깊은 그늘이 그녀도 끌어당기는 것 같았다. 그 안으로 들어가보고 싶은 이상한 충동이 일어났다. 왕릉을 취재해서 그에 대해 쓰는 것 역시 자기 임무에 포함되어 있다는 생각이 들자 그 사람을 만나지 못한다고 해도 상관없을 것 같았다.

입구에서 몇 미터 가지 않아 두 갈래 길이 나오고, 또 거기서 조금 넓어 보이는 쪽 길을 택해 조금 걷자 세 갈래 오솔길이 나왔다. 왕과 왕비의 능은 보이지 않았다. 그도 그럴 것이 능의 넓이가 자그마치 20만 평이었다. 그녀는 왕릉에 들어온 이상 이 왕릉의 주인인 왕의 능을 먼저 찾아야 한다는 생각을 당연한 것처럼 했다. 집주인에게 인사를 하고 나서 집을 둘러보는 것이 예의라는 상식적인 생각을 존중하기로 했다. 마침 등산복 차림의 중년 남자가 비스듬한 언덕길을 내려왔기 때문에 그녀는 능이 있는 방향을 물었고, 그 사람이 가리키는 방향을 따라 걸어 작은 산등성이를 연상시키는 거대한 왕의 능에 이르렀다. 한때 한 나라를 통치했던 무소불위의 왕이 누워 있는 큰 무덤은 처연하고 쓸쓸했다. 무덤의 크기가 처연함과 쓸쓸함의 크기처럼 여겨졌다. 능을 나가면서 젊은이들이 주고받던 말들이 생각났다. 죽은 자가 땅이나 집을 소유할 순 없는 거지. 땅이나 집이 죽은 자를 소유하는 거지. 소유주가 아니라 소유물이 되는 거지. 소유물이 되어 있으므로 왕은 처연함도 쓸쓸함도 느끼지 못할 것이다. 이 감정을 느끼는 것은 왕의 무덤을 보는 사람이지 소유물이 되어 있는 왕이 아니다. 이 감정을 느끼게 하는 것은 왕이나 왕의 무덤이 아니라 소유물이다. '소유물'이라는 어휘 속에 포함되어 있는 어떤 관념이다. 땅의 소유주였던 왕이 땅의 소유물로 바뀌어 있는 데에서 비롯한 처연함과 쓸쓸함. 그러니까 왕이 처연한 것은 그녀의 감정이 그런 것이다. 우울해진 선희는 조금 떨어진 곳에 위치한 왕비의 무덤을 보러 가는 것을 포기했다. 그녀는 가지고 온 카메라에 왕의 거대한 무덤이 제공하는 처연함과 쓸쓸함을 담았다.

그러자 그 사진이 떠올랐다. 넝쿨에 결박당한 큰 나무. 문학관의 직원은 그 사진을 산책 중에 왕릉에서 찍었다고 했다. 그녀는 마치 그 나무가 근처에서 발견되기라도 할 것처럼 주변을 둘러보았다. 20만 평의 왕릉 거의 대부분이 숲이었다. 어디로 가야 그 나무를 만날 수 있을지 알 수 없었다. 나무의 나이 때문이든 무슨 전설이 깃들어 있어서든 특별히 보호받고 있다는 표시의 이름표가 있다면 모를까, 그렇지 않다면 어디서 그 나무를 찾을 수 있겠는가.

혹시 물어볼 사람이 있을까 하고 둘러보았다. 조금 떨어진 곳에 나무 기둥에 등을 기대고 앉아 있는 노인이 보였다. 그녀는 그에게 다가가 혹시 넝쿨식물들이 군집해 있는 곳을 아는지 물었다. 노인은, 넝쿨? 사방에 다 있지, 하며 지팡이로 허공에 반원을 그렸다. 그녀는 자기가 찾는 것은 굵고 큰 나무를 휘감고 올라가는 잎이 아주 많은 넝쿨식물이라고 덧붙였다. 다 나무를 타고 올라가지, 다 잎이 많고, 하며 노인은 다시 지팡이를 휘둘렀다. 아, 네……. 그녀는 노인에게 말을 건 것을 후회하며, 꾸벅 인사하고 오른쪽 길로 걸어갔다. 노인이, 잠깐만요, 아가씨, 하고 불렀지만 그녀는 공연히 마음이 바빠져서 뒤돌아보지 않고 걸음을 빨리했다. 노인에게서 어떤 도움을 받을 거라는 기대가 사라졌기 때문이다. 노인은 다시 부르지 않았고, 그녀를 뒤따라오지도 않았다.

길은 완만한 오르막이었다. 그녀는 오솔길을 따라 걸으며 사진에 찍힌 것과 같은 나무를 찾았다. 길가에 있을 리 없다는 생각이 들어 길을 버리고 숲속으로 들어갔다. 뻣뻣한 풀이 많이 자라 있어 걷기가 불편했다. 노인이 사방에 다 있다고 했던 잎이 무성한 넝쿨식물과 그 넝쿨에 감긴 나무는 눈에 띄지 않았다. 그녀는 노인을 신용할 만한 사람이 아니라고 판단해서 그냥 지나쳤으면서 노인이 한 말은 염두에 두고 쉽게 찾아낼 거라고 기대했던 자신의 어리석음을 후회했다. 그녀 말고 지나가는 사람이 없어 숲속으로 들어갈수록 무섬증이 생기기도 했고 얼마나 걸었는지 다리가 팍팍하기도 했다. 길을 잃을 걱정까지는 아니지만 돌아갈 길이 너무 멀어지지 않나 하는 우려는 생겼다. 그러자 그 불친절한 문학관 과장이 다시 원망스러워졌다. 이제라도 그냥 돌아가야 하는 게 아닐까. 그녀는 문학관에 전화를 걸어 그가 돌아왔는지 물었다. 사무실 여직원은 죄송하다는 말부터 했다. 조금 전에 과장님과 통화가 되었는데, 한 시간쯤 후면 사무실에 나올 수 있다고 했다고 전해놓고는, 어떻게 할 거냐는 듯 가만히 있었다. 그녀는 어떻게 할지 고민할 이유가 없었으므로 곧바로, 한 시간 안에 사무실로 가겠다고 답했다.

전화를 끊고도 십 분쯤 그 근처를 더 배회했지만 사진 속의 나무를 찾지 못했기 때문에 그녀는 왔던 길을 돌아 나가기로 했다. 왔던 길을 그대로 돌아 나간다고 생각했는데 그렇지 않은 모양이었다. 우연찮게 지름길을 통과했는지 아까 보았던 왕의 능을 지나지 않았는데 입구에 이르러 있었다. "찾았어요?" 형식적으로 만들어놓은 매표소 옆 의자에 앉아서 질문을 던진 사람은 아까 그 노인이었다. 그녀는 고개를 저으며, 못 찾았다고 대답했다. 그럴 줄 알았다는 듯, 노인이 혀를 찼다. 거봐, 내가 몸이 이래도 안내해줄 수 있는데, 하며 노인이 지팡이를 머리 위로 들어 올려 휘둘렀다. 그녀는, 사방에 넝쿨식물이라면서요, 하고 반문하려다가 말았다. 꼭 보고 싶으면 다시 와, 언제든지, 내가 안내해드릴게, 하며 노인은 마치 자기 집에 방문했다가 돌아가는 손님에게 하듯 말했다. 그녀는 몸을 돌려 인사하고 그곳을 벗어났다.

기적은 아직 일어나지 않았다. 문학관으로 돌아온 그녀는 이형문학관의 내부를 둘러보고, 전시된 물품과 원고와 사진들에 대해 설명을 듣고, 영상실에서 삼십 분짜리 영상을 보았다. 그리고 문학관의 조성 당시 상황과 운영 및 관리 규정을 담고 있는 소책자를 받았다. 그사이에 영석은 인근의 전통 시장과 특산물과 댐과 호수와 숙박 및 음식점에 대한 정보를 얻기 위해 군청 문화관광과에 전화를 걸었다. 언제든 방문하면 필요한 정보를 제공하겠으며, 숙박이나 음식점에 대해 더 잘 안내할 수 있는 사람을 소개해줄 수 있다는 군청 문화관광과 직원의 말이 선희에게 전달되었다. 아르바이트생으로 추정되는 여직원은 퇴근했는지 언젠가부터 눈에 띄지 않았다. 그녀가 서류를 뒤적이고 책을 읽으며 필요한 것을 메모하는 동안 영석은 자기 책상에 앉아 무슨 일인가를 했다. 그녀가 질문을 하면 매우 건조하고 사무적인 목소리로, 요점을 추려서 간단히, 그러나 비교적 알아듣기 쉽게 설명했다. 그리고 다시 자기 책상에 앉아 하던 일을 계속했다. 그녀가 시계를 본 후 읽고 있던 자료들을 정리하고 자리에서 일어날 때까지 사무실 풍경은 바뀌지 않았다. 그녀가 일어나자 그도 몸을 일으켰다. 몸을 일으키면서 무슨 말인가했다. 입 모양으로 보아, 됐어요? 하고 묻는 듯했다. 그러나 정확하지 않았고, 정확하지 않았지만 굳이 확인할 만큼 의미 있는 말을 했으리라고 판단하지 않았기 때문에 그녀는 되묻지 않았다. 그 대신, 그녀는 낮에 왕릉에 갔다가 허탕 치고 돌아온 이야기를 하고 저 사진에 나오는 넝쿨식물이 있는 곳을 못 찾겠더라고 말했다. 그녀를 빤히 쳐다보던 그가 얼마간의 침묵 후에, 그것이, 책을 만드는 데 필요한 겁니까, 하고 물었다. 물론이에요. 곧바로 대답을 하면서, 그녀는 그 넝쿨식물이 타고 오르는 나이 먹은 나무가 책 속에 꼭 들어가야 한다고 생각하기로 했다. 그가 그녀의 말을 정말로 믿는지는 알 수 없었다. 왜 그런지 그 역시 그녀의 말을 믿기로 마음먹은 것처럼 그녀에게는 보였다. 그만한 수고는 요구할 권리가 자기에게 있다고 우기며 그녀는 찜찜한 기분을 이겨냈다. 그는 시계를 보고 뭐라고 혼잣말을 하며 조금 뜸을 들인 다음, 그녀에게 따라오라는 신호를 하고 사무실을 나섰다. 그녀가 그 뒤를 따라갔다.

왕릉의 문은 닫혀 있었다. 문이 닫혔네요. 그녀가 실망감을 표현했지만 그는 들은 체하지 않고 입구를 지나 곧장 걸어갔다. 담이 기역 자로 꺾이는 지점에 작고 길쭉한 나무 문이 나타났다. 한 사람이 겨우 들어갈 정도로 좁고 낮은 그쪽 문 역시 닫혀 있었다. 그는 문고리를 잡고 몇 차례 흔들었다. "저예요, 할아버지." 오래 기다리지 않아 문이 열렸다. 열린 문 사이로 나타난 사람을 향해 영석이 고개를 꾸벅 숙여 인사했다. 그녀도 고개를 꾸벅 숙이지 않을 수 없었는데, 그를 따라 해야 한다고 생각해서만은 아니었다. 문을 열고 안에서 나타난 사람은 그녀가 낮에 보았던 노인이었다. 노인은 여전히 지팡이를 짚고 있었다. 아까 왔던 아가씨네, 하며 노인이 알은체를 했다. 영석이 낮은 목소리로 무슨 말인가를 하자, 거봐, 아가씨, 내가 다시 오게 될 거라고 했지? 하며 유쾌하게 웃었다. 그녀는 노인이 그런 말을 했던가, 기억을 짚어보았지만, 그런 말을 들은 기억은 나지 않았다. 그러나 똑같지는 않지만 비슷한 뉘앙스의 말을 들은 것 같기도 했으므로 개의치 않고 어색하게 웃기만 했다. 아무려나 상관없는 일이기도 했다.

영석은 앞장서 걸어갔다. 뒤도 돌아보지 않고 말없이 걸어갔다. 휘적휘적 걷는 그의 걸음을 따라잡기 위해 그녀는 뛰다시피 걸어야 했다. 숲으로 이어진 길은 좁고 구불구불했다. 고요했지만 고즈넉하다고 할 수는 없었다. 부드럽고 엷은 천 자락이 공중에서 펼쳐지는 것처럼 은밀하게 숲 한 복판으로 어둠이 발을 내리고 있었다. 낮과 밤이 교체되는 그 오묘한 시간의 숨 막히는 정적이 숲을 가득 채웠다. 그 순간에는 새도 노래를 멈추고 바람도 소리를 내지 않는 것 같았다. 알 수 없는 긴장으로 공기가 팽팽해지는 게 느껴졌다. 그녀는 다른 세계 속으로 빨려 들어가는 듯한 이상한 기운에 휩싸였다. 그녀의 내부에서 경외심과 불안이 뒤섞인 감정이 요동쳤다. 세상은 고요한데 그녀는 고요할 수 없었다. 그리고 사진에서 보았던 그 나무, 나무의 몸통을 휘감고 올라간 넝쿨식물의 촘촘한 이파리들로 뒤덮인, 키가 크고 굵은 참나무 한 그루가 눈앞에 나타났을 때 그녀는 숨이 막히는 것을 느꼈다. 왜 그랬을까. 그 나무만이 아니라 그 부근의 몇 그루 나무가 그런 식으로 넝쿨식물에게 자기 몸을 내주고 있었지만 그 가운데 유독 크고 굵은 참나무 한 그루에서 눈을 뗄 수 없었다. 줄기를 휘감고 올라간 탐욕스러운 이파리들로 인해 참나무의 몸통은 아예 보이지 않았다. 나무의 피부색을 확인할 수 없었다. 촘촘한 이파리들 사이로 꾸불꾸불하고 기다란 넝쿨 줄기들이 보였다. 나무의 몸통을 휘감은 넝쿨 줄기들은 다른 넝쿨 줄기들과 얽히고설켜 난잡했다. 작년에 일어난 줄기가 재작년에 생긴 줄기를 감고 올해 일어난 줄기가 작년에 생긴 줄기 속으로 얽혀 들어가 있다는 게 한눈에 읽혔다. 굴곡진 넝쿨 줄기는 당장이라도 뱀처럼 기어서 내려올 것만 같았다. 사진으로 보았을 때도 아름답다고 느낀 것은 아니지만, 실물과 맞닥뜨린 느낌은 아름다움과는 사뭇 달랐다.

그것만으로 그녀가 그 나무를 보는 순간 숨이 막히는 것 같은 경험을 했다는 것은 쉬 납득이 되지 않는다. 그것이 전부였을까, 하고 묻지 않을 수 없다. 물론 그렇지 않았다. 그 날 그녀가 거기서 본 것은 아름다움이나 에로티시즘이 아니라 생존을 위한 전력투구였다. 사랑이 아니라 생존이었다. 사랑이라면, 그것은 생존을 위한 사랑일 것이다. 살려고 사랑하는 것이다. 살기 위해 사랑의 방법을 택할 수밖에 없는, 그런 사랑도 있는 것이다. 아니, 단지 살고자 움직였을 뿐인 움직임을 외부의 시선이 사랑으로 읽은 것일 수도 있다. 예컨대 당사자인 넝쿨식물에게는 사랑한다는 의식 같은 게 존재하지 않았을 수 있다. 그런 의식 없이 다만 살기 위해 나무를 타고 올랐을지 모른다. 사랑할 여유조차 없었을지 모른다. 사랑이 뭔지도 몰랐을지 모른다. 다만 생존을 위해 뻗고 움켜쥐고 달라붙고 했을지 모른다. 그것이 사랑의 방식을 취하고 있는 건 신비스러운 일이 아닐 수 없다.

의도를 넘어서는 표현들, 동기와 상관없는 결과들, 원문에서 달아나는 번역들이 삶에 신비를 더한다. 생존이라는 한 이국의 단어가 사랑이라는 단어로 번역된 책을 읽고 있는 것 같은 생각이 들었다. 생존을 위한 사랑, 혹은 생존이 곧 사랑이라는 관념에 붙들려본 적 없는 그녀는 눈앞의 이미지에 의해 유도된 낯선 감정을 수습하기가 어려웠고, 그래서 잠깐 어지럼증을 느꼈다. 그 속에서 그녀는 떨어뜨리려고 해도 자꾸만 달라붙는 어떤 예감에 사로잡혔는데, 그것은 이를테면 그런 사랑, 생존이 걸린 사랑의 압도적이고 치명적인 성격에 대한 두려움과 관련된 것이었다. 그런 사랑이 그녀의 세계 속으로 미끄러져 들어올지도 모른다는 불안이 그녀의 숨구멍을 막고 숨쉬기를 멈추게 했다. 경외심과 불안이 뒤섞인 이 숲속의 낯설고 이상한 공기가 설치해놓은 그물에 제대로 걸린 것만 같았다.

선희는 영석의 사랑이 그런 사랑이라는 것을 나중에 깨달았다. 그의 사랑이 왜 그렇게 집요하고 필사적인지, 목숨을 건 것처럼 맹목적인지, 사랑이 아니라 다른 걸 하는 것처럼 느껴지는지, 다른 사람의 사랑과 다른지 깨달았다. 생존을 위해 사랑하거나, 생존이 곧 사랑이거나, 사랑한다는 의식 없이 다만 살기 위해 사랑하는 사람은 사랑한 척하지 않는다. 할 수 없다. 이 사랑에 대해, 결과적으로 사랑하지 않으면서 생존을 위해 사랑을 이용한 것 아니냐는 식의 비난은, 악의적이라고 할 수는 없지만, 사려 깊지 못한 것이다.

생존을 위해 사랑을 위장했다는 식의 혐의를 둘 만한 구석이 있어 보이긴 하지만, 그것은 이 사랑의 내부를 깊이 들여다보지 않은 사람의 경솔한 진단이다. 역설이지만 그의 사랑이 필사적이고 집요하다는 것이 그 증거이다. 사랑한 척하는 사람은 필사적일 수 없고, 집요함을 유지하기도 어렵다. 잠시 필사적일 수 있고 일시적으로 집요할 수는 있다. 그러나 늘 한결같이 그럴 수는 없다. 필사적이고 집요한 사랑은 연기되지 않는다. 물론 그렇게 집요하고 치명적으로 사랑했음에도 불구하고 정말로 사랑이란 것을 하지 않았을 수는 있다. (이 문장은 당착이다. 그의 사랑이 당착인 것처럼.) 그러나 사랑하지 않으면서 사랑한 척한 것은 아니다. 그래야 할 이유가 그에게는 없었다. 사랑을 얻으려는 사람은 사랑을 연기할 수 있다. 사랑이 아닌 다른 것(이를테면 안락한 삶이나 세상의 부러움을 받는 시선 같은 것)을 얻으려는 사람도 사랑하지 않으면서 사랑한 척하거나, 조금 사랑하면서 많이 사랑한 척할 수 있다. 그러나 그는 안락한 삶이나 세상의 시선은 물론 사랑조차도 얻을 마음이 없었기 때문에 사랑을 연기할 필요가 없었다. 그가 얻으려고 했던 유일한 것은 생존, 즉 어떻게든 살아남는 것이었으므로, 그것에 필사적으로 몰두해야 했으므로 사랑한 척할 수 없었고, 하지 않았다. 넝쿨식물의 넝쿨들이 필사적인 것은 사랑에 대해서가 아니다. 생존에 대해서다.

약함—끌림

—

기적은 밤의 숲에서 일어났다. 이 문장은 오해의 소지가
있다. 기적이 밤의 숲에서만 일어난다는 말인가, 하고 이의
를 제기할 수 있다. 밤의 숲이 기적을 만들기라도 한단 말인
가. 그렇게 말할 수 없다. 기적이 낮과 밤을 가릴 리 없고 바
다와 숲을 가릴 리 없다. 밤과 숲이 결합하여 다른 차원이 생
긴 것 같은 느낌을 주는 것이 사실이라고 하더라도, 이 다른
차원이 형성한 낯선 분위기로 인해 보통의 경우에는 일어나
지 않거나 일어날 수 없을 것으로 생각되는 일이 일어날 것
같아지고, 그런 일이 발생해도 놀라지 않거나 덜 놀랄 것 같

아진다고 해도, 결코 밤의 숲이 기적을 만들어내지는 않는다. 일어날 일은 일어난다. 밤에 일어날 일은 밤에 일어나고 낮에 일어날 일은 낮에 일어난다. 숲에서 일어날 일은 숲에서 일어나고 바다에서 일어날 일은 바다에서 일어난다. 기적은 자기에게 맞는 시간과 공간을 스스로 선택한다. 어떤 기적은 밤의 숲을 필요로 하고, 그래서 밤의 숲에서 일어나고, 어떤 기적은 낮의 바다, 혹은 낮의 숲, 혹은 밤의 바다를 택해서 일어난다. 밤과 숲이 결합하여 한 차원이 더 생기는 것 같은 신비스러운 분위기를 형성하는 것처럼 낮과 바다, 낮과 숲, 혹은 밤과 바다가 결합해도 그런 분위기가 형성된다. 어떤 기적이든 그 기적에 적합한, 그 기이한 일이 일어날 수 있는 여지가 높은 무대에서 일어난다. 그러나 그 무대는 그 기적을 위한 무대이다. 다른 기적을 위해서는 다른 무대가 필요하다. 선희와 영석에게 일어난 기적을 위해 필요한 무대는 밤과 숲이었다. 그런 뜻이다.

그녀는 홀린 듯 그 나무를 올려다보고 있다가 뒤늦게 정신을 차리고 사진을 찍었다. 위치를 바꿔가며 이쪽저쪽 사진을 찍었다. 그사이에 어둠이 제법 짙어져 있었다. 꼭 그래서라고 할 수 없지만, 그녀는 그가 쓰러지는 것을 보지 못했다. 그녀는 무엇 때문인지 그를 똑바로 보지 않으려 했고, 또 등 뒤에서 워낙 조용히 이루어진 일이어서 더 눈치채지 못했다. 그는 서서히 내려 쌓인 눈의 무게를 지탱하지 못해 땅에 조용히 몸을 눕히는 나뭇가지처럼 아주 천천히 풀밭 위로 쓰러졌다. 아무 소리도 내지 않고, 어떤 징후나 예고도 없이, 느릿느릿 곡선을 그리며 바닥에 닿았다. 그녀는 그가 자기를 주의 깊게 바라본다는 느낌이 들어 되도록 그쪽을 마주 보지 않으려고 시선을 피하다가, 그 사람이 자기를 주의 깊게 바라본다는 사실이 믿어지지 않아서, 그럴 리 없는데 그런 느낌이 자꾸 드는 게 이상해서 고개를 돌려 영석을 보았다. 그의 몸은 옆으로 비스듬히 눕혀져 있었다. 머리를 받치고 있는 것은 잘려나간 나뭇등걸이었다. 지나가다가 보았다면 편안히 휴식을 취하고 있다고 생각할 수 있는 모습이었다. 그러나 그는 그녀와 같이 이곳에 왔고, 같이 있었고, 그러므로 그렇게 생각할 수 없었다. 왜 그래요? 당황한 그녀가 그를 향해 몸을 굽히고 물었다. 그는 대답하지 못했다. 다가오지 말라는 듯 손을 흔들었지만, 얼굴을 찡그리고 있는 것으로 보아 어딘가 불편한 것을 참고 있는 것이 분명했고, 그러므로 그녀는 다가가지 않을 수 없었다. 그녀가 그의 몸을 흔들며, 어디가 안 좋으세요? 하고 물었지만 신경 쓰지 말라는 듯 손만 흔들었다.

이게 무슨 일인가. 이 사람이 왜 이러는가. 그녀는 이런 경우를 겪은 적이 없었기 때문에 어떻게 해야 할지 결정할 수 없었다. 무슨 일인지 모르기 때문에 어떻게 해야 하는지도 알 수 없었다. 더구나 숲속이었고 어둑해지는 시간이었다. 마땅히 그에게 물어야 했지만 그는 대답하지 않고 막무가내로 손만 흔들었다. 주변을 둘러보아도 조언해줄 사람이 있을 리 없었다. "여보세요, 제 말 들려요?" 그녀는 그의 몸을 잡고 흔들었다. 그의 몸이 그녀가 흔드는 대로 흔들렸다. 겁이 덜컥 나면서 식은땀이 솟아올랐다. 침착해지자고 마음을 다잡은 끝에 겨우 119에 전화를 걸었다. 그녀는 그의 옆에 무릎을 꿇고 앉아 어디선가 본 적 있는 응급조치 요령을 따라 그의 신발을 벗기고 팔과 다리를 주물렀다. 그의 팔과 다리는 살이 없어 앙상했고, 근육이 없어 물컹거렸다. 물컹거리는 살이 겨우 보호하고 있는 가느다란 뼈를 만지다가 말고 그녀는 이 정도 몸이라면 자기가 업고 나갈 수도 있겠다는 생각을 했다. 실제로 그녀는 그를 업으려고 시도했다. 그러나 아무리 몸무게가 나가지 않는다고 해도 정신을 잃은 채 바닥에 누워 있는 성인 남자를 업는 것은 쉬운 일이 아니었다. 그의 상체를 세워보려고 했다. 힘에 부치기도 했지만 그러나 의식이 없는 상태에서도 남자가 그녀의 손길을 거부하는 게 느껴졌으므로 그녀는 업고 나가는 것을 포기하고 소방대원이 올 때까지 다리와 팔 주무르는 일을 계속했다.

정신 차리세요. 제발 눈을 뜨세요. 속으로 무례하다고, 불친절하다고 욕한 거 미안해요. 사과하라고 안 할게요. 그냥 일어나기만 하세요, 제발. 속으로 그렇게 간청하는데, 울음이 쏟아지려고 했다. 아무리 당황스러운 상황이라고는 해도 그것은 좀 이상한 일이었다. 그녀는 자기 입 밖으로 간청의 말이 새어 나온 줄도 몰랐고, 울음이 빠져나온 줄도 몰랐다. 괜찮아요, 하는 말이 그의 입에서 나왔다는 것을 그녀가 바로 알아차리지 못한 것은 비단 그의 목소리가 너무 작아서만은 아니었다. 그만큼 경황없이 허둥대고 있어서였다. 이제 괜찮아요, 고마워요, 라는 목소리가 자신의 것이 아니고, 다른 누구의 것일 수 없으며, 오직 눈앞의 한 사람만이 그 말을 할 수 있다는 사실을 깨달을 때까지 상당한 시간이 필요했다. 눈을 뜬 그가 그 순간 그렇게 반갑고 고마울 수 없었다. 큰 도움이라도 받은 것만 같았다. 깨어나준 그가 고마워서 하마터면 그를 끌어안을 뻔했다. 그러나 마음과는 달리 몸을 뒤로 빼며 더듬더듬 말했다. "깨어났네요. 얼마나 놀랐는지. 다행이에요, 정말 다행이에요." 그가 상체를 일으키려고 팔꿈치를 땅에 짚었다. 그대로 잠시만 있어요, 곧 사람이 올 거예요, 하고 그녀가 말했다. 그가 무슨 말이냐는 듯 그녀를 빤히 쳐다보았다. 그녀는 119에 전화를 했다고 말했다. 그가 손을 저으며 그럴 필요 없는데, 했다. "공연한 짓을 했네요. 취소하세요. 가끔 어지럼증이 생겨요. 자주는 아니에요. 어쩌다 한 번씩인데, 하필 오늘 이런 일이 생겼네요. 그렇지만 걱정하지 말아요. 몇 분쯤 가만히 누워 있다 보면 아무렇지 않아져요." 그녀가 미심쩍어하며 그대로 서 있자 그가 재촉했다. "내가 잘 아는 증상이에요. 공연히 바쁜 사람들 번거롭게 하지 말고, 내 말 들어요." 걸을 수 있어요? 하고 그녀가 묻자 걸을 수 있어요, 하고 그가 대답했다. 표정은 잘 파악되지 않았지만, 말투가 빠르게 좋아지고 있는 게 느껴졌기 때문에 그녀는 119에 다시 전화를 걸어 근처까지 온 구급차를 돌려보냈다.

그사이에 숲을 덮은 어둠이 한층 짙어져서 사물의 윤곽이 잘 파악되지 않았다. 늘어선 나무들이 형체를 잃고 암회색의 막에 흡수되었다. 암회색의 막이 사면에 둘러쳐졌다. 두 사람은 그 막들이 만든 좁은 공간에 놓여 있었다. 어둠이 숲을 좁혔다. 넓은 숲은 두터운 장막이 사면에 둘러쳐진 좁은 장막이 되었다. 그 안에 그들은 같이 있었다. 한 사람은 누워 있고, 한 사람은 앉아 있었다. 적막하고 어두운 건 여전한데도 조금 전까지 그녀를 휘어잡고 있던 두려움이 사라지고 없었다. 숲도 어둠도 더 이상 무섭지 않았다. 두려움 대신 아늑함을 느끼는 자신을 이상하다고 의식하지도 못했다. 오히려 어둠이 팔을 벌려 그녀의 어깨를 가만히 감싸 안는 것 같은 기분이 들었다. 어깨를 누르는 어둠의 팔이 느껴지고 등을 쓰다듬는 어둠의 온기가 전달되었다. 그녀는 편안해졌고 고요해졌다. "내가 놀라게 했군요. 하필 이런 일이…… 정말 미안합니다." 그의 목소리가 아주 멀리서, 마치 깊은 숲속이나 물속에서 들려오는 것처럼 메아리쳤다. 아득한 마음으로 캡슐에 싸인 것 같은 그의 목소리를 들었다. "아주 가끔 세상이 여러 겹으로 보이다가 천천히 회전하는 것처럼 돌고, 하얘졌다가 까맣게 변하고, 아무것도 안 보이고, 지상의 빛과 소리를 비롯한 모든 감각이 사라지고, 그렇게 의식을 잃게 돼요."

그는 모르고 있었다. 자기 안에만 있던 말들을 그녀에게 하고 있다는 것을. 누구에게도 하지 않았던 이야기를 그녀에게 하고 있다는 것을. 자기도 모르게 그녀에게 마음을 열고 있다는 것을. 잠깐 의식을 잃었다가 깨어 일어난 후 다른 세상을 겪고 있다는 것을. 그는 또 그녀 안에서 일어나고 있는 일도 모르고 있었다. 그녀가 그의 목소리를 캡슐에 싸인 것처럼 듣고 있다는 것을. 그의 목소리가 그녀의 어깨를 가만히 감싸 안는 것 같은 기분을 느끼고 있다는 것을. 그녀가 무엇에 홀린 것 같은 상태에 빠져들고 있다는 것을.

그녀를 홀린 것이 그 어둠과 숲속의 공기라고 말하는 건 매우 피상적이고 불완전한 진술이다. 어둠과 숲의 공기가 아무 작용도 하지 않았다고 할 수는 없지만, 그것이 전부라고 할 수는 없다. 그 어둠 속에서 그녀가 잘 보이지 않는 그를, 잘 보이지 않음에도 불구하고, 오히려 잘 보이지 않기 때문에, 잘 보이지 않는 그 상황을 이용하여, 거리낌이나 수줍음 없이 제대로 바라보고 있었다는 사실을 밝히지 않을 수 없다. 더불어 밝혀야 하는 것은 그를 바라보는 그녀의 눈빛에 담긴 감정이다. 어둠이 그녀의 눈빛을 가려주고 있었기 때문에 숨김없이 드러낸, 그러나 어둠이 가려주고 있었기 때문에 숨김없이 드러나지 않은 그 감정은 연민이었다. 허둥지둥한 상태에서 오로지 깨어나기만을 바라며 만졌던 조금 전 그의 팔과 종아리의 감촉이 생생하게 살아났다. 근육이 하나도 잡히지 않는 데다가 물렁물렁한 살조차 별로 없어 앙상한 뼈만 잡혔다. 매력이라고는 하나 없는 그 볼품없는 빈약한 몸이 그녀를 끌어당겼다고 할 수 있을까. 그럴 수도 있나? 매력 없는 것이 매력을 끌 수도 있나? 누구보다 그녀 자신에게 그것은 이해하기 힘든 낯선 사태였다. 운동선수나 근육질의 남자들에게 특별한 호감을 가진 것은 아니지만 반감을 가지고 있는 것은 더욱 아니었다. 깡마른 체격이나 여성스러운 고운 선을 가진 남자를 멋있다고 생각해본 적은 없었다. 굳이 따지자면 적당히 근육이 발달해서 남성미를 풍기는 남자를 선호하는 쪽이었다. 그녀의 취향은 이 이끌림에 아무 역할도 하지 않았다. 그녀가 그런 체격이나 그런 용모나 하다못해 그런 목소리를 가진 남자를 좋아했으므로 당연히 일어날 수 있는, 일어나도 이상하지 않은 일이 아니라는 뜻이다. 그녀의 취향과 상관없이 남자의 그 빈약한 몸이 그녀를 끌어당긴 것은 부정할 수 없는 사실이었다.

이해할 수 없지만 그녀를 이끈 것은 그 남자의 약함, 보잘것없음이었다. 그녀에게 강한 모습을 보일 때(예컨대 이형문학관 사무실에서의 사무적인 불친절 같은) 그는 그녀의 관심을 이끌어내지 못했다. 그녀는 강한 (것으로 보이는) 그에게 유쾌하지 않은 감정을 느꼈고, 불친절과 무례함에 대해 사과를 받아낼 마음까지 먹은 적이 있었다. 그가 노출해 보이는 강함에 그녀가 반감을 보인 것으로 해석할 수 있는 대목이다.

그냥 내버려둘 수 없는 것이 누군가의 약함이다. 약한 것들은 무엇인가를, 어떻게든 할 것을, 가만히 있지 말 것을 요청한다. 약함으로부터 가만히 있지 말고 무엇인가를, 어떻게든 하라는 강요를 받을 때, 그 강요를 받은 사람이 아무것도 하지 않기는 쉽지 않다. 약함은 유인한다. 강한 것은 뿌리칠 수 있지만 약한 것은 그럴 수 없다. 강한 것에는 저항하고 대들 수 있지만 약한 것에는 그럴 수 없고, 그래서도 안 된다. 무기를 가지고 위협하는 자와 싸우는 것은 필요하고 가능한 일이지만, 무장하지 않은 이를 공격하는 것은 필요하지 않고 가능한 일도 아니다. 강한 자는 무기를 가지고 위협해야 할 정도로 약하고, 약한 자는 무기를 가질 필요가 없을 정도로 강하다. 약함 자체가 무기이니까 따로 무기를 가질 필요가 없다. 대부분 자각하지 못하지만, 어떤 이에게 약함은 치명적인 무기이다. 그렇다고 약한 이가 자기의 약함을 무기로 사용한다는 뜻은 아니다. 약한 이는 자기의 약함이 유인하는 힘을 가지고 있다는 사실을 인식하지 못하므로 약함을 무기로 사용할 수 없다. 자기가 약해서 상대가 끌린다는 사실을 이해하지 못하기 때문에 우월한 자가 되지 못한다. 약함 자체가 무기라는 사실을 인식하지 못한 채로 그는 유인하고 끌어들인다. 넝쿨식물이 갈참나무나 참나무에게 그런 것처럼. 영석이 선희에게 그런 것처럼. 영석은 선희를 자기의 약함으로 끌어당겼다는 사실을 생각도 하지 못했다. 그의 약함이 곧 무기라는 사실을 인지하지 못했다. 그렇기 때문에 선희가 그 이후 오랫동안 보낸 여러 신호들에 반응하지 않았다. 더 이상 올 필요가 없어졌는데도 아직 더 취재하고 의논할 일이 남은 것처럼 계속 연락을 취해온 이유를 이해하지 못했다.

25   사랑을
—   믿지 못하다

　영석이 선희가 보낸 신호에 반응하지 않은 것은 그녀가
보낸 신호를 알아차리지 못했기 때문이다. 그녀가 보낸 신
호를 그가 알아차리지 못한 것은 그녀가 자기에게 어떤 신
호를 보낼 거라는 예상을 할 수 없었기 때문이다. 태어나서
누군가와 친밀한 교감을 나눌 기회를 갖지 못한 채 수십 년
을 살아온 사람의 내면에 무엇이 들어 있는지를 그런 삶을
살아보지 않은 사람은 잘 모른다. 의무와 역할, 사회적 조건
이나 이해관계와 무관한 어떤 정서의 주고받음이 가능하고
중요하다는 것을 경험을 통해 학습한 적 없는 사람은 타인

의 감정을 헤아리는 데 서툴다. 타인의 감정을 헤아릴 여유가 없기 때문이기도 하거니와 타인의 감정을 헤아릴 권리가 자기에게 있다는 생각을 하지 못하기 때문이다. 실은 이 사람은 자기감정도 잘 헤아리지 못한다. 그에게 감정은 다루기 힘든 생선 가시와 같다. 생선 가시를 잘 다루지 못하는 사람은 생선을 만지려고 하지 않는다. 생선을 만지지 않고 생선 요리를 할 수는 없다. 감정을 만지는 것이 힘든 사람은 사랑에 접근하지 못한다. 사랑을 믿을 수 있는 것이라고 생각하지 않기 때문이다.

사랑을 믿지 못하는 사람들은 사랑의 무엇을 믿지 못하는 것일까? 사랑이 존재한다는 사실 자체를 믿지 못하는 경우를 가정해볼 수 있다. 사랑? 그런 것은 없다, 라고 그들은 말할 것이다. 그들의 주장은 이렇다. 사랑처럼 보이거나 사람들이 사랑이라고 부르는 것은 실은 어떤 의도나 필요에 의해서 작명된 것이지 그 이름에 걸맞은 실체가 실제로 있는 것은 아니다. 가령 욕망을 미화하거나 희생을 저항 없이 강요하기 위해, 혹은 그 비슷한 사회적 필요에 의해 이런 이름을 지었을 수 있다. 이름이 있다는 것은 그 이름으로 불리는 객관적 존재물인 실재가 있다는 확실한 증거라는 순진한 믿음이 이 작명의 동기 속에 숨은 비밀이다. 이름이 지어지자 이름이 지어지기 전에는 있지 않았고, 있다고 생각할 필요도 없었던 실재가 없을 수 없게 되었다. 사랑은 원래 실체가 없는 것인데, 이름이 생기자 있는 것처럼 되었다. 사랑이라고 굳이 이름 붙이지 않아도 상관없는 어떤 것들이 사랑으로 호도되거나 미화되거나 전가되었다.

사랑이 존재한다는 것을 부인하지는 않지만 사랑의 속성이나 속성이라고 말해지는 것들 가운데 어떤 것을 믿지 못하겠다고 하는 사람들도 있을 수 있다. 모든 존재하는 것들이 어떤 속성을 가지고 있다는 것은 부언할 필요가 없다. 이름은 속성을 따라 붙여지는 경우가 많고, 이름이 불리는 순간 그 속성이 상기된다. 가령 크고 우락부락한 도베르만이나 작고 귀여운 치와와가 생김새나 크기나 성격의 차이에도 불구하고 개라는 한 이름으로 호명되는 것은 종이나 개체의 차이에도 불구하고 그들이 공유하는 공통의 속성 때문이다. 개들이 공유하는 속성이 개라는 이름 속에 들어 있다. 짖는다, 문다, 발이 넷이고 꼬리가 있으며 몸에는 털이 덮여 있다, 주인에게 충성을 바친다, 같은 특성들. 도베르만이라는 종도 마찬가지다. 더 사나운 도베르만이 있을 수 있고 더 긴 다리를 가진 도베르만이 있을 수 있다. 어린 도베르만, 늙은 도베르만, 병든 도베르만이 각각 다르지만, 다른데도, 개체들의 그런 차이를 무시해도 좋을 속성의 공유가 그들을 도베르만이라는 한 이름으로 부르게 한다.

사랑은? 예외가 있을 수 없다. 사랑은 어떠어떠하다는 속성에 대한 이해를 전제하고 우리는 사랑이라는 단어를 사용한다. 가령 불처럼 뜨겁다, 접촉하려 한다, 보고 싶어 한다, 영원하다, 죽음보다 강하다, 무조건적이다, 같은 속성들. 그런데 사랑 속에 그런 것들이 들어 있다는 사실을 의심하거나, 설령 들어 있다고 하더라도 아주 조금밖에 들어 있지 않아 특별히 강조할 만한 가치가 없다고 생각하는 사람들, 혹은 그런 속성들이 유의미하다고 여기지 않는 사람들에게 사랑은 믿을 수 없는 것이 된다. 이들이 사랑을 믿을 수 없다고 할 때, 그 말의 뜻은 사랑이 보유하고 있다고 상정된 속성들, 사랑의 힘이나 가치를 믿을 수 없다는 말이 된다. 사랑이라는 게 있다는 건 안다, 그래서 뭐 어떻다는 말인가, 라고 이들은 말한다.

이들과는 다른 이유로 사랑을 믿을 수 없어 하는 부류의 사람들도 생각해볼 수 있다. 사랑의 존재도 인정하고 사랑의 속성과 가치도 부인하지 않지만 사람을 믿을 수 없기 때문에 사랑을 믿을 수 없다고 말하는 이들이 있다. 사람이 사랑(의 속성으로 제시된 표징들을 실천)할 수 있다는 믿음이 없기 때문에 이들은 사랑을 믿지 못한다. 사랑이 불완전해서가 아니라 사랑을 실천하는 행위의 주체인 사람이 불완전하기 때문에 사랑을 믿을 수 없다는 입장이다. 사람이라는 종의 본성에 대한 비관적 성찰이 이 불신의 내용이다. 사랑이 존재하며 그 속성이 고귀하다는 것을 인정한다. 그러나 인간 본성의 저급함과 조급성과 변덕 때문에 사랑의 고귀한 속성들은 사람들 사이에서 발현되지 못한다. 사람이 어떻게 사랑을 감당한단 말인가, 라고 이들은 말한다.

사랑을 믿지 못하는 네 번째 부류의 사람들이 정말로 믿지 못하는 것은 자기 자신이다. 이들은 인간 본성이나 종으로서의 인간에게 사랑할 수 있는 능력이 있느냐 없느냐 같은 문제에는 관심이 없다. 이들은 다른 사람에 대해서는 아무것도 알지 못하며 알려고 하지도 않는다. 단지 자기가 누군가를 사랑할 수 있다는 것을 믿지 못하고 자기가 누군가의 사랑을 받을 수 있다는 것을 믿지 못할 뿐이다. 누군가의 사랑을 받을 수 있다는 것을 믿지 못하기 때문에 누군가를 사랑할 수 있다는 것도 믿지 못한다. 타인에 대한 불신은 자신에 대한 불신의 여파에 지나지 않는다. 이 불신의 뿌리에 있는 것이 사랑의 특별함에 대한 선입견—아무나 사랑하는 것은 아니다, 라면 아주 나쁘지는 않다. 반대로 사랑의 평범함—아무나 사랑한다, 그러나 나는 아니다, 이기 때문에 위험하다. 특별해서가 아니라 특별하지 않은데도 사랑할 수 없다고 생각하기 때문에 위험하다. 평범하고 도처에 널린 것이 사랑인데도 믿지 못하기 때문에 위험하다.

영석이 이 부류에 속한다고 할 수 있지 않을까. 선희가 보내는 신호를 번번이 놓칠 수밖에 없었던 내력을 이로써 이해할 수 있지 않을까. 눈 오는 어느 겨울밤, 거리에서 사랑한다고 말해달라는 선희의 말을 들을 때까지 사랑에 대한(실은 그 자신에 대한) 불신과 무신경이 지속되었다. 그리고 이제 사랑으로부터 불신당할 것이 두려워 필사적으로 매달린다. 사랑이 자기를 믿지 못할까 봐 전전긍긍한다.

26
——   만진다는
     것

　영석은 그녀의 가슴만이 아니라 그녀의 손이든 발이든 귀든 어디든 만졌고, 만지려고 했다. 둘이 같이 있을 때 그녀의 몸 어딘가를 만지는 데 지나치게 집착하는 그를 그녀는 의아해했다. 자기가 아닌, 자기가 아니지만 자기와 다름없는, 자기에게 살아 있다는 의식을 생생하게 전달해주는 존재에 닿으려고 하는 몸짓이라는 걸 그녀는 처음엔 바로 이해하지 못했다. 발을 씻지 않았다고 거절하는데도 굳이 발을 만지려 하는 그가 싫어서 그녀가 대체 왜 그러느냐고 짜증을 냈을 때 그가 당황해하며 그 말을 했다. "닿으려고 그래. 닿아 있으려고." 그는 목적어를 생략했다. 그녀가 얼굴을 찡그린 것은 그가 생략한 목적어를 '여자의 몸(의 일부)'으로 이해했기 때문이다. 자기가 선희라는 이름을 가진 구체적인 인격체가 아니라 이름과 얼굴이 없거나 있더라도 굳이 그런 걸 구분할 필요가 없는 성적 대상물인 여성의 신체로 간주되는 것 같은 기분이 그녀가 받은 불유쾌한 감정의 내용이었다. 혐오감과는 다르지만 정상적이라고 할 수도 없는 남자의 취향에 대한 의심과 자신이 연인으로서 정당하게 대우받고 있지 않은 것 같다는 기분이 꼿꼿이 얼굴을 들고 따지게 했다. 그때 그가 풀 죽은 목소리로 말했다. "불안해서 그래. 선희가 거기 있는데 닿아 있지 않으면 불안해. 멀어지고 떨어져 나갈 것 같아져. 그래서 그래." 그녀에게는 그와 같은 그런 간절함을 키워낼 결핍이 없었으므로, 닿으려고 만지지만, 만져도 닿지 않기 때문에 필사적이고 집요해진다는 것을 몰랐다. 만져도 닿지 않지만, 만지고 있는 동안은 닿을 수 있다는 희망을 가질 수 있기 때문에 더 필사적이고 집요해진다는 것을 그녀는 몰랐다. 말을 하는 동안 허공에서 불안정하게 움직이는 그의 손을 보면서 그녀는 알았다. 그가 닿으려고 하는 것이 여성의 신체가 아니라는 것을. 그가 자기 몸을 애무하고 있는 것이 아니라는 것을. 그녀를 만지는 것이 단순한 사랑의 표현만은 아니라는 것을. 여성의 신체가 아니라 자기를 살아 있게 하는 존재인 사랑에게 닿으려는 안타까운 몸짓이라는 것을. 사랑으로부터 내쳐질까 봐 전전긍긍하고 있다는 것을.

그녀는 그의 사무실에서 본 넝쿨식물 사진의 이미지를 떠올렸다. 넝쿨식물들의 그 수많은 넝쿨손들이 자기를 지탱해주는 큰 존재에 가닿으려는 간절한 몸짓으로 이해되었다. 넝쿨식물을 높이고 늘리고 푸르게 한 것은 큰 나무였다. 그 나무로부터 떨어져 나가는 순간 넝쿨식물은 죽고 만다. 넝쿨손의 집요함은 생존 본능과 같은 것이다. 넝쿨식물은 나무에 최대한 밀착해서 붙어 있으려 하고, 가능하다면 한 몸이 되려고 한다. 절대로 떨어지지 않으려 한다. 에로틱한 것들은 실은 에로틱하지 않다. 안타깝고 안쓰럽다.

만지지 않을 때 그는 불안해했다. 만지면서는 안타까워했다. 불안한 것보다는 안타까운 쪽이 나았다. 불안은 정신을 위협하지만 안타까움은 감각을 고양시킨다. 불안할 때 사람은 어떻게 해야 할지 몰라 허둥지둥하지만 안타까울 때 사람은 어느 때보다 예민해져서 안타까움을 제공한 대상에, 그것이 관념이든 사물이든 사람이든, 몰두한다. 불안한 사람의 불안은 대상과 방향이 정해져 있지 않기 때문에 무슨 짓을 벌일지 모른다. 자신도 모르고 다른 사람도 모른다. 안타까운 사람의 안타까움은, 대상과 방향이 정해져 있기 때문에, 만일 이 사람이 무슨 일을 한다면, 그 무슨 일이 무엇일지 모를 수 없다. 자신도 모를 수 없고 다른 사람도 모를 수 없다.

불안이 연인의 몸을 향해 손을 뻗게 하고, 만져도 닿지 않는 것 같은 안타까움이 만지는 손길을 거칠어지게 하고, 멈추지 못하게 한다. 아무리 만져도 충분하지 않은 것은 안타까움 때문이고, 그럼에도 만지기를 포기하지 못하는 것은 중단했을 때 찾아올 존재의 불안을 감당할 자신이 없기 때문이다. 연인은 닿기 위해 만져야 하고, 닿지 않아도 만져야 한다. 어떤 사람에게 애무는 이런 것이다. 에로틱한 것들은 실은 에로틱하지 않다. 에로틱하지 않고 안쓰럽다.

그러나 우리는 그가 만지는 것이 누군가의 몸이라는 사실을 무시할 수 없다. 몸은 물질이지만 사물이 아니고, 물질이면서 물질이 아닌 것이다. 물질에 의해 조종당하고 물질이 아닌 것을 조종하는 것이 몸이다. 비물질적 물질, 어쩌면 물질적 비물질이라고 불러야 할지 모르는 어떤 것이다. 예컨대 몸속으로 정신이 드나들고 몸을 통해 감정이 표출된다. 정신이나 감정이 몸을 바꾸기도 하고 몸이 정신이나 감정의 변화를 촉발하기도 한다. 몸을 구성하고 있는 것은 몸만이 아니다. 마찬가지로 몸이 구성하고 있는 것은 몸만이 아니다. 만지는 몸이 아니라 만져지는 몸을 간과할 수 없는 이유이다. 영석에 의해 만져진 선희의 몸은 자극에 반응할 가능성이 근본적으로 주어져 있지 않은 사물이 아니라는 것. 그녀의 몸을 구성하고 있는 것 역시 몸만이 아니고 그녀의 몸이 구성하고 있는 것 역시 몸만이 아니라는 것. 그가 그녀의 몸을 만질 때 그녀의 몸에서도 무슨 일인가가 일어난다. 물론 이 변화는 그가 그녀의 몸을 만질 때 의도했다고 할 수 없는 변화이다. 어떤 변화를 일으킬 의도를 가지고 연인의 몸을 만지는 사람이 있다. 영석은 아니다. 아니, 영석에게도 의도가 전혀 없는 것은 아니다. 그러나 그의 의도는 다른 의도이다. 그조차 잘 인지하지 못하는 그의 숨은 의도는 따로 있다. 그의 숨은 의도는 다른 층위, 감각이 아니라 정신, 몸이 아니라 영혼에 속한 것이다. 그렇지만 부재하거나 다른 층위에 존재하는 그의 의도와 상관없이 그녀를 만지는 그의 손은 그녀의 몸에, 정신이나 감정이 아니라 몸에, 물론 정신이나 감정과 무관하지는 않은 몸에, 정신이나 감정을 조종하고 정신이나 감정에 의해 조종당하는 몸에 어떤 사건인가를 만들어낸다.

만지는 손에 의해 만져지는 몸은 자신의 전 존재가 스르르 풀어지는 것을 경험한다. 경험과 만난다, 라고 쓰는 편이 맞겠다. 객체로 참여하기 때문에 만져지는 몸에게 이 경험은 사건으로 인식된다. 딱딱하게 뭉친 근육 덩어리가 부드러워지거나 겨우내 얼어 있던 땅이 녹아 물컹거리거나 엉킨 실타래의 실이 한 줄로 시원하게 뽑아져 나올 때 '풀어진다'는 단어를 쓴다. 어느 경우든 긴장이 사라지고 느슨하게 가라앉는 이미지와 닿아 있다. 말랑말랑해지거나 물처럼 되거나 단순해지거나. 연인의 손이 몸을 만질 때 만져지는 몸에 나타나는 현상이 이러하다. 긴장은 소멸되고 방어기제는 무너진다. 의문은 자취를 감추고 거리는 지워진다. 적의를 드러내며 수직으로 빳빳하게 서 있던 맹수의 꼬리가 풀기를 잃고 아래로 처지는 것처럼 방어벽이 부서지고 무장해제되고 속수무책이 된다. 만져지는 몸은 만지는 손의 지배 아래 놓인다. 그러면서도 그런 줄 인지하지 못한다.

그렇지만 그 반응이 연인의 몸을 만지는 목적이나 이유라고 말할 수는 없다. 의도와 상관없는 결과가 도출되는 것이 인생이다. 결과로 의도를 유추해내는 것은 의도로 결과를 예측하는 것만큼 위험하다. 예컨대 연인은 연인을 무력화시키고 통제하고 지배하기 위해 연인의 몸을 만지는 것은 아니다. 만질 때 연인의 몸에 나타나는 변화를 만질 때 연인이 의도한 것이라고 단정해 말하는 것은 명백한 오류이다. 적어도 영석을 향해 그렇게 말하는 것은 부당하다. 믿음직스러운 튼튼한 나무를 끌어안고 올라가는 넝쿨식물이 그런 것처럼, 실은 연인의 몸을 필사적으로 만지는 연인은 만져지는 몸에 의지하는, 의지할 수밖에 없는 약자이다. 넝쿨식물은 그렇게 하지 않으면 안 되기 때문에 넝쿨손을 뻗어 나무의 단단한 몸을 움켜쥔다. 넝쿨식물의 언어는, '너는 내 것이다'가 아니라, '나를 구해주세요'이다. '내 말을 들어라'가 아니라 '나를 받아주세요'이다. 선언이 아니라 부탁이다. 만지는 손을 통해 이 연인—약자가 하는 말도 '너는 내 것이다'나 '내 말을 들어라'가 아니라, '나를 구해주세요' 혹은 '나를 받아주세요'이다. 지배하려고 만지는 것이 아니라 의지하려고, 그러니까 유지하려고 만지는 것이다. 강하거나 강한 척하는 사람은 연인의 몸을 만지지 않거나 애타게 만지려 추구하지 않는다. 의지하려는 의지가 없기 때문이다. 의지하지 않아도 유지할 수 있거나 유지할 수 있다고 생각하기 때문이다. 자신의 약함에서 비롯한, 자신의 약함을 극복하기 위해 내뻗은 연인의 손길이 연인의 몸에 유사한 종류의 약함을 생성해내는 신비, 애무란 그런 것이다.

27

'보고 싶다'는

—   말

   사랑이 괴로울 수밖에 없는 것은 사랑이 불가능한 것을 욕망하게 하기 때문이다. 사랑을 시작한 사람이 욕망하는 것은 연인의 마음이다. 그것을 욕망하게 하는 것은 그 사람의 내부에 살기 시작한 사랑이다. 그런데 마음은 눈에 보이지 않는 것이고, 눈에 보이지 않는 걸 가질 방법은 없다. 누구에게도 그런 능력은 없다.

   사랑이 시작되면 그걸 가질 수 없다는 걸 모르게 된다. 잘 알다가도 갑자기 모르게 된다. 사랑하는 사람은 그걸 모르는(모르게 된) 사람이다. 사랑하는 사람만 그걸 모른다. 모르니까, 모르게 되었으니까 어떻게 해서든 연인의 마음을 가지려고 필사적으로 매달리게 되고, 아무리 필사적으로 매달려도 가져지지 않으니까(가질 수 없으니까) 괴로워진다. 매달릴수록 더 괴로워진다. 사랑에 들려서 현저하게 약해진 이 사람이 이 불가능한 욕망을 어떻게 감당할 수 있을까. 연인의 몸을 만지고 부서질 정도로 끌어안고 몸속으로 파고드는 것은 어떻게 해도 가져지지 않는 연인의 마음을 어떻게 해서든 가지려는 궁여지책의 안간힘이기도 하다.

영석은 자주 선희를 호출했다. 자주 전화했고, 자주 찾아왔다. 한밤이기도 했고 새벽이기도 했다. 보고 싶어서라고 했다. 영석은 진심을 말했다. 그는 정말로 그녀가 보고 싶어서 전화하고 찾아갔다. 헤어진 지 24시간도 안 지났다고, 뭘 또 보고 싶다고 하느냐고 그녀가 물으면 그는, 얼마나 되었는지는 잘 모르겠고, 선희 얼굴이 잘 안 떠올라, 하고 대답했다. 이번에도 그는 진심을 말했다. 그는 한 가지 중요한 사실을 은연중에 말하고 말았다. 그녀의 얼굴이 떠올라서가 아니라 떠오르지 않아서 보고 싶다고 말한 것이 그것이다. 부연하면, 그녀의 얼굴은 선명하게 잘 떠오르지 않는다. 희미하거나 윤곽만 있다. 그가 진정으로 원한 것은 그녀의 마음을 가지는 것인데, 그것은 이루어질 수 없고, 이루어지지 않았기 때문에 '또렷하지 않은 얼굴'로 형상화된다. 또렷하지 않은 얼굴은 의심과 불안의 단서가 된다. 그는 또렷하지 않은 얼굴을 또렷하게 부각시키라는 요청을 내부로부터 받는다. 또렷하지 않음은 의심스러움을 표상하기 때문이다. 보고 싶다고 말하면서, 연인들은 흔히 네 얼굴이 어른거려서 성가셔, 라고 말하거나, 일이 손에 안 잡혀, 라고 말한다. 부지불식간에 진실이 토해져 나온 문장이라고 할 수 있다. 일이 손에 안 잡히는 이유가 얼굴이 자꾸 떠올라서가 아니라 얼굴이 어른거려서, 이다. 어른거리는 것은 또렷하지 않은 것이다. 무엇이 보이다 말다 하거나 희미한 채 흔들리는 것이다. 실체를 분간하기가 어려운 것이다. 표정을 알아볼 수 없는 것이다. 그러니까 누군가를 향해 보고 싶다고 말할 때, 연인은 자기 안의 의심과 불안을 표현하고 있는 것이다. 가장 믿지 못하는 사이가 연인이라는 건 전혀 새로운 주장이 아니다.

영석이 지금 모습을 셀카로 찍어서 보내달라고 선희에게 요청했을 때, 우리는 안다, 그는 의식하지 못한 채 선희에 대한 자기의 의심과 불안을 노출했다. 선희는 하루 종일 방에서 뒹굴었어요, 세수도 안 했어요, 화장도 안 했고, 머리도 엉망이에요, 라고 거절했다. 영석은, 그래도 괜찮다고 말했다. 상관없다고 했다. 자연스러운 그런 모습을 더 보고 싶다고 사진을 찍어 보내라고 거듭 요구했다. 그녀는 그럴 수 없다고, 꼭 보내야 한다면 전에 찍어둔 사진을 보내겠다고 했다. 그는 지금 모습을 보아야 했으므로 지금 모습을 보고 싶다는 말을 되풀이했다. 며칠 전에 찍은 사진이 핸드폰에 있다고, 사흘 전의 나와 지금의 내가 조금도 달라지지 않았다고 그녀는 그를 설득했다. 사흘 전의 사진은 사흘 전의 그녀 모습이라고, 내가 보기를 원하는 것은 지금의 선희 모습이라고, 선희가 지금 어디서 어떤 옷을 입고 어떤 모습으로 있는지 그것이 궁금하다고 그는 고집을 부렸다. 그녀는 영석의 말에서 조금 이상한 것을 느꼈지만, 평범하지 않은 그의 사랑 표현에 익숙해져 있었으므로, 말하자면 길들어져 있었으므로, 그의 말속에 표출된, 보고 싶다는 감정으로 포장된 의심과 불안을 간과했다. 그녀가 끝까지 사진을 찍어 보내는 것을 거부한 것은 그의 의심이나 집착이 언짢거나 수상하게 생각되어서가 아니었다. 실제로 그녀는 그때의 자기 모습이 사랑하는 사람에게 보여줄 몰골이 아니라고 생각했다. 하필 입 주변에 제법 큰 뾰루지까지 생겨 용기가 생기지 않았다. 그녀는 사랑하는 사람에게 잘 보이고 싶어 하는 여자의 마음을 헤아리지 않는 듯한 그가 좀 원망스러웠다. 그의 무신경이 섭섭하기도 했다.

긴 실랑이 끝에 전화가 끊긴 것이 밤 10시쯤이었다. 그리고 자정이 되기 전에 그녀는 그의 전화를 다시 받았다. 그는 그녀의 집 바로 앞에 와 있었다. 보고 싶어서, 보지 않고는 견딜 수 없을 것 같아서, 전화를 끊자마자 곧바로 달려왔다고 했다. 그는 무엇을 견딜 수 없다고 말하는 것일까. '보고 싶어서'를 부연하고 있는 '견딜 수 없어서'가 그의 마음의 상태를 비교적 솔직하게 드러내고 있다. 그는 그녀를 확인하러 온 것이다. '보지 않고는 견딜 수 없기 때문에', 보아야만 믿을 수 있기 때문에, 눈으로 확인해야 안심이 되기 때문에 미친 것처럼 차를 몰고 온 것이다. 보고 싶다, 보고 싶다, 외치면서.

28
—

사랑과
우정

선희가 영석의 전화를 다시 받은 곳은 수제 맥줏집 엔젤이었다. 그 시간에 그녀는 형배와 함께 있었다. 파스타를 먹었고, 맥주를 마셨고, 그리고 형배로부터 사랑한다는 말을 들었다. 그녀는 형배에 대한 마음을 이미 정리한 상태였으므로 머리를 감지 않은 채 하루 종일 집에서 뒹굴었고 얼굴에 뽀루지가 생겼고 화장도 하지 않았지만 야구 모자를 눌러쓰고 그를 만나러 나올 수 있었다. 영석이 요구한 셀카는 찍어 보낼 수 없었지만(왜냐하면 그에겐 잘 보여야 하니까), 형배를 만나러 나올 수는 있었다(왜냐하면 그에겐 잘 보이지 않아도 되니까). 형배는, 그녀의 의식 속에서 오랜만에 조우한 친구와 같았다.

잘 보이기 위해 긴장하지 않아도 되는 사이라는 점에서 우정은 사람이 다른 사람과 맺을 수 있는 가장 편하고 이상적인 관계이다. 보르헤스는, 사랑과는 달리 증명할 필요가 없는 것이 우정의 장점이라고 말했다. 이 말속에는 증명해야 할 불편한 의무(우정에는 없는)가 사랑에는 주어져 있다는 뜻이 포함되어 있다. 사랑을 증명할 의무를 기꺼이 받아들이는 사람은 그 의무를 당연하게 요구하기도 한다.

우정에서 시작된 관계가 사랑으로 넘어가는 예는 꽤 빈번하다. 이 경우 친구 사이로 지낼 때는 경험하지 못한 낯선 감정―뜨거움과 황홀함을 느끼게 되는데, 이 뜨거움과 황홀함은 마음의 긴장에서 비롯한 것이다. 당연히 불편함이 수반되는데, 이 역시 긴장과 관련이 있는 감정이다. 그러나 긴장이 만든 뜨겁고 황홀한 감정이 불편함보다 크고 우월하기 때문에 사랑하는 사람은 불편하다고 생각하지 못하거나 불편함을 기꺼이 감수하려고 한다.

긴장으로부터 말미암은 불편함이 부각되거나 그것을 감수하기가 부담스러워지는 순간이 찾아올 때 이 관계는 어떤 전환점에 이르렀다고 보아야 한다. 긴장이 주는 불편함을 피해 달아나거나(이별) 긴장하지 않아도 되는 관계로 바꾸는(우정) 길이 있다. 사랑을 우정으로 바꾸는 예는 사랑의 불편함을 피해 이별로 달아나는 것보다는 흔하지 않은데, 그 이유는 사랑한 시간의 기억의 찌꺼기들을 감당하는 일이 만만치 않기 때문이다. 이별은 실행에 따른 부담감이 있지만 불편한 관계를 종결시킬 확실한 방법으로 선호된다. 우정으로의 전환은 실행에 따른 부담감이 덜한 대신 새로운 종류의 불편한 감정과의 동반을 받아들여야 할지도 모르는 불확실한 방법이다. 그렇지만 이 방법에 성공했을 때 사람들이 이별의 방법을 택한 사람보다 훨씬 큰 안정감과 해방감을 느끼는 것도 사실이다. 자책감이나 피해 의식, 혹은 미련에 시달리지 않아도 되기 때문이다. 자책감이나 피해 의식, 혹은 미련에 시달리는 한 우정으로의 완전한 전환은 불가능하고, 따라서 그와 같은 부정적인 감정으로부터 완전히 자유로워질 때까지는 이 전환이 완전히 이루어졌다고 말할 수 없다.

선희가 화장하지 않은 맨 얼굴에 모자만 눌러쓰고 집에서 입는 헐렁한 옷차림 그대로 형배 앞에 나타난 것은, 그러니까 그녀 안에서 우정으로의 전환이 완전히 이루어졌음을 선언하고 있는 것이라고 해석해도 될 것이다. 황홀과 불편을 함께 제공하는 사랑의 긴장으로부터 자유로워져 있으며, 자책감이나 피해 의식, 혹은 미련에 시달리지도 않는다는 확실한 증거. 이 년 십 개월 만에 뜻밖의 장소에서 우연히 만났음에도 마음의 평화가 흔들리지 않았으므로 그녀는 그로부터 완전히 자유로워졌음을 확인했다.

문제는 그 시간에 그녀를 보고 싶어 견딜 수 없을 것 같은, 알 수 없는 열정에 사로잡혀 보고 싶다, 보고 싶다, 외치면서 차를 몰고 밤을 달려온 영석이었다. 그가 사랑의 긴장에 사로잡힌 사람이라는 것을 기억하자. 뜨겁고 황홀하지만 불편하기도 한 긴장. 사랑을 증명할 의무를 기꺼이 받아들이는 만큼 그 증명의 의무를 수시로 요구하기도 하는 사람이라는 것을. 의심하는 사람, 확인하려는 사람이라는 것을. 그녀가 전화를 받자마자 영석의 다급한 목소리가 달려 나왔다. "왜 전화를 안 받아?" 심상치 않은 기운에 놀란 그녀가 무슨 일 있어요? 하고 물었다. 그건 내가 물어볼 말이지, 무슨 일 있어? 하고 그가 되물었다. "아니요. 아무 일 없어요." 그녀가 대답했다. "그런데 왜 전화를 안 받아? 전화를 몇 번이나 했는데." 그가 볼멘소리를 했다. "몇 번이나 했는데요?" 그녀가 미심쩍어하며 물었다. "몰라. 확인해봐. 열 번은 더 했을 거야." 그녀는 전화기의 최근 기록 목록에서 그의 이름 옆 괄호 안에 적힌 12라는 숫자를 읽었다.

영석은 그녀의 집 앞에 도착해서 열두 번이나 전화를 걸었다. 집 앞에서 승용차의 시동을 끄지 않은 채 두 번 전화를 걸었다. 전화를 받지 않자 시동을 끄고 그녀의 집 초인종을 눌렀다. 얼굴만 보고 가도 좋다는 생각이었다. 얼굴을 보고 그녀가 자기 앞에 있다는 사실을 확인만 하면 안심이 될 것 같았다. 처음엔 그랬다. '안심이 될 것 같았다'는 진술 속에 그의 속내가 담겨 있다. 그랬다. 왜 그런지 모르지만 안심이 되지 않았었다. 이유도 근거도 알 수 없는 불안이 다짜고짜 차를 운전하게 했다. 그녀가 사진을 찍어 보내지 않은 것이 계기였지만, 사진을 찍어 보냈다면 달랐을지 확언할 수 없다. 그렇게 달려왔는데, 전화도 연결되지 않고 문도 열리지 않자 이유도 근거도 알 수 없던 불안이 이유나 근거가 없지만은 않은 것으로 여겨지면서 마음속이 헝클어졌다. 그는 되풀이해서 전화를 걸었다. 신호음이 끊어질 때까지 전화기를 들고 있다가 음성 사서함으로 이동한다는 안내 음성이 나오면 종료하고 다시 걸었다. 그렇게 열두 번이나 전화를 건 것이다. 무슨 전화를 이렇게 계속 걸었느냐고 하자 그는, 난 무슨 일 생긴 줄 알았지, 하고 변명하듯 말했다. 무슨 일이 생겼을지 모른다는 생각을 한 것은 사실이었다. 그러나 그녀에게 혹시 좋지 않은 무슨 일이 생긴 게 아닐까, 하는 걱정이 아니라(그런 걱정이 전혀 없었던 것은 아니지만), 그녀가 나에게 좋지 않은 일을 겪게 하는 게 아닐까, 하는 의심 쪽이 더 컸다. 가령 일부러 내 전화를 피하는 게 아닐까, 집 안에 있으면서 문을 열어주지 않는 것이 아닐까, 무엇 때문인지 모르지만 나에게 실망해서 더 이상 만나지 않으려 하는 것이 아닐까…… 그런 의심들. 그의 내부에 항상 있는 의심들이다. 아주 작은 틈만 생기면 언제든 밖으로 뛰쳐나오려고 벼르고 있는 의심들이다. 그 의심들 중에는, 집에 있다고 해놓고 혹시 다른 남자를 만나고 있는 것은 아닐까, 하는 것도 있었다.

　그런데 그 의심이 현실화된 현장을 보게 된 것이다. 그러니까 사랑에 붙들려 앞뒤 가릴 여유가 없는 이 남자에게 자기가 건 전화는 받지 않고 다른 남자와 술을 마시고 있는(더구나 자정이 다 된 시간이 아닌가, 세상에!) 선희는 이해할 수도 용납할 수도 없는 여자였던 것이다.

29

질투—의심

—

영석의 내면에 늘 잠재되어 있어서 언제든 일어날 수 있
는 혼란과 격동을 염두에 두면 선희가 사실대로 말하지 않
는 편이 나았을지 모른다. 적어도 형배와 함께 있는 자리로
오지 않게 하는 편이 나았을 것이다. 그녀는 영석을 많이 안
다고 생각했지만, 충분히 알지는 못했다. 물론 처음부터 그
녀가 형배와 함께 있는 하우스 맥줏집 엔젤로 그를 오라고
한 것은 아니다. 그녀는 그에게 그 집을 알려주지 않으려 했
다. 영석이 취할 부정적인 반응에 대한 우려 때문은 아니었
다. 그녀는 자기 안에 거리끼는 것이 없었으므로 그가 자기

를 의심하고 상처받을지 모른다는 생각을 하지 못했다. 그녀가 그 자리로 그를 오라고 하지 않은 것은, 셀카 사진을 찍어 보내라는 그의 요구를 들어주지 않은 것과 같은 이유에서였다. 그녀에게 영석은, 형배와는 달리 화장 안 한 얼굴에 운동모자를 눌러쓰고 만날 수 있는 사람이 아니었다. 그것이 이유였다. 그러나 영석은 그 이유를 의심했고, 믿지 않았고, 확인하려 했다. 결국 그녀는 집 앞에서 친구와 술을 한잔하고 있다고 사실대로 말했는데, 그는 그것을 의심했고, 믿지 않았고, 확인하려 했다.

이 의심하는 사람은 무엇을 확인하기를 원하는 것일까. 의심하는 사람의 마음속에는 이율배반적인 감정이 공존하는 것을 알 수 있는데, 자기 의심이 오해에서 비롯한 것임이 밝혀져 편안해지기를 바라는 마음(왜냐하면 의심하는 동안은 몹시 괴롭고 혼란스러우니까)과 자기 의심이 근거 없는 것이 아니라는 것이 밝혀져 상대를 괴롭힐 수 있는 정당성을 확보하기를 바라는 마음(왜냐하면 의심하는 자기에 대한 확신, 근거 없이 의심한 것은 아니라는 생각이 의심하는 동안의 고통과 혼란을 일정 부분 상쇄시켜준다고 믿으니까)이 그것이다. 그러니까 그는 의심으로부터 자유로워지기를 바라고 동시에 계속해서 의심에 지배당하기를 바란다. 의심하지 않게 되기를 바라면서 더 의심하게 되기를 바란다. 그는 그 두 가지를 동시에 확인하려 한다. 그 두 가지를 동시에 확인하는 것은 불가능하다. 그 두 가지 가운데 하나가 확인되면, 나머지 하나는 확인되지 않는다. 두 가지 모두 확인되지 않을 수는 있지만(믿기에도 믿지 않기에도 충분하지 않은 상황이 있는 법이니까), 두 가지 모두 확인될 수는 없다. 상반된 두 가지 욕구를 동시에 충족하기를 원하는 사람을 만족시킬 수 있는 길은 없다. 의심하는 사람이 정말로 원하는 것은 만족이 아니라 의심이기 때문이다. 의심하는 사람의 의심은 확신하는 사람의 확신보다 언제나 확고하다.

선희는 그녀를 향한 영석의 의심이 터무니없었으므로, 화장 안 하고 뾰루지 난 얼굴을 보여주는 부담을 무릅쓰고 엔젤의 위치를 알려주었다. 그녀가 시도한 것은 그의 의심이 오해에서 비롯한 것임을 밝혀서 근거 없는 의심에서 벗어나게 하려는 것이었다. 그러나 의심에 사로잡힌 사람이 의심에서 벗어나려는 욕구 못지않게 의심에서 벗어나지 않으려는 욕구를 가지고 있다는 사실을 그녀는 간과했다. 벗어나려는 욕구 못지않게 벗어나지 않으려는 욕구가 크기 때문에 벗어나게 하기 위해 시도된 이런저런 수단들은 벗어날 수 없는, 벗어나서는 안 되는 이유들로 탈바꿈한다. 어떤 합당한 증거들도 정당하게 쓰이지 않는다. 긍정을 위한 자료들이 부정을 위한 증거로 바뀐다. 그 과정에서 과장과 왜곡은 필수적이다. 가령 이런 일이 생긴다. 그녀가 형배를 친구라고 소개하자 영석이 반문한다. 친구라고? 밤늦은 시간에 단둘이 앉아 술을 마시는 남녀가 친구 사이라고? 잘 보일 필요가 없는 우정 상태를 상징하는 편한 복장에 대한 그녀의 해명도 그만큼 친근한 사이임을 표시하는 것으로 왜곡된다. 자기에게는 사진도 찍어 보내지 않았으면서 이 남자에게는 얼굴을 보여주었다는 사실이 강력한 반대 증거로 제시된다. 자기에게는 그만큼 친근함을 느끼지 않기 때문에 하지 못한 일을 이 남자에게는 하고 있다는 것이다. 연인 사이의 긴장이 요인이라는 사실은 참고의 대상이 되지 않는다. 그녀가 여러 차례 전화를 받지 않은 사실은 마음 놓고 의심을 키우기에 안성맞춤이다. 핸드폰을 가방에 넣어두어 전화가 걸려온 걸 몰랐다는 변명은 그녀가 상대방에게 몰두해 있었기 때문으로 달리 해석되고, 마주 앉은 남자에 대한 관심의 집중을 시사하는 것으로 왜곡된다. 특히 열두 번이라는 횟수는, 전화가 걸려온 것을 전혀 감지하지 못했다는 진술의 신빙성을 부정하게 하는 효과적인 증거 자료로 활용된다. 그는 절대로 모를 수 없다고 우긴다.

의심하는 사람은 무슨 말을 해도 말하는 사람의 말을 다르게 해석할 준비가 되어 있는 사람이다. 무슨 말을 해도 다르게 해석할 준비가 되어 있는 사람을 이해시키는 것은 거의 불가능하다. 오셀로의 비극을 떠올려보라. 교활한 이아고의 흉계에 의해 정숙하고 헌신적인 아내 데스데모나를 의심하기 시작한 오셀로는 아내의 어떤 진실한 말도 곧이곧대로 받아들이지 않는다. 마음에 의심이 들어찬 사람은 마음속 의심의 기울기와 파동을 통해 상대방의 말을 증폭하거나 변환시켜 듣는다. 말은 맥락에 지나치게 의존하는 매우 불완전하고 비자족적인 신호체계라서 듣고 싶은 데에 따라 달리 들리는 속성이 있다. 말하는 사람이 말하는 대로 들리는 것이 아니라 듣는 사람이 듣고 싶은 대로 들린다. 말을 통해 진실을 전달하는 데 실패한 사람들이 말을 통해 진실을 전달하는 데 성공한 사람들 못지않게 많다고 해서 이상해할 이유는 없다. 데스데모나는 진실을 알리려고 말을 하고, 그러나 진실은 잘 전달되지 않고, 그래서 더 말을 많이 하지만, 그럴수록 그녀의 진실은 변질되어 옳게 전달되지 않는다.

선희 역시 그랬다. 선희 역시 진실을 알리려고 말을 하고, 더 많은 말을 했지만, 그럴수록 그녀의 진실은 변질되어 옳게 전달되지 않았다. 그녀는 차라리 진실을 전달하려는 시도를 하지 말았어야 했을 것이다. 의심에 사로잡혀 무슨 말을 해도 말 그대로 듣지 않는 사람에게는, 사실대로 솔직하게 말하는 것이 반드시 최선이라고 할 수 없으니까. 그러니까 그녀가 사실대로 솔직하게, 이 늦은 밤 시간에 단둘이 만나 술을 마시고 있는 남자가 한때 좋아한 적이 있지만 지금은 그냥 편한 선후배일 뿐이라는 사실을 알린 것은, 잘못이라고 할 수는 없어도 현명한 일은 아니었다. "좋아했던 남자? 아, 그 남자. 나를 통해 대신 축하받으려고 했던?" 선희가 자기 이름을 부르며 축하의 말을 해달라던 일이 떠올랐으므로 그는 의심하는 자기를 의심할 수 없었다. 이제 그의 의심은 정당한 것이 되었고, 거침없이 의심을 표현할 수 있는 자격을 확보한 셈이 되었다. 그는 오셀로가 데스데모나에게 했던 것처럼 흥분해서 소리치고 험한 말을 했다. 셰익스피어의 그 비극적인 인물은 그녀의 정숙한 아내에게 창녀라고 비난했다. 우리의 불쌍한 주인공 영석은 선희에게, 헤픈 여자라고 비난했다. 천사인 양 가장하더니 실상은 형편없는 싸구려라고 욕하고, 어떻게 나한테 그럴 수 있어? 하고 소리치며 울먹였다. 물론 그녀는 천사인 양 가장한 적이 없었다.

30

현미경으로

보는 일

오셸로를 질투에 사로잡히게 해서 파멸시키는 이아고라
는 악당에게 질문할 것이 있다. 그는 왜 그런 짓을 하는가?
그는 왜 오셸로에게 질투라는 독약을 마시게 해 파멸시키고
데스데모나를 죽게 하는가? 이아고에 의해 오셸로는 질투
하는 자가 되었다. 오셸로의 질투를 유발하기 위해 이아고
가 사용한 방법은 의심을 심는 것이었고 그 계략은 성공했
다. 그런데 이아고는 왜? 도대체 이아고는 왜 그런 짓을 한
것일까? 왜 질투를 심어 오셸로를 파멸시키려 한 것일까. 오
셸로가 한 짓은 어리석고 용납할 수 없지만 왜 그렇게 어리

석고 용납할 수 없는 짓을 저질렀는지는 이해할 수 있다. 이
아고의 함정에 빠져 정숙한 아내를 의심하기 시작했고, 분
별력을 잃었다. 그것이 이유였다. 그런데 이아고가 왜 그런
짓을 했는지 이해할 수 있는가? 그는 누가 파놓은 함정에 빠
졌는가?

우리는 그의 목소리를 통해서 어렴풋이 유추할 수 있는
데, 그가 몇 차례(아마 두 번) 관객에게 알린 바에 의하면, 그
의 이해하기 힘든 음모와 악행의 동기는 질투이다. 이아고
야말로 질투하는 자이다. 그의 질투가 오셀로를 질투하는
자로 만든다. 그는 오셀로를 질투한다. 그의 질투 역시 아내
에 대한 의심에서 기인한 것이다. 아니, 그가 의심한 것이 정
말로 자기 아내인 에밀리아인지는 확실하지 않다. 왜냐하
면 데스데모나를 의심하게 된 오셀로와는 달리 이아고는 자
기 아내를 괴롭히거나 구박하지 않기 때문이다. 이 인물은
의심하는데도 의심하는 것처럼 보이지 않는다. 자기의 의심
을 아내에게 표현하지도 않는다. 오히려 오셀로를 파멸시키
는 데 아내를 협조자로 이용하는 장면만 보인다. 에밀리아
는 자기도 모르게 냉정한 악당에게 이용당할 뿐 자기 남편
이 자기를 의심한다고 생각하지 못한다. 의아스러운 장면이
아닐 수 없다. 이 의아함을 풀 단서는 이아고의 의심에 있다.
이아고는 오셀로가 자기 아내인 에밀리아와 잤다고 생각한

다. 이 문장은 좀 미묘한데, 자기 아내인 에밀리아가 오셀로와 잤다고 의심하는 것 같은 표현은 나오지 않기 때문이다. 그는 오셀로가 자기 아내와 잤다고 의심하지만 자기 아내가 오셀로와 잤다고 의심하지는 않는 것 같은 태도를 취한다. 어떻게 이런 일이 가능한가. 오셀로가 에밀리아와 잤는데 에밀리아가 오셀로와 자지 않았을 수 있는가. 이것은 누가 누구와 잤느냐, 자지 않았느냐의 문제가 아니라 누가 누구를 의심하느냐, 왜 의심하느냐의 문제이다. 단서는 이것이다. 그는 에밀리아가 아니라 오셀로를 의심한다. 물론 근거 없는 의심이다. 그리고 이아고는, 아마도 자기의 의심이 근거 없다는 사실을 알고 있는 게 틀림없다. 그렇기 때문에 부정의 한쪽 당사자인(이어야 하는) 에밀리아를 향해 아무렇지 않을 수 있다. 근거 없는 의심을 자기의 악행을 합리화할 근거로 삼고 있다고 해석할 수도 있다. 이 사람이 타고난 악당이라고 단정하기 위해서는 이 해석이 필요하다. 예컨대 의심이 악을 생산한 것이 아니라 악이 의심을 이용하고 있는 경우이다. 그 경우에도 의심이 질투로 이어지는 경로는 다르지 않다. 의심은 그 자체로 위협적인 것이 아니고 질투로 가는 길을 닦기 때문에 위협적이다.

이아고가 했던 것과 같은 의심을 오셀로는 자기 아내인 데스데모나에게 한다. 그는 데스데모나가 젊고 잘생긴 부하

카시오와 잤다고 의심한다. 오셀로는 이아고와는 달리 자기 아내인 데스데모나를 의심한다. 데스데모나가 카시오와 잤다고 의심한다. 그렇기 때문에 이아고와는 달리 자기 아내에게 아무렇지 않게 대할 수 없다. 카시오와 잔 사람은 자기 아내인 데스데모나이기 때문이다. 물론 근거 없는 의심이다. 그러나 근거 없는 의심은, 근거가 없기 때문에 막무가내이고, 제어되지 않는다.

　동기가 무엇이든 이아고는 오셀로를 자기와 같은 종류의 인간으로 만드는 데 성공한다. 그는 나름대로 치밀하고 전략적이지만, 그럼에도 불구하고 이 성공이 너무 쉽게 이루어진 것처럼 전개되는 극의 진행은 어떤 사람에게 의아심을 주는 것이 사실이다. 이상할 정도로 의심 없이 사랑하는 아내를 의심하는 오셀로가 우리는 이상하다. 손수건 한 장이 그렇게 엄청난 파멸과 죽음의 사건을 이끌어낸단 말인가. 어떻게 그렇게 쉽게 유혹에 넘어갈 수 있는가.

　이 질문에 답하기 위해 우리는, 그녀에 대한 그의 사랑이 충분하지 않았을 거라고 가정해볼 수 있다. 주변 사람의 한두 마디 단순한 말로도 흔들릴 정도로 그의 사랑이 허약했다면 그럴 수 있지 않을까. 그러나 데스데모나를 향한 오셀로의 사랑이 허약하다는 증거는 어디에도 나오지 않으며, 오히려 *그가 얼마나 데스데모나를 정열적으로 사랑하는가*

를 보여주는 장면은 여러 군데에서 발견된다. 사랑이 충분하지 않아서, 라고 해석할 수 없다는 뜻이다. 다음으로 상정해볼 수 있는 가능성은 데스데모나가 신뢰할 만한 사람이 아니었을지 모른다는 가정이다. 예컨대 품행이 나쁘다는 소문 같은 것이 퍼져 있었다든지, 남편이 세간의 그런 평판을 인지하고 있었다면, 정열적인 사랑에도 불구하고, 그녀(의 정절 의식)에 대한 남편의 믿음이 튼튼할 거라고 기대하기는 아마 어려울 것이다. 그럴 경우 평소의 부정적인 평판을 확인할 만한 일이 생겼을 때 의심하게 되는 건 자연스러워 보인다. 그러나 이 오래된 희곡 작품의 어느 대목에도 그녀가 문란했다든지 품행이 바르지 않았다는 언급은 나타나지 않는다. 오히려 그 반대이다. 그렇다면 왜? 오셀로가 남의 말을 잘 듣는 얇은 귀를 가지고 있었을지 모른다는 가정도 그가 지도력을 갖춘 용맹한 군인이라는 사실에 비추어보면 설득력이 약하다. 그러면 왜 그렇게 쉽게?

그의 진술 속에서 우리는 그 답을 찾는다. 그는 자기가 검은 피부의 이방인이며 한량들과는 달리 사교술이 없고 또 나이가 많다고 고백한다. 그의 질투망상 속에서 라이벌로 등장한 카시오와 비교할 때 그의 검은 피부와 비사교성과 상대적 늙음은 결정적인 약점이 된다. 그는 못생겼고 유쾌한 분위기를 만들 줄 모르고 거기다가 나이까지 많다. 카시

오는 잘생겼고 사교적이며 거기다가 젊다. 의심을 부추기는 이아고의 술책에 쉽게 넘어가게 된 이유로 찾을 수 있는 것은 오셀로의 이런 약점이다. 약점에 대한 오셀로의 자의식이다. 그는 용맹한 전쟁 영웅이지만 그러나 사랑 앞에서는 내세울 것이 아무것도 없다. 그녀의 사랑만이 그가 가지고 있는 유일한 자산인데, 이제 그 믿음이 허물어지자 그는 아무것도 가진 것이 없는 사람이 되고, 그리하여 그는 좌절한다.

이성에게 어필할 매력이 부족하다고 느끼는 사람은 언제든 질투에 빠질 잠재적 위험에 노출되어 있다고 말하는 것은 결코 편파적이지 않다. 나이, 용모, 경제력, 건강, 사회적 위치와 평판 같은 조건들이 상대적으로 약하다는 사실을 의식할 때 이런 사람을 질투 속으로 데리고 가는 것이 목마른 사람에게 물을 먹이는 것만큼이나 쉽다는 사실을 '오셀로'는 알려준다. 이아고가 아무 수고를 하지 않았다고 할 수는 없지만, 그러나 오셀로가 가지고 있는 유일한 자원인 아내의 사랑을 의심하게 하는 것만으로 그의 목적을 쉽게 달성할 수 있었다.

질투는 사랑의 크기가 아니라 그가 느끼는 약점의 크기를 나타내 보인다. 사랑해서 질투하는 것이 아니라 약점이 있어서 질투하는 것이다. 맹렬하게 사랑해서가 아니라 그만큼 열등감을 느껴서 맹렬하게 질투하는 것이다.

그러니까 영석의 불같은 질투 속에서 우리가 보는 것은 그의 사랑이 아니라 그의 열등감이다. 그는 오셀로가 그런 것처럼 자기가 이성에게 어필할 매력을 가지고 있다고 생각하지 않는 사람이다. 그는 잘생기지 않았고 사교적이지 않으며 나이도 많은 편이다. 오셀로가 가진 모든 약점을 그도 가지고 있다. 오셀로와 마찬가지로 의심과 질투를 부추기는 이아고의 계략에 쉽게 넘어갈 가능성이 있다는 뜻이다. 사랑의 열정이나 그녀의 품성에 대한 믿음은 여기서 아무 역할도 하지 않는다. 의심할 기회가 왔을 때 그 기회를 피할 능력이 그에게는 없다. 그가 가진 유일한 자원이 선희의 사랑이기 때문이다. 이 역시 오셀로와 판에 박은 것처럼 닮았다. 그는 자기(같은 사람)를 사랑해주는 선희를 고마워한다. 자기 같은 사람에게 사랑을 주다니! 있을 수 없는 일이 일어났다. 꿈만 같고 기적과도 같다. 오셀로의 표현에 의하면 그것은 마법과도 같은 것이다. 꿈이든 기적이든 마법이든, 핵심은 비현실성이다. 주체가 어떻게 할 수 없는 것이다. 다가오면 맞이할 뿐 자발적으로 시도해서 이루는 것이 아니다. 자신의 능력을 통해 이룬 업적이 아니라 수동적으로 받아들이기만 했을 뿐이라는 의식 속에는 언제 이 꿈같은 사랑이 거두어질지 모른다는 불안, 그런 순간이 올 때 속수무책으로 당할 수밖에 없다는 위기감이 자리하고 있다. 꿈이나 기적이나 마법이 자기 시간표와 상관없이 갑자기 들이닥친 것처럼 언제든 갑자기 떠나갈 수 있다는 우려. 이 일에 그는 주도권을 가지고 있지 않다.

그는 연인을 끌어당길 만한 매력이 자기에게 없기 때문에 그녀가 언제든 자기를 떠날지 모른다는 불안감에 항시적으로 시달린다. 그녀가 자기를 떠난다고 할 때 그는 그녀를 붙잡을 수 있는 매력을 가지고 있지 않은데, 그녀가 언제든 떠날 가능성이 있기 때문에 그는 초조하고 조마조마하다. 그의 사랑은 불완전하고 불안정하다. 그는 이 사랑에 대해 주도권을 가지고 있지 않다. 그의 사랑은 순전히 그녀에게 달려 있다. 그래서 그녀의 표정과 눈빛과 말투에 필요 이상으로 예민하게 된다. 사소한 것을 크게 본다. 아무것도 아닌 것을 확대하고 과장한다. 무의식적으로 하는 말이나 의도 없이 짓는 표정이 의식적인 것이 되고 의도한 것이 된다.

왜 이런 일이 일어나는가. 그가 보고 있는 것이 눈앞의 현실이 아니라 자기 내부의 감정이기 때문이다. 열등하고 불안하고 조마조마하고, 세상에서 가장 허약한 것이 그의 감정이다. 그는 눈앞의 현실이 아니라 자기 내부의 감정이 시키는 말을 한다. 그는 선희가 한때 호감을 가지고 만났던, 그러나 지금은 그저 친구와도 같은 남자와 마주 앉아 맥주를 마시고 있는 장면을 보았다. 그가 본 현실은 그것이었다.

그러나 그는 마치 그녀가 자기 눈앞에서 어떤 남자와 정사라도 벌이는 장면을 본 것처럼 요동치며 흥분했다. 늦은 시간이고, 남자와 단둘만 있으며, 과거에 연인 사이였다는 사실 등이 필요 이상의 의미를 부여받고 확대되고 마침내 왜곡된다.

현미경으로 보지 않아도 될 것을 현미경으로 보는 것에 비유할 수 있을 것이다. 현미경으로 보지 않으면 보이지 않는 것을 보기 위해서 우리는 현미경을 사용한다. 현미경으로 보아야만 보이는 것은 현미경으로 보아야 한다. 그래야 실체, 혹은 진실이 드러나기 때문이다. 그러나 현미경으로 보지 않아도 보이는 것은 굳이 현미경으로 볼 필요가 없고, 또 현미경으로 보지도 말아야 한다. 현미경으로 보아야만 보이는 것을 현미경으로 보았을 때 나타난 것이 실체, 혹은 진실이지, 현미경으로 보지 않아도 보이는 것을 현미경으로 보았을 때 나타나는 것이 실체, 혹은 진실이라고 할 수 없기 때문이다. 예컨대 세균을 들여다보기 위해서라면 몰라도 손가락을 보기 위해 현미경을 들이대는 것은 합당하지 않다. 손가락에 현미경을 들이대고 보았을 때 보이는 것은 지문일 것이다. 아니, 지문도 아닐 것이다. 형체를 분간하기 어려운 굵은 곡선 토막일까? 지문이든 곡선 토막이든, 아니면 세균이든, 다른 무엇이든, 그것을 손가락이라고 할 수는 없다. 더 잘 본다고 생각하지만, 그것은 오해이다. 사실은 잘못 보는 것이다. 질투가 진실의 파악이 아니라 왜곡인 이유이다.

질투하는 사람은 결코 실체를 보지 못한다. 그는 자세히 보고 있다고 생각하지만(왜냐하면 현미경으로 들여다보고 있으니까), 실은 다른 것, 엉뚱한 것을 보고 있다(왜냐하면 현미경으로 들여다볼 필요가 없는 것, 들여다보면 안 되는 것을 현미경으로 들여다보고 있으니까). 지나치게 배율이 높은 자기 내부의 현미경을 통해 영석이 본 것은 선희가 아니었다. 그러나 영석은 자기가 보고 있는 사람이 선희와는 아무 상관 없으며, 심지어 실제로 존재하는 현실의 사람이 아니라는 사실을 모른다. 질투하는 사람이 질투하는 대상은 실체가 아니라 그, 또는 그녀가 상상하고 만들어낸 허상일 뿐이다. 그러나 허상이기 때문에 꿈쩍하지 않고, 자기가 만들었기 때문에 외부 존재의 조종을 받지 않는다. 허상은 견고하다. 그는 불안이 현실화된 것에 좌절하고, 어쩔 줄 몰라서 소리 지르고, 어떻게 해야 좋을지 몰라 운다.

31

결투와
질투

—

영석의 과도한 반응에 가장 당황한 사람은 형배였다. 어
쩌면 유일하게 당황한 사람이라고 해야 할지 모르겠다. 왜
냐하면 영석은 자기가 어떤 행동을 하고 있는지, 그 순간에
는 충분히 자각했다고 할 수 없고, 따라서 아직은 당황할 겨
를도 없었을 테니까. 선희 역시 영석이 자기에게 어떤 행동
을 하고 있는지, 그 순간에는 충분히 자각했다고 할 수 없고,
따라서 그 역시 아직은 당황할 겨를이 없었을 테니까. 형배
는 조절되지 않은 분노를 선희를 향해 여과 없이 토해내는
영석을 제지하기 위해 일어섰고, 몸으로 막아섰다. 그는 자

기감정을 조절할 줄 모르는 깡마른 남자의 눈빛에서 살기와 비슷한 것을 보았다. 조절 안 된 분노가 무슨 짓을 저지를지 불안했다. 무슨 짓이든 저지를 수 있는 것, 무슨 일을 저질러도 이상하지 않은 것이 조절 안 된 분노라는 걸 그는 알고 있었다. 그 자리에서 그가 본 남자의 눈빛은 흉기나 다름없었다. 그는 흉기를 가진 남자가 무방비 상태의 연약한 여자에게 위협을 가하는 장면을 목격했을 때 보통 사람이 느낌 직한 위험을 감지했고 그런 상황에서 보통 사람이 가짐 직한 의협심에 사로잡혔다. 그는 자기 눈앞에서 무슨 일이 벌어질 것 같아 불안했고, 자기 눈앞에서 무슨 일이 벌어지도록 가만히 놔둘 수 없었으므로 두 사람 사이로 끼어들었다.

그의 반응이 정당하지 않다고 나무랄 수는 없다. 그러나 그가 미처 염두에 두지 않은 사실이 있다는 점은 지적해야겠다. 질투에 사로잡힌 영석의 조절 안 된 분노가 그를 향해 발사될 수도 있다는 사실을 형배는 예상하지 못했다. 그도 그럴 것이 그는 자기가 그 다툼의 당사자가 아닌 제삼자라고만 생각했다. 제삼자이므로 그는 두 사람 사이에 칸막이가 될 수 있을 거라고 생각했고, 칸막이가 되는 것이 자기가 좋아하는 선희를 위해 그가 그 자리에서 해야 할 옳은 일이라고 생각했고, 그래서 기꺼이 칸막이가 되기 위해서, 오직 그것 때문에 둘 사이에 끼어들었다. 그가 조금만 신중했다면 영석에게는 그가 선희와 구별되지 않을 뿐 아니라 이 사태를 유발시킨 당사자로 간주되고 있다는 사실을 눈치챘을 것이고, 그랬다면 그 상황에서 그가 칸막이일 수 없다는 사실을 알았을 것이고, 칸막이가 되기 위해 두 사람 사이에 끼어드는 무모한 일은 하지 않았을 것이다. 할 수 없었을 것이다.

질투는 사랑하는 사람이 자기 외의 다른 사람에게 마음을 줄 때 발동된다. 자기에게(만) 속해 있다고 간주한 사람이 다른 사람에게(도) 관심을 보일 때 그는 연인을 완벽하게 소유하고 있지 않다는 사실을 깨닫고 혼란을 느낀다. 마음속의 혼란을 잠재우기 위해 필요한 것은 경쟁자, 즉 연인의 관심을 받고 있는 (것으로 보이는) 대상을 제거하는 것이다. 경쟁자는 사랑을 위협하는 대상으로 인식된다. 경쟁자가 존재하는 한 그의 소유는 완전하지 않고 그의 사랑은 안정적일 수 없다. 그러니까 경쟁자를 제거하는 것은 그 또는 그녀를 완벽하게 소유하기 위한 방법으로, 질투하는 자가 떠올릴 수 있는 아마도 유일한 것이다. 이런 강박증은 강력한 에너지가 되어 그를 태운다. 연인을 완벽하게 소유하기 위해 목숨을 내놓아야 한다면 그럴 수도 있다는 것이 질투에 사로잡힌 사람의 마음이다.

죽음보다 강한 것은 사랑이 아니라 질투이다. 상대가 자기를 해치기 전에 자기가 먼저 상대를 처치할 수 있다는 자신을 가진 사람만 결투 신청을 하는 것은 아니다. 상대의 목숨을 탐내는 것만으로 충분하지 않다. 상대의 목숨을 탐내는 대가로 자기 목숨을 거는 용기가 없으면 결투를 신청할 수 없다. 죽이거나 죽거나, 이다. 왜냐하면 상대를 죽이지 못한다면 죽지 않고 살았다고 해도 죽은 것이나 마찬가지이기 때문이다. 땅이든 명예든 연인이든, 경쟁자와 나눌 수 없는 사람이 결투를 신청한다. 나눌 수 있다면, 나눠도 된다면 타협을 하고 협상을 하면 된다. 그러나 그럴 수 없는 사람이 있다. 전부를 갖지 못한다면 아무것도 갖지 않은 것이나 마찬가지라고, 어떤 경우에는 그보다 더 나쁘다고 생각하는 사람의 질투는 죽음의 공포가 잠재울 수 없다. 완전히 소유할 수 없다면 아무것도 소유할 수 없으며, 차라리 아무것도 소유하지 않아도 아무렇지 않은 상태(죽음의 상태)가 되는 편이 낫다―이런 극단적인 생각이 질투에 사로잡힌 사람을 결투장으로 이끈다. 한순간에 모든 것이 결정된다. 경쟁자를 제거함으로써 완벽하게 소유하거나 자기가 제거됨으로써 아무것도 소유하지 않아도 아무렇지 않은 상태가 되거나.

영석의 문제는 자신의 질투를 한순간에 해결하기 위해 결투장에 들어갈 수 없다는 것이다. 결투의 시대는 담백하고 명료한 세계였을 것이다. 승리와 패배가 분명하고 승복과 포기가 빠르게 이루어졌을 것이다. 변수가 많지 않았을 것이다. 그러나 영석은 결투가 사라진 시대, 결투가 불가능한 세계, 결투 없이 경쟁자를 제거하거나 경쟁자에 의해 제거되어야 하는 시대의 질투자이다.

질투의 대상인 경쟁자를 제거하기가 어려운 것은 경쟁자가 그보다 (어떤 점에서든) 나은 사람이기 때문이다. 그보다 나은 사람이라는 것을 의식하는 것이 질투의 원인이고, 동시에 제거하기 어려운 이유이다. 그보다 나은 사람이 아니라면 질투하지 않을 것이다. 그보다 나은 사람이 아니라면 위협을 느끼지 않을 것이고, 경쟁자로 느끼지 않을 것이고, 따라서 제거할 필요도 느끼지 않을 것이다. 경쟁자가 그보다 나은 사람이라는 사실은 그가 사랑하는 사람이 자기를 제쳐두고 그 사람에게 마음을 주는 것으로 증명된다(고 생각한다). 자기보다 나은 사람이 아니라면 자기가 사랑하는 사람이 왜 그 사람에게 마음을 준단 말인가 (하고 생각한다). 경쟁자는 경쟁자가 되기 위해 그보다 나은 사람이어야 하고, 나은 사람임에도 불구하고 경쟁자이기 때문에 제거되어야 하는데, 그보다 나은 사람이기 때문에 제거하기가 쉽지 않거나 불가능하다. 결투가 선택 가능한 방법이 아니라는 걸 결투 이후의 시대를 사는 질투자들은 안다. 선택할 방법을 가지지 못한 사람의 선택은 그래서 옹색하고 불합리하고 절망적이다. 어떻게 해야 할지 모르지만 아무것도 하지 않고 가만히 있을 수는 없기 때문에 무언가를 하는 사람의 행동에 고개를 끄덕여 수긍할 어떤 것이 있을 리 없다.

열정과 분노와 열등감과 수치와 자책감이 뒤섞여 부글부글 끓는 이 딱한 남자를 보라. 영석은 마땅히 상대해야 할 경쟁자가 아니라 그자에게 마음을 주고 있는 (것으로 추측되는) 연인을 괴롭힌다. 방법이 아니지만 방법이다. 자기가 사랑하는 사람을 괴롭히는 이해할 수 없는 상황이 연애의 과정 속에 포함되는 이유를 이것으로 설명할 수 있다. 결투를 할 수 없어서인 것이다. 경쟁자를 제거할 구체적이고 실제적인 방법이 없기 때문이다. 많이 사랑할수록 많이 괴롭히고 깊이 사랑할수록 깊이 괴롭힌다.

자기가 사랑한 그, 또는 그녀에 대한 학대는 실은 경쟁자에 대한 학대이다. 그, 또는 그녀를 학대하면서 느끼는 쾌감은 실은 경쟁자를 학대함으로써 얻어지는 쾌감이다. 연인을 학대할 때 발생하는 쾌감은 너무나 생생해서 부정되지 않는다. 그러나 연인을 학대하면서 느끼는 이 이상한 쾌감을 당연하고 자연스럽게 표현할 수는 없다. 질투자는 질투의 쾌감을 감추고 괴로움만 앞세운다. 그리하여 은폐된 쾌감은 죄책감이 되어 그를 분열 상태로 이끈다.

방법론으로서의 가학을 정당화하기 위해서든, 아니면 그것의 결과로든 이 질투자의 마음속에서 두 사람(연인과 경쟁자)은 자연스럽게 동일시된다. 불현듯 두 사람은 구별되지 않는다. 질투하는 자가 가장 인정하고 싶지 않은 것이 연인과 경쟁자의 친밀성이다. 그는 자기가 사랑하는 사람이 자기보다 경쟁자와 더 가깝다는 사실을 견딜 수 없다. 자기가 확보하지 못한 연인과의 어떤 동질성의 흔적이 경쟁자에게서 발견될 때 그는 죽을 것처럼 고통스러워하고, 자기가 발견한 것을 부정하려 하고, 그러나 성공하지 못하고, 그리하여 마침내 혼란과 모순의 감정 속에서 두 사람을 싸잡아 비난함으로써 이 언짢은 상황을 돌파하려 한다. 이 비난의 과정에서 이 질투자는 한사코 부정하길 바라지만 부정되지 않는 두 사람의 동질성을 불가피하게 전제해야 한다. 경쟁자를 향한 이 사람의 비난은 그가 그렇게도 인정하고 싶지 않은 경쟁자와 연인의 친밀함을 인정함으로써만 성립되는 역설적인 것이다. 그러니까 이 사람에게 한 것은 다른 사람에게 한 것이나 마찬가지이다. 이 사람에게 하기 위해 저 사람에게 하거나 이 사람에게 한다면서 저 사람에게 한다. 그것은 자학의 방법이기도 하다.

영석의 기분을 가라앉히기 위해 선희가 나지막한 목소리로, 만난 지 얼마 안 됐어, 우리, 파스타 먹고 맥주 한 잔 마신 거야, 왜 그래? 하고 타이르듯 말했을 때 영석이 민감한 반응을 보인 것은 그녀가 생각 없이 흘려보낸 '우리'라는 호칭 때문이었다. 그는 곧바로, 우리? 하고 반문했다. 그 1인칭 복수형 호칭을 영석은 두 사람의 깊은 친밀함을 표현하는 상징적인 단어로 받아들였다. 그녀와 함께 1인칭 복수로 호칭될 수 있는 사람은 그 자신 말고는 있으면 안 되었으므로 그 말을 듣는 순간 즉각적으로 반문한 것이다. 일종의 폭발과도 같은 그 반응의 즉각성은 그가 불쾌해했다기보다 당황해했다는 짐작을 하게 한다. 누구랑 누가 우리야? 선희와 이 남자? 하고 비아냥거리면서 그는 헛웃음을 만들었다. 그 웃음은 아무도 웃게 하지 않았다. 심지어 그 자신조차 웃게 하지 못했다. 실내의 공기가 차갑게 얼어붙으며 그의 웃음까지 얼어붙게 만들었다.

칸막이를 자처한 형배가, 내가 만나자고 했어요, 이 사람에게 이러지 말아요, 이 사람은 내가 나오라고 해서 나온 것뿐이에요, 하며 거들고 나선 순간 실내의 공기는 더 차갑게 얼어붙었다. 형배에게는 책임이 없다. 질투하는 자의 내면은 종잡을 수도 헤아릴 수도 없기 때문이다. 예측할 수도 없고 상상할 수도 없기 때문이다. 영석은, 이 사람? 하고, 이번에도 폭발하듯 즉각적으로 반문했다. '이 사람'이라는 호칭은, '우리'라는 호칭 못지않게, 부르는 사람과 불린 사람 사이의 매우 특별한 친밀감을 과시하는 것으로 영석에게는 들렸다. 이 사람이라니. 누가 누구에게 이 사람이라고 말하는

가. 그 단어를 발음할 때의 목소리 톤이나 눈빛이나 표정도 일정한 작용을 했겠지만, 그 맥락에서 '이 사람'이라는 호칭은 더할 수 없이 다정한 것으로, 그녀가 자기에게 소속되어 있음을 아주 자연스럽게, 거의 무의식적으로 표현한 것으로 영석에게는 받아들여졌다. 그녀를 향해 그렇게 다정하게 부를 수 있는 사람은 그 자신 말고는 있어서는 안 되었으므로 그는 즉각적으로 거부 반응을 보인 것이다.

놀라서 내지른 외마디 소리라고 할 수 있는 영석의 그 반사적인 반문을 의미를 담은 질문으로 받아들인 형배가, 아, 선희 말이에요, 하고 친절하게 덧붙였을 때 상황은 더 악화되었다. 이번에도 물론 형배에게 책임이 있다고 할 수 없다. 영석의 내부에서 들끓는 감정의 혼합물은 영석 자신도 분리해낼 수 없으니까. 그 순간 영석은 상대가 자기를 놀리는 것 같은 기분을 느꼈는데, 그가 두 사람 사이의 친밀도를 과시하는 '이 사람'이라는 호칭을 사용한 것에 대해 항의했음에도 불구하고 약이라도 올리듯 그보다 더 친밀한 표현인 그녀의 이름(선희)을 너무나 자연스럽게 입에 올렸기 때문이다. 형배는 전혀 그런 의도가 없었지만, 마치 그 이름이 (다른 사람이 아니라) 자기에게 속해 있다는 선언을 확실하게 하는 것처럼 느껴졌기 때문에, 그처럼 자연스럽게 선희라는 이름을 부르는 사람이 자기 말고 또 있으면 안 되었기 때문에 영석은 제어할 힘을 잃고 말았다.

그는 소리쳤다. "어떻게 당신이 저 사람의 선희야? 어떻게 당신이 그럴 수 있어?" 영석은, 어떻게 당신이 저 사람을 선희라고 불러? 라고 하지 않고, 어떻게 당신이 저 사람의 선희야? 하고 외쳤다. 선희라고 부른 형배를 향하지 않고 선희라고 불린 선희를 향했다. 그는 주먹을 쥐었고, 몸을 부르르 떨었고, 거친 숨을 몰아쉬었고, 짐승처럼 소리를 질렀고, 제어할 수 없는 괴물이 자기 안에 들어와 울부짖는다는 사실을 깨달았지만 뿌리칠 수 없었고, 그렇게밖에 감정을 표현하지 못하는 자신에게 수치심을 느꼈고, 그렇지만 멈출 수 없었고, 그래서 그의 부르짖음은 끝내 울음이 되었다. 그리고 잠깐 휘청거리던 그의 몸이 탁자를 붙잡은 채 스르르 미끄러졌다.

32
—

저승처럼
잔혹한

　허상은 허상이기 때문에 견고하고, 견고할 뿐만 아니라
더 견고해지는 성격을 지녔다. 시간과 함께 더 넓어지고 더
튼튼해지고 더 복잡해진다. 더 허물 수 없게 된다. 허상은 상
상으로 지어졌기 때문에 이 증축 역시 상상 속에서 이루어
지고, 따라서 시간이나 인과율의 지배를 받지 않는다. 순식
간에 아주 많은 새로운 (상상 속의) 자재들이 여기저기 달라
붙어 모양을 키우고 늘리고 변형시킨다. 질투가 괴물과도
같이 기묘한 형태를 갖는 것은 이 증축 과정에 동원된 아주
많은 상상의 자재들이 유기적 필요나 구조적 조화를 고려하

지 않고(미학적 고려가 가당키나 한가!), 아무렇게나 마구 달라붙기 때문이다.

　가령 침대에서 연인과 격렬하게 사랑을 나누고 난 직후, 혹은 아주 고약한 경우이지만 심지어 그 도중에, 자기와 나누고 있는 이 육체적 사랑을 그, 또는 그녀가 자기 아닌 다른 사람과 나누고 있는 장면을, 매우 구체적이고 세밀하게 떠올리는 경우가 있다. 눈빛이나 표정, 손이나 발, 혹은 머리카락의 움직임, 어떤 감정을 표현하기 위해 내는 소리 같은, 자기 몸의 자극에 의해 나타난 연인의 미세한 반응들을 다른 몸의 자극에 의해 나타난 것으로 바꿔 상상할 때, 그 반응들은 걷잡을 길 없이 확대되고 증폭되고 왜곡된다. 연인의 몸이 자기 아닌 다른 사람의 몸에 의해 뜨거워져서 구체적인 어떤 반응을 하고 있다는 상상은 그대로 뜨거운 불이 되어 가슴을 태운다. 상상 속의 그 다른 사람은 대개 누구인지 모르는 사람인데, 누구인지 모르는 사람이라고 해서 이 불길이 견딜 만한 것은 아니지만, 누구인지 추측할 수 있는 사람(즉 상상의 배역을 맡길 만한 근거가 있거나 맡기기에 손색이 없다고 판단되는 사람)일 때 이 불길은 특히 맹렬하다. 그 누군가가 했거나 했음 직한, (과거의 어떤 순간에) 했을 것으로 추측되거나 (미래의 어떤 순간에) 할 것으로 예상되는 행동의 세목들이 상상 속에서 재현된다. 행위자가 지명되어 있으므로 이 재현은 억지스러운 면이 제거되어 자연스럽고 섬세해지고, 따라서 거침이 없게 된다. 영석에게 찾아온 위기를 짐작할 수 있는 대목이다.

행위자가 누구인지 구체화되지 않았을 때 막연하게 그의 가슴에서 일렁이던 불길은 형배를 목전에서 맞닥뜨린 순간, 형배가 그 배역을 맡을 만한 근거가 있으며 맡기에 손색이 없다고 판단되고, 자기의 몸이 아니라 형배의 몸이 그녀의 몸에 어떤 자극을 일으키는 장면이 눈앞에 너무도 선명하게 떠올랐으므로, 기름이 부어진 것처럼 기세 좋게 활활 타올랐다. 근거 없는 막연한 불안이 아니었다는 확인은, 상황에 어울리지 않게 자기의 직감에 대한 자부심을 불러일으켰고, 그와 함께 가학적인 쾌감의 수렁에 빠뜨렸다. 그 쾌감은 고통을 상쇄하는 대신 오히려 고통의 불길에 부채질을 했고, 그래서 그가 느끼는 뜨거움은 한층 견딜 수 없는 것이 되었다. 저 인물이 당신의 머리카락과 입술과 팔과 다리를 만지고 쓰다듬고 당신 안에서 관능을 일깨운 자란 말이지. 저자가. 저렇게 생긴 바로 저 남자가, 당신에게 그랬단 말이지……. 그의 상상은 디테일해지고, 그의 질투는 영역을 확장하며 펼쳐진다. 미학적 고려를 할 여유 없이 괴상망측한 형태로 확장된다.

자신의 의심과 불안이 근거 없지 않았다는 근거 없는 확신이 그녀의 현재가 아니라 과거를 질투할 권리를 획득한 사람처럼 행동하게 한다. 그는, 질투에 사로잡힌 대부분의 연인들이 그런 것처럼, 연인의 현재는 몰라도, 과거는 이미 형성된 것이며, 특히 그 과거에 관여되어 있지 않을 경우 자기가 끼어들거나 통제할 수 있는 영역이 아니라는 사실을 이해하지 못하거나 이해하지 않으려 한다. 과거가 형성될 때, 그것이 어떤 과거이든, 그 또는 그녀가 거기 있지 않았다면, 그 과거에 대해 그 또는 그녀에게는 책임도 없거니와 소유권도 없다. 세계가 오래전부터 있어왔지만, 어머니의 자궁을 열고 나오는 순간 비로소 한 사람의 세계가 시작되는 것과 같은 이치이다. 당신이 태어나기 전에 있었던 세상은 당신의 권한 밖의 세상이다. 당신이 태어나기 전의 세상은 당신이 참여한 것이 아니고, 따라서 책임도 없거니와 소유권을 내세울 수도 없다. 당신이 누군가를 만날 때, 그 사람을 만나기 전에도 그 또는 그녀는 자신의 삶을 살며 자기의 스토리를 만들어왔지만, 그 스토리에 당신이 참여해 있지 않으므로, 당신에게 그 사람은 이제 비로소 존재하기 시작한 것이라고 간주해야 한다. 이제부터의 스토리에 당신은 참여하여 어떤 역할을 할 것이고, 그에 따라 책임도 주어지고 권한도 부여받게 될 것이다. 그러나 당신이 만나기 전의, 당신이 알지 못하는 과거의 그 사람의 스토리에 대해서는 책임도 권한도 없다. 당신은 받아들이든지 받아들이지 않든지 할 수 있을 뿐이다. 즉, 당신과 상관없이 이루어진 그 스토리에 참여해서 그것을 이어가거나 말거나 해야 한다. 질투는 불가능한 옵션이다. 당신이 태어나기 전에 형성된 세계인 그 사람의 과거를 질투하는 것은 부당하고 비합리적이고 무엇보다 불가능하다. 당신이 태어나기 전의 세계인 연인의 과거는 당신의 출입이 가능하지 않은 영역이기 때문이다.

그러나 질투에 사로잡힌 사람은 이 사실을 너무 쉽게 망각한다. 연인이 제공한 사랑의 힘에 취한 나머지 자기가 태어나기 전의 세계인 그 사람의 과거에 대해서까지 간섭하고 통제할 권리가 뻗어 있다는 생각을 자기도 모르게, 말하자면 너무나 자연스럽게, 부당하거나 비합리적이거나 불가능하다는 의식 없이 하게 되는데, 물론 이것은 과대망상이다. 질투는 연인의 현재는 물론 과거와 미래까지, 모든 영토를 삼키고 불태운다. 연인은 때로 과도한 권리 이양을 통해 지나친 특혜를 연애의 대상에게 베풂으로써 이런 불합리한 사태를 자초하기도 한다. 특혜를 베푼 이에게 책임의 일부를 돌려야 한다는 의미는 아니다. 이런 과도함과 지나침과 불합리의 자초가 연애의 특성에 속한다고 할 수 있지만, 그것을 이용한 권리의 남용 역시 사랑의 현장에서 불가피한 일로 받아들여야 하는가는 다른 문제이다.

사랑은 죽음처럼 강한 것, 이라는 경구는 흔히 사랑의 위대함을 표현하는 것으로 인용되곤 하지만, 사랑하는 사람에게 나타나는 비합리적 감정인 질투의 물불 안 가리는 치명적 성격에 대한 경고로 이해하는 편이 더 설득력 있을지 모른다. 이 익숙한 경구를 포함하고 있는 아가서의 한 본문은 이런 생각에 상당한 타당성을 부여하는 것으로 보인다. '사랑은 죽음처럼 강한 것. 사랑의 시샘은 저승처럼 잔혹한 것. 사랑은 타오르는 불길, 아무도 못 끄는 거센 불길(아가서 8장).' 사랑이 죽음처럼 강하다는 문장 다음에 마치 그 문장에 대한 부연 설명처럼 이어진 것이 사랑의 시샘에 대한 것이다. '사랑은 죽음처럼 강하다'가 '사랑의 시샘이 저승처럼 잔혹하다'로 풀이된다. '사랑'은 '사랑의 시샘'으로 주석되고, 사랑(의 시샘)의 강함을 나타내기 위한 비유인 '죽음'은 '저승'으로, 유사하지만 장소적인 것으로, 그러니까 보다 구체적이고 더 압도적인 표현으로 바뀌고, '강하다'는 '잔혹하다'로 의미가 선명해진다. 죽음처럼 강한 것은 무엇인가. 이 문맥에서 우리가 발견하는 것은 '사랑'이 아니라 사랑으로 인한 '질투'이다. 그리고 이 강함은 죽음과도 같은, 추상적인 위대함이 아니라 저승과도 같은, 실제적인 잔혹함이다. 아무도 끌 수 없는 거센 불길이다. '바닷물도 그 불길 끄지 못하고, 강물도 그 불길 잡지 못합니다.' 사랑이 만들어내는 질투에 암시된 것은 이와 같은 치명적인 성격이다. 아무도 무엇도 이 불을 끄지 못한다. 질투하는 사람인 그가 끄지 않는 한 꺼지지 않는다. 그러면 그는 이 질투의 불을 끌 수 있는 유일한 사람인가. 그는 '아무도'에서 제외된 사람인가. 그가 이 불의 방화자라면, 이 질투 행위의 주체라면 그럴 가능성이 있다. 그러나 그가 이 질투의 주체가 아니라면, 그가 이 불을 지른 사람이 아니라, 그 역시 이 불에 휩싸여 뜨거워 어쩔 줄 몰라 허우적거리는 것뿐이라면 어쩔 것인가. 그렇다면 이 불은 저절로 꺼지지 않는 한 꺼질 수 없는 것이 된다. 누구, 혹은 무엇이 아니라 불 스스로. 이 불길은 태울 것이 있는 한 탈 것이다. 태울 것이 없을 때까지 탈 것이다. 더이상 태울 것이 없을 때에야 꺼질 것이다. 저승에 어떤 힘을 행사할 수 있는 사람이 누구인가. 저승과도 같은 잔혹함이란 아마 이 불길의 그런 성격을 설명하기 위해 붙여졌을 것이다.

그러니까 이 불길의 피해자는 선희만이 아니라 영석 자신이기도 했다. 어쩌면 그가 가장 큰 피해자였는지 모른다. 영석은 선희를 괴롭혔지만, 그 괴롭힘을 통해 더 큰 괴로움을 당한 사람은 그 자신이었다. 그는 그 남자를 사귈 때 어디서 만났는지, 얼마 만에 만났는지, 주말에 만났는지 주중에도 만났는지, 저녁에만 만났는지 낮에도 만났는지, 만나서 무슨 일을 했는지 꼬치꼬치 묻고, 자기와 같이 다닌 음식점, 술집, 카페, 공원, 영화관이 그 남자와 자주 데이트하던 데가 아니었느냐고 문제 삼았다. 그녀가 자주 들려주었던 쇼팽의 피아노곡이 그 남자가 좋아했던 음악이고, 그녀가 자주 사 들고 오는 특정 제과점의 사과파이가 그 남자와 데이트할 때 자주 먹던 것이 아니었느냐고 트집 잡았다.

질투는 한 일을 향하지 않고, 한 것으로 상상된 일을 향한다. 한 일을 향한다면 하지 않은 사실을 밝히거나 증명하면 멈출 수 있다. 그러나 한 것으로 상상된 일을 향할 때는 하지 않은 사실을 밝히거나 증명할 길이 없으므로 멈춰세울 수 없다. 질투는 마음 놓고 질투하기 위해 그 길을 끊어버린다. 그는 선희가 과거의 연인인 형배와 했던 모든 일들을 자기와의 만남에서 재현하려 했으며, 실제로 재현했다고, 심지어 그 재현을 위해 자기를 만나고 있다고, 자기를 사랑한다는 것은 사실일 수도 있고 사실이 아닐 수도 있지만, 그것은 그다지 중요하지 않고, 그녀에게 중요한 것은 시간이 지났어도 여전히 벗어나지 못한 과거의 남자와의 사랑을 추억하고 재생하기 위해 현재의 남자인 자기를 이용하는 것일 뿐이라고 의심했고, 그 불합리한 의심이 불길에 휩싸인 그의 머릿속에서는 전혀 불합리하게 느껴지지 않았기 때문에 그 의심을 불과 함께 쏟아냈고, 그럴 때 그 불길에 의해 자기의 의심이 타 없어져버렸으면 좋겠다는 기대를 전혀 하지 않은 것은 아니지만 그 기대를 표면에 내세울 수는 없었고, 그런 기대와는 달리 의심의 불길은 더 거세지기만 했고, 그래서 그는 한층 더 비참해졌다. 저승보다 잔혹한 것이 그를 물어 뜯었다.

그녀는 잘 버텼다. 그녀는 그를 이해하려고 했고, 실제로 누구보다 잘 이해했으므로 그의 괴롭힘을 견뎠다. 특히 그 날 밤 흥분해서 소리 지르다가 의식을 잃고 쓰러진 그를 경험한 후 더 조심하고 배려했다. 안쓰러워하며 아이 달래듯 달랬다. 그러면서 시간이 조금 흐르면 저절로 해결될 거라고 낙관했다. 그러나 그가 그녀에게, 나한테 해주듯 그 자식의 손가락도 입에 넣고 빨았느냐고 다그쳤을 때 그녀의 인내심은 한계에 부딪혔다. 그녀는 어이가 없다는 듯 그를 말없이 노려보다가 짧게 한마디를 내뱉고 자리에서 일어서버렸다. "할 수 없는 인간이야, 당신. 나도 사람이야. 더는 참을 수가 없어."

33

두려움과
연민

형배는 선희와 영석이 맺고 있는 연애의 기묘함에 대해
생각했다. 그러나 오래 생각하지는 않고 결론을 냈다. 선희
에게 사랑하는 사람이 있어서 자기의 구애를 받아들이지 않
는다는 건 이해할 수 있었다. 만일 그렇다면 흔쾌하진 않지
만 어쩔 수 없이 물러나야 할지 모른다는 가정을 했었다. 안
보고 지낸 지 삼 년이나 되었는데 왜 그런 일이 없겠는가. 그
러나 그녀가 사랑하고 있는 사람이 영석이라는 것은, 괴팍
하고 무례하고 난폭한 데다가 나이까지 한참 많은 남자라는
사실은 이해할 수 없었다. 그는 당황했지만 내심 안도했다.

물러날 이유를 부정하기 위해 그들의 사랑을 부정하거나 적어도 자연스러운 사랑은 아니라고 설득하고 싶은 마음이 작동하는 걸 그는 눈치채지 못한 척했다. 있을 수 없어, 라고 여러 번 중얼거렸는데, 그녀가 저렇게 이상한 남자를 사랑한다는 건 말이 안 된다는 것이 그 말의 속뜻이었다. 그는 영석이 이성에게 어필할 남성으로서의 매력을 전혀 가지고 있지 않다는 판단을, 비교적 짧은 시간에, 별 망설임 없이 하고 말았는데, 그것이 그의 은밀한 소망이 벌인 수작이든 아니든, 그러고 나자 자신이 근거 없는 모욕을 받기라도 한 것처럼 마음이 일그러졌다. 자기가 사랑하는 멀쩡한 여자가 누구의 눈에도 멀쩡해 보이지 않는 남자를 사랑한다는 사실을 부정하기 위해 그는 그녀의 사랑을 의심하는 길을 택했다. 물론 영석이 누구의 눈에도 멀쩡해 보이지 않는다는 건 그의 평가였다. 다른 눈에 대해 알지 못했으므로 그는 그런 말을 할 자격이 없었다. 그렇게 보는 눈은 실은 그의 눈이었다. 그런데 그의 눈은 그의 은밀한 소망의 사주를 받고 있다고 추측할 수 있으므로 그 눈이 제대로 옳게 보았다고 할 수 없다. 눈은 보이는 것을 보는 것이 아니라 보도록 유도된 것을 본다. 그 순간의 그의 눈이야말로 그러했다. 그의 은밀한 소망의 실현을 위해 그녀의 남자인 영석은 멀쩡하지 않은 사람이 되어야 했고, 그의 눈은 그렇게 보았다.

그는 두 가지 가정을 세웠다. 이 멀쩡해 보이지 않는 남자인 영석에 대한 그녀의 사랑이 모종의 두려움에 근거하고 있을지 모른다는 것이 첫 번째 가정이었다. 그는, 내용과 이유는 알 수 없지만, 그 남자가 그녀를, 어떤 식으로든, 협박하고 있을 거라고 상상했다. 노골적으로든 우회적으로든, 무슨 약점을 잡았든 잡지 않았든, 그럴듯한 내용이든 아니든, 무언가를 빌미로 연인 관계를 강요하고 있을 거라고 생각했다. 그의 생각대로 오직 두려움 때문에 어쩔 수 없이 남자를 받아들이고 있는 것이라면, 그런 것은 사랑이라고 할 수 없다고 그는 단정했다. 그런 상상에는 허점이 많았다. 무엇보다 그가 파악하고 있는 (멀쩡한) 그녀의 캐릭터에 어울리지 않았다. 그가 알고 있는 그녀가, 합당한 이유가 없다면 말할 것도 없지만, 설혹 그럴 만한 이유가 있다고 하더라도, 어떤 종류의 협박을 받아 원치 않으면서도 연인 관계를 맺고 있다고 추측할 수 없었다. 그것은 그가 무시하는 그 이상한 남자 못지않게 그녀를 무시하지 않고는 할 수 없는 추측이었음에도 불구하고 그는 그들의 관계를 부정하기 위해 자기 논리의 모순과 불합리를 모른 척했다. 그녀를 지키기 위해 그녀를 무너뜨리는 당착을 용납했다. 그녀를 지키기 위한 시도가 그녀의 이미지를 무너뜨리는 결과를 유발할 수 있다는 사실을 은폐했다. 그 시도를 통해 정말로 그가 지키려고 했던 것이 그녀가 아니었다는 증거이다. 사랑하는 사람의 이미지가 아니라 (자기의) 사랑이었다는 증거이다.

우리는 때로 자기의 사랑을 얻거나 지키기 위해 자기가 사랑하는 사람의 (이미지의) 훼손을 감수한다. 그렇게 해서라도 사랑을 내놓지 않으려 한다. 그렇게 하는 것이 사랑의 크기를 보증한다는 관념이 있는 것이 사실이고, 이 관념을 전혀 근거 없다고 할 수도 없다. 이런 관념의 배후에 사랑의 이기심이 자리하고 있다는 사실을 아는지. 사랑의 '이기심'이 아니라 '사랑'의 이기심이라는 사실을 아는지. 지키려고 하는 것은 '그, 또는 그녀'의 사랑이 아니라 그, 또는 그녀의 '사랑'이다.

사랑을 내놓더라도 사랑하는 '사람'의 이미지의 훼손만은 막으려는 사람은 사랑의 크기를 묻는 질문 앞에 놓인다. 당신의 사랑은 그 정도인가? 사랑이 그렇게까지 크지는 않기 때문에, 즉 연인의 이미지를 걱정할 여유를 부릴 만한 정도에 불과하기 때문에 사랑을 내놓으려고 하는 것이 아닌가? 사랑이 그래도 되는 것인가? 당신의 큰 배려는 당신의 사랑의 보잘것없음을 감추기 위한 포즈가 아닌가?

배려는 이기심을 넘지 못한다. 배려보다 이기심이 더 큰 사랑의 증거로 간주된다. 사랑하기 때문에 떠난다는 수사가 이 세계에서 위선과 변명의 표현으로 인식되는 이유이다.

사랑하기 때문에 떠나는 사람은 사랑하기 때문에 파멸에 이르는 사람을 이기지 못한다. 자기는 물론 연인(사랑하는 '사람')의 파멸조차 감내하는 극한의 이기심을 사랑은 요구한다. 그, 또는 그녀가 이기적인 것이 아니다. 사랑이 이기적인 것이다.

두 번째로 그는 그녀의 사랑이 동정이나 연민, 그러니까 일종의 자비심에 근거해 있을지 모른다는 가정을 했다. 무엇을 위한 동정이고 어떤 경로를 통해 형성된 연민인지 모르지만, 그녀가 이 멀쩡하지 않은 남자를 향해 자비의 마음으로 대하고 있는 것이 분명하다고 그는 생각했다. 결여된 것이 많아 보이는 이 남자를 향해 그녀는 어쩔 수 없이 자기가 그의 필요를 채워주어야 한다는 부담을 느꼈을 것이고, 그것을 사랑으로 착각하거나 세뇌하고 있다고 그는 상상했다.

두려움이 아니라면 연민일 것이다, 다른 것일 수 없다, 라고 그는 생각했다. 이런 상상이 그가 생각하는 그녀의 (멀쩡한) 캐릭터와 어울리지 않는다고 할 수는 없었다. 멀쩡하다는 것은 합리와 균형을 품고 있다는 말이지, 자비심이 없다는 의미를 내포하고 있는 말은 아니다. 그녀의 선택이, 그것이 무엇이든, 그럴 만한 이유가 있든 없든, 협박에 의해 이루어졌으리라고 추측하는 것이 불가능하다고 해도, 그녀의 선택이, 그것이 무엇이든, 그럴 만한 이유가 있든 없든, 동정심에 의해 이루어졌으리라고 추측하는 것은 불가능하지 않았다. 그렇게 이루어진 선택을 합리적이지 않다거나 균형감이 없다고 탓할 수는 없었다.

그러나 만일……. 그는 생각을 더 이어갔다. 그러나 만일 그 연민이, 두려움이 그녀에게 한 것과 같은 역할을 하고 있다면 어쩔 것인가. 두려움이 그녀에게 한 것과 같은 역할을 연민이 하고 있다면, 그러니까 두려움 때문에 그 멀쩡하지 않은 남자를 연인으로 받아들이듯, 연민 때문에 그 남자를 받아들인 것이라면, 그것은 사랑이 아니라고, 두려움 때문에 받아들인 것을 사랑이라고 할 수 없는 것처럼 이것 역시 사랑이라고 할 수 없다고 그는 단정했다. 그는 자기 사랑을 얻기 위해 연민과 동정을 두려움과 협박 못지않은 악덕으로 간주하고자 했다.

그리하여 형배는 악덕을 물리칠 정의의 사도가 되었다. 악덕을 인지하고 아무 일도 하지 않는 것 역시 악덕이기 때문에 그는 아무 일도 하지 않고 가만히 있을 수 없었다. 악의 위협 아래 있는 연인을 구해내야 하는 의협심으로 무장한 형배는 영석을 찾아가서, 선희가 당신을 사랑하는 것이 아니라, 그저 두려워서, 아니면 연민에 이끌려서 만나는 것일지 모른다는 생각을 해보지 않았느냐고 넌지시 물었다. 말투는 거칠지 않았지만 자기가 하는 말이 흉기가 되어 그 멀쩡하지 않은 남자의 가슴을 찌를 거라는 사실을 그는 모르지 않았다. 그것이 무슨 뜻이냐는 듯 멀뚱히 바라보는 상대를 향해 형배는 정타를 날렸다. "선희가 당신을 많이 힘들어한다고요. 왜 그 생각을 못 해요?" 영석은, 힘들어해요, 선희가? 하고 반문했다. 그는 형배가 하는 말을 금방 알아듣지 못했다. 그도 그럴 것이 그는 그녀가 자기를 힘들어할 거라는 생각을 해본 적이 없었고, 무엇보다 그런 말을 하는 형배의 의중을 헤아릴 수 없었다. 형배가 악의 수중에 붙들려 있는 불쌍한 여자를 구해낸다는 사명감으로 무장하고 그 앞에 나타났다는 사실을 알지 못했다. "당신이 좋아서가 아니라 두려워서, 안 만나주면 무슨 일 생길까 봐 만나는 거라고요. 그런 생각 안 들어요?" 뜻밖의 말을 듣고 새파랗게 질린 영석이 형배를 노려보며 물었다. "무슨 두려움? 선희가 뭘 두려워한다는 거요?"

형배는 상대가 걸려들었다는 걸 느꼈으므로 머뭇거릴 이유가 없었다. 가차 없는 공격으로 상대를 무력하게 만들어야 한다는 걸 알았으므로 그렇게 했다. 그는, 자기가 떠나면 남자가 무너질지 모른다는 두려움을 가진 마음 약한 여자에 대해 생각해본 적이 있느냐고 물었다. 그렇게 물을 때 그는 노련한 상담사의 화법을 활용했다. 상대로 하여금 자신을 성찰하게 하는 질문을 던짐으로써 획득할 성과물에 대한 계산이 그의 머릿속에 있었다. 그는 자기가 교활하다는 생각을 잠깐 했지만, 그러나 악덕을 물리치고 정의를 수호하기 위한 수단으로 용납하지 못할 정도는 아니라고 합리화했다. 더 큰 악의 제거를 위해 작은 악을 쓰는 것은 정당하다고 세뇌했다. 목표의 정당함이 수단의 부당함을 문제 삼지 않게 했다. 심지어 자기의 교활함에 자부심을 느낄 정도까지 되었다.

그는 사리 분별을 제대로 할 줄 모르는 남자에게 진심 어린 충고를 해주는 상담사가 된 것 같은 착각에 빠져 나지막이 속삭였다. "태어난 지 얼마 안 된 새끼 고양이를 어떻게 하다가 제 몫으로 맡아 기르게 된 사람을 생각해봐요. 내키진 않지만 마음이 여려서 외면하지 못하는 사람요. 왜냐하면 자기가 돌보지 않으면 그 새끼 고양이는 살지 못할 테니까요. 남의 눈에는 그 사람이 진짜로 그 고양이를 사랑하는 것처럼 보이겠지요. 새끼 고양이도 그렇게 생각할 가능성이 높고요. 그렇지만 그게 아니잖아요. 그건 착각이잖아요." 영석은 이를 악물고 물었다. "선희가, 그렇게 말했어요? 선희가, 새, 새끼 고양이 이야기를, 해, 했어요?" 그는 말을 더듬었다.

'할 수 없는 사람'이라고 싸늘하게 쏘아붙인 다음 연락을 끊어버린 선희에 대한 불안이 새삼스럽게 그를 엄습했다.

그런 일이 한두 번 있었던 게 아니었지만, 그리고 그때마다 그가 사정하며 빌었고, 그러면 그녀는 다시 돌아왔지만, 이번은 다를 것 같은 생각이 그의 머릿속을 어지럽게 헤집었다. 집착하고 추궁하고 화를 내고 그러다가 다시 돌아와 사정하고 했던 수차례의 과정들을 떠오르는 대로 떠올려보니 형배가 하는 말이 전혀 과장이 아니라는 생각이 들었다. 그녀가 그를 힘들어하고, 지겨워하고, 동정하고, 무서워하고, 마지못해 만나주고, 어쩔 수 없이 사랑하거나 사랑하는 척해왔을 가능성이 백 퍼센트인 것 같았다. 그는 더듬거리며 다시 물었다. "그 말이, 그러니까, 선, 선희가 한 거예요?" 형배는 회심의 미소를 지었다. 교활함은 정의를 실현하기 위한 수단으로 정당화되었으므로 그는 망설일 이유가 없었다. 그는 상대의 눈을 똑바로 쳐다보며 크게 고갯짓을 했다. 듣는 상대보다 말하는 자신에게 확신을 부여하기 위한 동작이었다. 그럼요, 하고 굳은 얼굴로 대답하면서 형배는 정말로 그녀가 그렇게 말하는 걸 들었다고 확신했다. 그녀는 그렇게 말했거나 말할 것이었다. 아직 말하지 않았다면 말할 기회를 갖지 못했기 때문이지 하지 않을 말이기 때문이 아니었다. 그러므로 설령 말하지 않았더라도 말한 것과 차이가 있다고 할 수 없다, 라고 그는 우겼다. 그는 자기가 억지를 부리고 있다는 사실을 의식하지 못했다.

이번에도 사랑의 이기심이 모든 것을 지휘했다. 사람의 덕은 사랑의 이기심을 이기지 못한다. 덕이 이기심을 이기지 못한다는 것은 이 문장에 대한 바른 해석이 아니다. 바른 해석은, 사람이 사랑을 이기지 못한다, 이다.

—

　형배가 간과한 것이 무엇인지 말하는 것은 그다지 어렵
지 않다. 그는 자기를 기만하는 데 공을 들이느라 상황을 바
로 보지 못했다. 그 결과 자기를 기만하는 데는 성공했지만,
자기가 착각하고 있는 것이 무엇인지를 깨닫는 데는 실패했
다. 내부를 단속하는 데 집중하느라 그가 마음 써야 하는 대
상인 외부에 마음 쓰지 못했다. 사랑이 주변을 지우고 시야
를 좁히는 일종의 축소술이라는 상식에 근거할 때 불가피
한 일이긴 했다. 사랑이 눈을 멀게 한다는 말도 하는데 이 말
에는 부연 설명이 필요하다. 사랑은 중심 시야를 밝게 하고

주변 시야를 어둡게 한다. 좁은 각도의 중심 시야에 집착하게 하고 그 대신 더 넓은 주변 시야에 소홀하게 한다. 상하좌우 관계들, 입체적 구조들, 인과의 연쇄들을 읽지 못하게 한다. 그리하여 멀쩡한 사람이 멀쩡하지 않게 된다. 그러니까 영석을 멀쩡하지 않은 인간으로 규정한 형배 역시 멀쩡하지 않은 인간이 되었다. 사랑이 그의 시야를 좁히고 균형 감각을 빼앗아갔기 때문이다.

적어도 그는 두 가지 실수를 저질렀다. 연약한 새끼 고양이를 예로 들면서 했던, 연민이나 동정에서 비롯한 관계가 사랑일 수 없다는 그의 주장은 분명한 착오이다. 그는 약한 것이 사랑의 근거가 될 수 있다는 사실을 간과했다. 그것보다 더 큰 잘못은, 사랑에 이르는 수없이 많은 길들에 대해 숙고하지 못했다는 것이다. 사랑은 어디서 오는가? 어떤 길로 오는가? 혼자 오는가, 누구와 함께 오는가? 말할 수 없다. 말할 수 없는 것은 여기로 오는 길들이 하나나 둘이 아니기 때문이고, 패턴이 정해져 있지 않기 때문이다. 다 다르기 때문이다. 어느 길로든 올 수 있기 때문이다. 어느 길이 옳고 어느 길이 그르다고 단정할 수 없기 때문이다. 아니, 길이라고 할 수 있는 것이 아예 없기 때문이다. 길이 아닐 수 없는 것이 전혀 없기 때문이다. 나는 길이다, 나로 말미암지 않고는 이리로 올 자가 없다, 라고 말할 수 있는 유일무이한 길은 사랑에는 없다. 사랑은 그리로 오는 길을 제한하지 않는다. 그러니까 형배가 사랑과는 어울리지 않는 것으로 단죄한 두려움이나 연민도 사랑으로 가는 길이 된다. 길들 가운데 하나가 된다. 두려움이나 연민이 곧 사랑이라는 뜻은 아니다. 사랑이 두려움이 아니고 연민과도 다르다는 것은 명백하다. 그러나 그것들이 사랑으로 가는 길일 수는 있다. 사랑 아닌 것이 사랑으로 가는 길이 된다. 강력한 것도 길이 되지만, 보잘것없는 것도 길이 된다. 보잘것없는 것은, 보잘것없기 때문에 더 길이 된다. 형배는 그 사실을 몰랐고, 몰랐으므로 신중하지 못했다.

그가 저지른 두 번째 실수는, 첫 번째 것보다 더 심각하다고 할 수 있는 것으로, 그는 아마도 의식하지 못했을지 모르나, 우월감에 대한 것이다. 영석을 불러내 선희를 괴롭히지말라고 충고할 때 그 행동을 가능하게 한 것은 일종의 우월감이었다. 충고는 위에서 아래로 내려다보는 행위이다. 더구나 자기가 관련되어 있을 경우 충고가 오해 없이 충고로받아들여지기 어렵다는 사실을 감안하면 상당한 용기를 필요로 하는데, 그 상당한 용기는 상당한 우월감의 바탕이 없으면 불가능하다. 그는 영석을 그다지 높이 평가하지 않은정도가 아니라 보잘것없는 사람으로 간주했고, 그런 사람이 선희를 차지하고 있는 것을 부당하게 여겼다. 심지어 모욕감을 느꼈다. 그 보잘것없는 사람 때문에 자기가 거절된다는 사실을 받아들일 수 없었기 때문이다. 자기가 그보다훨씬 우월하다고 여겼기 때문이다. 물론 착각이지만, 거의협박에 가까운 충고를 하기 위해 경쟁자라고 할 수 있는 영석을 찾아갈 마음을 먹을 수 있었던 것이 그래서였다. 그의우월감이 그런 행동 속에 들어 있는 부자연스러움과 무례와 수치스러움과 껄끄러움에 대한 감각을 무디게 했다. 그는 영석을 경쟁자로 인정할 수 없었던 것이다. 그는 우월함이 사랑의 형성에 전혀 필요하지 않은 요소라는 사실을 몰랐고, 자기가 그 남자에 비해 딱히 우월한 것도 아니라는 사실을 몰랐고, 몰랐으므로 알았다면 하지 않았을 행동을 했다. 어떤 영역에서는, 그러니까 그곳으로 가는 길이 따로 정해져 있지 않은 사랑의 신비 속에서는, 우월하지 않은 것이더 우월하기도 하다는 사실을 몰랐고, 어느 것이 더 우월한지 규정할 수 있는 객관적 기준이 없을 뿐 아니라 아예 우월함이 분류의 항목에 들어 있지 않다는 사실을 몰랐고, 몰랐으므로 알았다면 하지 않았을 행동을 했다.

그가 몰라서 무시한 것이 하나 더 있다. 영석을 향한 그의거침없고 부끄러운 행동(의식하지 못한 상태에서 행해졌다고는해도)의 배경에 있는 것이 영석에 대한 우월감만은 아니라는 것이다. 부자연스러움과 무례와 수치스러움과 껄끄러움에 대한 감각의 제어를 받지 않고 그렇게 함부로 영석을 대할 수 있었던 것이 영석은 물론 선희까지 무시했기 때문에 가능한 일이었다는 사실은 말해질 필요가 있다. 당사자인 영석은 물론 선희까지 무시하지 않고는 할 수 없는 처신이었다는 사실을 이해하지 못했다. 영석에 대해서만이 아니라 선희에 대해서도 은근히 우월감을 가지고 있어서 이루어진 일이라는 사실을 의식하지 못했다. 영석에 대해서와는 달리 선희에 대한 우월감은 표면으로 드러나지 않았기 때문이다. 그럴 수밖에 없는 것이 그는 그녀의 사랑을 구하는 위치에 있다고 자각하고 있었다. 구하는 자의 자리가 아래에 있기 마련이라는 통념이 자기 내부의 은근한 우월감을 자각하지 못하게 했다. 충고하는 자가 위에 위치하듯 구하는 자는 아래에 자리한다.

그녀에 대한 우월감이 어떻게 형성되었는지를 알게 해준 사람은 선희였다. 그것은 한때 그녀가 자기에게 먼저 구애했으며, 자기는 그 구애를 거절한 적이 있다는 기억과 관련되어 있었다. 그 기억이 그에게 부여한 과도한 자신감이, 그녀를 다시 만나 사랑의 감정을 느끼고 설레는 순간에도, 그 감정이 간절하고 진실한 것이었음에도 불구하고, 구애를 하는 사람에게 일반적으로 나타나기 마련인, 사랑을 얻지 못할 수 있다는 우려와 거절당하면 어쩌나 하는 불안을 회피하게 했다. 그녀를 쉽게 생각한 것은 아닐 것이다. 그러나 자기의 시도가 실패할 가능성을 염두에 두지 않은 것은 사실이다. 자기의 시도가 실패할 거라고 생각하지 않은 것, 거절당할지 모른다는 우려를 하지 않은 것, 그 자신감을 그녀는 우월감으로 정확히 집어냈다.

구하는 자가 어떻게? 이 질문은 아직 남아 있다. 구하는 자가 어떻게 자기가 구하는 것을 베풀어줄 상대에게 우월감을 가질 수 있는가? 통념에 의해 자동적으로 떠올려지는, 구하는 자의 시선의 방향이 이 질문에 대답하는 걸 난감하게 만든다. 이 난감함을 돌파하기 위해 우리는 자동적으로 그려지는 그 그림을 거부해야 한다. 형식과 내용의 조화라는 통념은 강력하지만 항상 진실한 것은 아니다. 형식과 내용을 일대일로 결합시키는 생각은 전제적이거나 편의적이다. 내용이 오로지 하나의 형식으로만 표현된다고 믿는 사람은 단순함이 주는 기쁨을 누리겠지만 그 기쁨이 위조된 것일 수도 있다는 사실을 깨닫지는 못한다. 그 사실을 알면 기쁠 수 없을 것이다. 그러니까 깨달으면 안 될 것이다.

구하는 자의 시선이 예외 없이 위를 향하고 있다는 것은 통념이다. 대개는 그렇지만 항상 그런 것은 아니고 반드시 그래야 하는 것도 아니다. 위를 향하는 포즈를 하고 있지만 내심으로는 내려다보는 경우를 얼마든지 상정할 수 있다.

그 사실을 당사자조차 인식하지 못하기도 한다. 남에게 들키지 않으려고 감추어놓은 것을 감춘 사람 자신이 잊어버리는 격이라고 할까. 감춰진 것이 감춘 사람까지 속이는 예는 생각보다 흔하다. 무엇인가를 구하면서 내심으로는 시선을 위로 향하지 않고 발언된 문장은, 그것이 겉으로 취하고 있는 부탁의 포즈나 어조와 상관없이, 일종의 명령이다. 그러니까 형배는 그때, 그 자신은 깨닫지 못했지만, 사랑을 명령하고 있었던 셈이다. 사랑은 명령될 수 있는 것이 아니므로 (만일 사랑이 명령될 수 있는 것이라면 복종이 필연적이다. 그런데 복종은 사랑의 행위라고 볼 수 없다), 그가 기대하는 효과는 나타나지 않았다. 자기의 구애가 받아들여지지 않을 거라고는 전혀 생각하지 못했으므로 그는 당황했고, 무분별해졌고, 그렇지만 내심 아무렇지 않은 척했고, 마침내 우월감이 시키는 대로 움직였다.

형배가 영석에게 무슨 일을 했는지 선희에게 알린 사람은 형배 자신이었다. 그는 정의의 사도가 되어 행한 자기 일에 대해 여전히 자부심을 가지고 있었기 때문에 마치 영웅담을 늘어놓듯 자랑스럽게 그 이야기를 했다. 선희가 자기 공로를 인정해줄 거라는 희망을 품고 있기까지 했다. 한곳을 뚫어져라 쳐다보면, 그곳이 뚫어지는 것이 아니라, 그 주변에 있는 것을 보지 못하게 된다. 그에게 그런 현상이 나타났다.

다른 사람들이 다 눈치챈 것을 그만 모른다. 정말이냐고, 정말로 그 사람을 찾아가 그런 말을 했느냐고 선희가 따지듯 물었지만, 그때도 그는 요동치는 그녀의 감정을 눈치채지 못했다. 자기 안의 우월감이 시킨 일이라는 걸 자각하지 못했다는 증거이다.

그리하여 그가 기대한 것과 정반대의 결과가 나타났다. 당신이 뭔데 남의 일에 간섭하느냐고 말할 때 그녀가 지어 보인 굳은 표정은 그가 이전에 한 번도 본 적 없는 것이었다. 그녀는 일그러진 얼굴로, 선배가 뭔데? 하고 소리쳤다. 마치 내가 선배 손바닥 위에 있는 양 말하지 말라고, 당신이 마음대로 할 수 있는 것은 당신의 감정 말고는 없다고, 사실은 당신 자신의 감정도 마음대로 하지 못한다고, 내 감정이 당신의 몸에 붙어 있는 손가락이나 팔꿈치인 줄 아느냐고, 어떻게 그렇게 내 감정을 자기 신체를 움직이듯 마음대로 조정할 수 있다고 자신하느냐고, 그 오만이 불쾌하기 짝이 없다고 속사포처럼 쏘아붙이며 울었다. 감정이 복받쳐 올라오며 울음이 저절로 나왔다.

그 순간 그녀는, 자기에게 해주듯 그 사람 손가락도 입에 넣고 빨았느냐고 질투에 눈멀어 힐난하는 영석을 향해, 도저히 참을 수가 없다고, 할 수 없는 사람이라고 험악한 말을 하고 자리를 박찼던 일을 떠올렸다. 그녀는 머리를 흔들며 이제 이 힘든 연애를 그만하겠다고 선언했었다. 그때 자기가 그를 향해 지었던 경멸의 표정이 떠올랐다. 자기가 지은 표정을 바라보던 영석의 겁에 질린 표정이 떠올랐다. 그녀는 형배보다 나을 게 없는 사람이었다. 아니, 더 나쁜 사람이었다. 형배에게 맞기 전에 자기가 먼저 그를 때렸다. 영석의 입장에서는 때릴 거라고 생각할 수 없는 사람에게 맞은 셈이어서 더 충격이 컸을 것이다. 자기가 한 그 말이 그 마음 약한 사람을 얼마나 상처 입혔을지 상상이 되었고, 일주일째 연락을 끊고 지냈으니 그 사람에게 좋지 않은 일이 일어났을지 모른다는 걱정이 들었고, 그 사람에게 무슨 일이 생겼다면 그것은 관대하지도 침착하지도 않은 자기 때문이라는 자책감이 물이 밀려들듯 삽시간에 찾아들었고, 그러자 영문 모를, 걷잡을 길 없는 그리움이 그녀의 가슴을 가득 채웠다. 갑자기 차올라온 그 그리움이 형배를 향한 다그침을 그치게 했다. 그녀는 형배를 다그치고 야단치는 대신 갑자기 솟아오른 그리움이 시키는 쪽으로 움직였다. 영석에게 달려가는 일이 시급했기 때문에 그녀는 형배를 방면했다. 형벌보다 구제가 중요하다. 벌을 주는 일은 누군가를 구제하는 일에 우선할 수 없다.

요약하면 이렇다. 무의식적인 우월감의 사주를 받아 행해진 형배의 도를 넘는 오지랖은, 본래의 의도와는 달리, 굳어져 있던 선희의 마음을 녹여 (그가 아닌) 영석에게로 다시 돌아가게 만들었다. 그녀의 마음을 녹여 영석에게 돌아가게한 것은 형배의 공이다. 형배는 자기가 원하는 것을 얻지 못했지만, 다른 사람이 원하는 것을 얻는 데 기여했다. 선희는영석을 사랑하기로, 다시 더 사랑하기로 굳게 마음먹었다.모든 일이 의도한 대로 되는 것은 아니다. 일이 되어지는 과정이 일목요연하고 한결같은 것도 아니다. 우리는 우리가하는 일이 어떤 결과를 만들어낼지 알지 못한 채로 어떤 일을 한다. 우리는 우리의 의도와 상관없이 누군가의 사랑을돕거나 방해한다. 그리고 많은 경우 자기가 그런 역할을 했다는 사실을 인식하지 못한다. 형배가 그랬다.

35   사랑이
—   대체 뭐예요?

선희는 형배의 비뚤어진 우월감에 대해 알아들을 만하게
말했다. 당신이 뭔데? 라고 했고, 내 감정이 당신의 몸에 붙
어 있는 손가락이나 팔꿈치라도 되는 줄 아느냐고 했고, 당
신의 오만이 불쾌하기 짝이 없다고 했다. 그런데도 형배는
알아듣지 못했다. 아무 짐작도 하지 못한 것은 아니지만, 자
기 잘못을 똑바로 직시하지는 못했다. 그녀의 사랑을 얻기
가 쉽지 않다는 사실을 인정하지 않을 수 없게 되었지만, 그
이유가 자기에게 있다는 사실을 인정하려고 하지는 않았다.
마음을 얻기까지 아직 시간이 더 필요하다든가, 조금 더 공

을 들이면 된다고 생각하는 사람은 시간을 더 쓰고 공을 더 들인다. 그러나 시간이 충분하지 않아서거나 공을 충분히 들이지 않아서 이루어지지 않은 것이 아닌 경우에는 시간을 더 쓰고 공을 더 들인다고 해서 달라지는 것은 없다. 이유가 다른 데 있을 때는 다른 시도를 해야 한다. 어떻게 해도 되지 않는 경우에는 어떤 시도도 하지 않는 것이 정답이다. 형배는 그랬어야 한다. 그러나 그는 그렇게 생각하지 않았기 때문에 그렇게 하지 않았다. 어렵지만, 시간을 더 쓰고 공을 더 들이면 선희의 사랑을 얻는 것이 불가능하지 않다고 믿었기 때문에 포기하지 않았다. 라이벌로 인정하고 싶지 않은 영석과 자기에게 구애했으나 자기가 거부한 적 있는 선희에 대한 우월감이 그 자신감의 여전한 근거였다.

어떤 성공은 의도 없이 이루어지는데, 의도 없이 이루어지는 것은 성공이라고 부르기 어렵다. 이루어졌다고 말하기도 어렵다. 의도 없는 성공은 일어나거나 발생하기 때문이다. 그의 변화를 이끌어낸 사람은 뜻밖에도 그의 어머니였다. 그의 어머니는 의도 없이 성공했다. 의도가 없었으므로 성공이라고 말하기 어렵고 이루었다고 말하기도 어렵다. 성공이 문득 발생했다. 그러나 그녀에게는 의도가 없었으므로 그녀는 무엇인가 발생했다는 사실도 인지하지 못했다.

형배가 퇴근해서 돌아왔는데 어머니가 그의 집에 와 있었다. 수도권의 한 도시에서 한복집을 하는 그의 어머니는 아들의 집에 거의 오지 않았고, 더구나 연락 없이 온 적은 한 번도 없었다. 형배가 몇 달에 한 번씩 어머니를 만나러 가서 점심을 먹고 반찬거리를 싸 들고 돌아왔다. 소파에 앉아 그를 맞는 어머니에게 그는 어쩐 일이냐고 묻지 않을 수 없었다. "전화도 하지 않고 어쩐 일이세요?" 어머니는, 내가 못 올 데를 왔냐, 하며 웃었다. 그런데 그 웃음이 서늘하고 희미하여 아들을 저절로 긴장하게 만들었다. 그는 식탁 의자를 끌어다 그녀 앞에 앉았다. 그의 어머니는 무슨 말인가가 가득 담긴 눈으로 그를 바라보았다. 다문 입에 힘이 들어가 있었다. 어떤 결심인가를 하고 있다는 표시가 역력했다. 그러나 무슨 이야기를 하려는 건지 그는 감을 잡을 수 없었다. 그의 어머니는 평소에 말수가 많지 않았고, 이런 분위기에서 마주 앉은 적도 없었다. 형배는 어머니의 말을 기다려야 한다는 걸 깨달았다. 왜요, 어머니. 뭔데요, 어머니. 말씀하세요, 어머니. 그는 눈으로만 그렇게 말을 보냈다. 꽤 긴 시간이 흘러갔다. "형배야." 이윽고 그의 어머니가 나지막하게 그의 이름을 불렀다. 네, 어머니. 그는 여전히 눈으로 말했다. 그리고 또 약간의 침묵을 견딘 후에, 당분간 가게 문을 닫을 생각이다, 라고 말했다. 생각들이 빠르게 스쳤다. 그러나 그게 무슨 뜻인가요? 하는 질문이 나오지 않았다. 수십 년 동안 지켜온 가게였다. 어머니가 단순히 더 이상 한복 짓는 일을 하지 않겠다는 말을 하고 있는 것으로 들리지는 않았다. 당분간, 이라고 했다. 다른 일을 하겠다든가 이제 일을 그만하겠다는 뜻을 전하고 있는 것은 아니었다. 무엇보다 가게 문을 닫을 생각이라는 말이 그녀가 정말로 하려는 말이 아닌 것은 분명했다. 그녀가 하려는 말이 따로 있는 것이 분명했다. 재촉할 사안이 아니라는 사실이 직감적으로 깨달아졌다. 어머니는 할 말을 준비해 왔으며, 그가 무슨 질문을 하든 준비해 온 말만을 할 것이었다. 질문을 하지 않아도 준비해 온 말은 하고 말 것이다, 그러므로 재촉할 필요가 없다, 라고 그는 생각했다. 그의 생각은 틀리지 않았다. 그의 어머니는 느릿느릿, 가끔은 눈을 감았다 뜨고, 한숨도 쉬어가며 준비해 온 말을 했다.

형배의 어머니가 한복집의 문을 닫으려는 것은 그곳을 떠나기 위해서였다. 그녀가 여태 살던 도시를 떠나 옮겨 가려고 하는 곳은 남해안의 작은 어촌이었다. 그녀는 아들 집에서 하룻밤을 묵고 다음 날 아침 일찍 내려갈 예정이라고 했다. 아들에게 알리지 않고 일을 진행시킨 것은 혹시 아들이 다른 의견을 제시했을 때 생길지 모르는 소모적 갈등이 부담스러워서이기도 하지만 무엇보다 자신의 인생이라고 판단했기 때문이다. 스스로 결정하기가 어렵거나 아들의 의견을 참조해야 할 일이라고 생각했다면 아들의 의견을 물었을 것이다. 그러나 그녀는 스스로 결정하는 데 어려움을 느끼지 않았고, 아들의 의견을 참조해야 할 일이라고 생각하지도 않았다. 그러므로 아들이 어떤 의견을 내든 마음이 바뀌지는 않을 것이다. 다만 알리지 않을 수는 없다고 생각했다. 아들은 그녀의 결정을 알아야 할 권리가 있었고, 어쩌면 의무도 있다고 그녀는 느꼈다. 권리 때문에 말해야 하지만 의무 때문에 더욱 말해야 한다고 그녀는 느꼈다. 그래서 말했다. 그 사람(그녀는 '그 사람'이라고 했다. 처음에 형배는 그녀가 언급한 '그 사람'이 누구인지 알아차리지 못했다), 많이 아프다. 혼자이고 돌볼 사람이 없다. 혼자서 외롭게 죽어가게 둘 수가 없다. 그 사람 곁에 있어주려고 한다. 그 순간 그녀가 말하는 '그 사람'이 누구인지 갑자기 알아졌다. 알 만한 힌트가 주어지지 않았음에도 불구하고 문득 눈앞이 환해지면서 한 사람의 얼굴이 떠올랐다. 다른 사람을 사랑한다고 말하고 어머니를 떠난 사람. 오랫동안 어머니가 보냈던 힘들고 절망스러운 시간들을 그는 기억한다. 그 이후 그는 그 사람을 한 번도 보지 못했고, 그녀는 그 사람을 한 번도 입에 올리지 않았다. 그는 아버지 없이 살았고, 그녀는 남편 없이 살았다. 당연한 듯 살았다. 기억은 희미해졌고 어느 순간 잊혔다. 처음부터 없었던 것처럼 무시하고 사는 것이 이상하지 않았다.

그런데 그 순간, 어떻게 그 사람의 얼굴이 그렇게, 마치 한순간도 잊지 않고 살아오기라도 한 것처럼 그렇게 선명하게 눈앞에 떠오른 것일까.

그 사람이 죽어가고 있다는 소식을 전한 사람은 그 사람의 여동생이었다. 남해안의 작은 도시 공무원인 그 사람의 여동생은 오빠가 삼십 몇 년 만에 거의 몸을 가누지 못할 지경이 되어 나타났다고 말했다. 오래전부터 혼자였고, 여기저기 떠돌면서 이 일 저 일 하며 살았고, 그러다가 병이 들었고, 돈도 돌봐줄 가족도 없어 치료하지 못했고, 그러다가 돌이킬 수 없는 지경이 되어버렸다고, 의사 말로는 한 달도 넘기기 힘들 거라고 한다고, 그런데 그 사람이 염치없게도 그녀를 보고 싶어 한다고, 그래도 와달라고 요청하지는 못하겠다고, 요청은 못 하겠지만 한이 더 쌓일까 봐 걱정이라고 말하며 울었다. 전화를 받으면서 그녀는 세차게 고개를 저었다. 절대로 그 사람을 찾아가는 일은 없을 거라고 답했다. 자기에게 다짐하듯, 자기를 설득하듯 단호하게 말했다. 그 사람의 여동생은 수긍했다. 자기라도 그럴 거라고, 왜 그렇지 않겠느냐고, 공연히 전화해서 심란하게 했다고, 죄송하다고 사과했다. 전화를 할까 말까 많이 망설였는데, 전화를 하지 말 걸 그랬다고 후회했다. 그래도 사람 일을 모르는 거니까 알고는 있으라고 하면서, 그 사람이 누워 있는 요양원의 주소와 전화번호를 문자로 남겼다. 그녀는 곧바로 문자를 지워버렸다. 사람 일은 모르는 거니까, 어쩌구 하는 그 여동생의 말이 거슬렸다. 그것이 세 달 전이었다.

한 달이 거의 되었을 때, 그녀는 자기가 무언가를 기다리고 있다는 걸 알아차렸다. 무언가를 기다리면서 그러지 않은 척하고 있다는 사실을 알아차렸다. 그러나 자기가 기다리는 것이 정확히 무엇인지, 그 사람이 의사의 예언대로 한 달을 넘기지 못하고 죽었다는 소식인지, 의사의 예언과는 달리 죽지 않고 여태 살아 있다는 소식인지 알지 못했다. 한 달이 지났을 때 그녀는 그 사람의 여동생이 전화를 걸어오지 않은 이유가 그 사람이 죽지 않아서인지, 죽었는데도 알리지 않는 것이 낫다고 판단해서인지 헤아릴 수 없었다. 죽었는데도 자기에게 알리지 않은 것이라면, 그 여동생의 선택이 자기에 대한 배려인지 무시인지 판단하기 어렵다는 생각도 했다. 고마워해야 할지 섭섭해해야 할지 몰라 갈팡질팡했다. 죽음만 기다리고 누워 있는 그 사람의 모습이 자주 눈앞에 그려졌다. 잠에 들었다가 퀭한 눈으로 허공을 바라보는 마른 나무뿌리 같은 한 남자의 얼굴에 놀라 깨어나기도 했다. 충동적으로 요양원 주소와 전화번호가 적힌 문자 메시지를 지워버린 것이 마침내 후회되었다.

두 달이 넘었을 때, 여전히 그 사람의 여동생은 연락이 없었지만, 그 사람이 이미 이 세상 사람이 아닐 거라는 쪽으로 생각이 기울었다. 여동생은 이번에도 전화를 할까 말까 망설이다가, 이번에는 전화를 하지 않은 선택을 한 모양이라고 그녀는 생각했다. 그러자 그 사람이 병들어 외롭게 죽어가는 것을 알면서도 찾아가지 않고 버티는 자기가 참 모질고 독하다는 생각이 들었다. 그리고 곧 그런 자신에 대한 혐오감이 찾아왔다. 살기 위해서는 모질고 독해지는 것이 필요했다. 살기 위해서, 즉 삶에 대항하기 위해서, 세상의 삶들과 싸우기 위해서. 그래서 그녀는 그렇게 했다. 그런데 지금은 모질고 독하게 죽음에 대항하고 있지 않은가. 죽음과 싸우는 것이 가능한가. 죽음 앞에 내세울 것이 있는가. 지지 않으려고 싸워왔는데, 싸우려고 이를 악물고 살아왔는데, 그 사람은 이길 수도 싸울 수도 없는 사람이 되어 나타났다. 그녀는 그 사람을 이길 수 없다는 것을 깨달았다. 이길 수 없는 것은 싸울 수 없기 때문이었다. 싸울 수 있는 상대가 되어 나타났다면, 그러니까 튼튼하고 반짝거리고 으스대며 나타났다면 그녀의 모짊과 독함은 쓸모가 있었을 것이다. 한번 싸워볼 만했을 것이다. 그러나 죽음 앞에 무엇을 어떻게 내민단 말인가. 한이 더 쌓일까 봐 걱정이라는 여동생의 말이, 그 사람이 아니라 자기를 향해 한 말이었다는 사실이 또렷하게 이해되었다. 한이 더 쌓이면 살 수 없을 것 같았다. 신기하게

도 그 사람을 향해 들끓던 원망이나 증오 같은 것이 사그라
지고 없었는데, 그녀는 그것을 신기하다고 인식하지도 못했
다. 마침내 그녀는 간절하게 그 사람이 죽지 않고 살아 있기
를 바랐다. 자기 자신을 위해 죽지 말고 살아 있어주기를 바
랐다. 죽더라도 자기를 보고 나서 죽어주기를 간절히 바랐
다. 이제 그 사람의 삶과 죽음은 자기를 위한 것이 되었다.
그녀는 그 사람의 여동생에게 전화를 걸었고, 아직 죽지 않
은, 그러나 (여동생의 표현에 의하면) 죽은 것이나 매한가지인
그 사람을 만나러 갔다. 말도 못 하고 울지도 못하고 어떤 감
정도 표정에 담지 못하는 그 사람을 보고서 그녀는 죽은 것
이나 매한가지라는 말을 이해했다. 그 사람은 노인 같았다.
나이보다 훨씬 나이 들어 보였다. 몇 년 전에 세상을 떠난 아
버지의 마지막 모습을 보는 것 같았다. 그럼에도, 죽은 것이
나 매한가지였지만 죽은 것은 아니었으므로, 죽지 않은 그
사람이 고마웠다. 죽지 않고 기다려준 그 사람이 고마워서
그녀는 말을 하고 울고 표정을 지어 보였다. 말을 하고 울고
표정을 지을 줄 아는 사람이 말하고 울고 표정을 짓는 것이
당연하다고 생각했으므로 그녀는 그렇게 했다. 아무것도 묻
지 않았다. 물을 수 없었다. 어차피 대답을 들을 수 없기 때
문이 아니었다. 묻지 않고도 그 사람의 삶이 얼마나 팍팍하
고 스산했는지, 얼마나 궁핍하고 황폐했는지 알 것 같았으

므로 묻지 않았다. 아무것도 묻고 싶은 것이 없어졌으므로 묻지 않았다. 그리고 며칠이 될지 몇 달이 될지 모르지만, 마지막 순간까지 그 사람 곁에 있어주기로 결심했다. 그 사람을 보고 나자 그런 결정이, 마치 그렇게 하기로 미리 계획했던 것처럼 자연스럽게 내려졌다.

다른 사람을 사랑하겠다고 어머니와 가족을 버리고 떠난 사람에게 어떻게 그럴 수 있느냐는 아들의 외마디 질문에 어머니는 답했다. 나도 그럴 줄 몰랐다. 그런 모습으로 그 사람이 나타날 때까지는. 그 멋있던 사람이, 만나는 여자들 넋을 빼놓던 그 잘생긴 젊은이가 생기라곤 하나도 없는 노인이 되어 죽은 것처럼 누워 있었다. 죽기 직전의 내 아버지를 보는 것 같았다. 죽기 전의 사람들 모습은 다 같다. 내가 어떻게 하겠니? 어머니가 어떻게 살았는지 생각해보세요, 하고 아들이 외쳤다. 어머니는 거의 수줍음을 타는 것 같은 목소리로 조그맣게 말했다. 내가 처음 사랑하고 유일하게 사랑한 사람이 그 사람이다. 그러니 어쩌겠니. 어머니는 더 말하지 않았다. 아들은 더 말하지 못했다. 그 순간 엄습한 어떤 상념이 그의 입을 막았다. 선희가 그에게 퍼부었던 말들이 계시처럼 떠올랐고, 신기하게도 듣는 순간에는 전혀 이해할 수 없던 그 말들의 의미가 어렴풋이 알 것 같아졌다. 그는 사랑에 대한 자신의 생각이 휘청거리는 걸 느꼈다. 그에게 사랑은 상승하는 것이었다. 밝고 강하고 충만한 것이었다. 빛을 향해 나가는 것이었다. 오르고 지향하고 누리는 것이었다. 어둠과 결핍과 하락은 사랑과 반대되는 것이었다. 그런 것들로부터 달아나는 것이 사랑이었고, 삶이었다. 아프고 모자라고 아래로 떨어지는 것을 사랑이라고 할 수 없었다. 그런 삶을 살지 않으려고 했으므로 그런 사랑을 생각하지 않았다. 행여 그런 사랑을 하게 될까 봐, 말하자면 젊은 날의 그의 어머니처럼, 그래서 아플까 봐, 그래서 약해지고 비참해지고 어둠 속에서 술에 취해 울고 낙오할까 봐 사람에게 쉽게 마음을 주지 않았는지 모른다.

그는 혼란을 느꼈다. 그는 자기가 사랑을 전혀 알지 못하거나 아주 잘못 알아왔다는 사실을 인정했다. 한참 후에 그는 겨우 신음처럼 물었다. 사랑이, 대체 뭐예요?

앎과

함

　사랑이, 대체 뭘까? 사랑이 무엇인지 묻는 사람은 사랑이
무엇인지 알고 싶은 사람이다. 냉장고가 무엇인지, 삽이 무
엇인지 궁금한 사람이 냉장고와 삽의 정의를 묻듯 사랑이
무엇인지 궁금한 사람이 사랑의 정의를 묻는다. 냉장고와
삽이 무엇인지 정의 내리기를 원하는 사람과 냉장고와 삽을
이용하는 사람은 같은 사람이 아니다. 같은 사람일 수도 있
지만 같은 사람이 아니기도 하다. 그것이 무엇인지 묻지 않
고 잘 이용하는 사람이 있는가 하면, 이용하지도 않으면서,
혹은 이용하지 않기 때문에 그것이 무엇인지 알고 싶어 하

는 사람도 있다. 사랑이 무엇인지 알고 싶어 하는 사람과 사랑(을 이용)하고 있는 사람은 같은 사람일 수도 있지만 같은 사람이 아닐 수도 있다. 사랑이 무엇인지 묻지 않고 잘 사랑하는 사람이 있는가 하면, 사랑하지도 않으면서, 혹은 사랑하지 않기 때문에 그것이 무엇인지 정의 내리고 싶어 하는 사람도 있다.

사랑을 하고 있는 사람에게는 사랑이 무엇인지 묻는 것이 한가하고 부질없는 짓이기 쉽다. 사랑을 하고 있는 사람은, 사랑을 겪고 있기 때문에, 사랑이 그의 몸 안에 살고 있기 때문에, 즉 그가 곧 사랑이기 때문에 사랑이 무엇인지 물을 이유가 없다. 사랑하고 있는 사람은 사랑을 알아야 한다고 생각하지 않는다. 수영복을 입고 물속에 들어간 사람은 물이 무엇인지 묻지 않고 수영을 즐긴다. 즐기는 데만 몰두한다. 물의 성분과 성질을 따지는 사람은 물속이 아니라 물 밖 실험실에 있는 사람이다. 신의 활동을 삶 가운데서 체험하는 사람이 신이 존재하는지 존재하지 않는지 묻지 않는 것에 비유할 수도 있다. 창세기의 첫 문장은 '태초에 하나님이 천지를 창조하셨다'이다. 있는지 없는지, 어떻게 있는지, 있다는 걸 어떻게 증명할 수 있는지에 대해 아무 말도 하지 않고 대뜸 그가 한 일을 서술하고 있는 이 책의 첫 문장은 의미심장하다. 존재가 행위에 앞선다. 존재하지 않는 이가 행위할 수 없다. 창조의 행위를 하신 이는 이미 있는 자이다. 신은 일한다. 일하는 신에 대해 이야기하는 사람은 신의 존재 근거나 존재 방식에는 관심 없다. 사랑의 행위를 하고 있는 사람, 사랑하느라 바쁜 사람은 사랑이 무엇인지, 그것의 근거나 방식이 어떠한지 궁금해하지 않는다. 진정으로 살지 않는 자가 삶이 무엇인지 묻는다. 참으로 사랑하지 않는 자가 사랑이 무엇인지 알고자 한다. 중요한 것은 아는 것이 아니라 '삶을 하고' 사랑을 하는 것이다. 정의 내리는 것이 아니라 경험하는 것이다. 그 속에 들어가는 것이다. 어떻게 해도 정의되지 않는 것이 신이고 삶이고 사랑이기 때문이다.

형배는 자기가 물속으로는 들어가지 않고 물 밖에서 물의 성분과 성질을 따지는 연구자와 진배없었다는 사실을 깨달았다. 선희와 영석은 물 안에 있었다. 그들이야말로 사랑을 따지는 것이 아니라 행하는 이들이라는 사실이 깨달아졌다. 물속에 들어가 물의 파동에 몸을 맡긴 사람은 물 밖의 조건들과 상태에 연연하지 않는다.

그는 부끄러움을 느꼈기 때문에 선희에게 다시 연락하지 못했다. 그는 부끄러움을 느꼈음에도 불구하고 영석에게는 문자메시지를 보내 자기의 무례와 무지를 사과했다. 선희에 대한 사랑의 감정이 사라졌다는 뜻은 아니다. 연락하지 않는 동안에도 그의 마음속에서는 선희가 떠나지 않았다. 어떤 점에서는 전보다 더 간절했지만 섣불리 다가가지 못했다. 선희는 그의 마음속에서 떠나지 않았지만 그는 그녀에게 다가갈 수 없었다. 원하는 것을 원하는 대로 할 수 없어진 그는 비로소 자기가 정말로 그녀를 사랑한다는 사실을 알게 되었다. 이전에도 그녀를 사랑한다고 생각했고 사랑한다고 말했다. 의심이나 거짓 없이 그렇게 믿었고 그렇게 말했다. 그가 그때 그녀를 사랑하지 않은 것은 아니었다. 그러나 그때의 사랑과 다른 사랑이 그의 마음속에 가득 들어차 있다는 걸 그는 느꼈다. 그는 자기가 자기에게 속았다는 걸 비로소 눈치챘다. '처음으로 사랑하고 유일하게 사랑한 사람'이라는, 한 남자에 대한 어머니의 수줍은 고백이 자꾸만 떠올랐다. 그 말이 그의 귓속에서 빠져나가지 않고 계속 맴돌았다. 그는 비로소 처음으로 자기가 사랑이라는 걸 하는 것같이 느꼈다.

그가 남해안의 요양원을 찾아간 어느 토요일 저녁에 그의 아버지는 그 앞에서 숨을 거두었다. 마치 그가 오기를 기다리고 있기라도 했던 것처럼, 그가 올 때까지는 죽지 않고 버티기로 작정이라도 한 것처럼 그의 얼굴을 보고 세 시간이 지난 후 눈을 감았다. 병실에 들어섰지만 어색하고 낯설어서 그는 아버지 가까이 다가가지 못했다. 아무 말도 하지 못했다. 말을 못 하는 것은 그의 아버지도 마찬가지여서 병실 안은 가쁜 숨을 몰아쉬는 것 같은 가습기 소리만 크게 들렸다. 그는 아버지와 눈을 마주치지 않으려고 시선을 아래로 내렸는데, 그러자 이불 밖으로 삐죽 나와 있는 마른 나뭇가지 같은 앙상한 다리가 눈에 들어왔으므로 얼른 고개를 들어 천장을 쳐다보았다. 뒤에 서 있던 어머니가 말없이 그의 손을 잡아 아버지의 손등 위에 올려놓았다. 그는 허리를 구부리고 엉거주춤한 자세를 취했다. 딱딱하고 건조한 살갗의 감각이 움찔하게 했다. 그것은 매우 낯설고 불편한 감각이었다. 긴장을 풀어주려는 듯 어머니가 가만히 그의 등을 쓰다듬었다. 세 사람의 손이 포개졌다. 어머니가 아버지의 손등에 놓인 그의 손을 꼭 잡고 눌렀기 때문에 그는 손을 뺄 수 없었다. 아버지의 손이 그의 손바닥 아래서 꼼지락거리는 게 느껴졌다. 아버지가 그의 얼굴에서 눈을 떼지 않는 것도 느껴졌다. 아버지의 눈에 눈물이 맺힌 것 같은 느낌도 받았는데, 어쩌면 그의 눈앞이 흐려져서 그런 것일 수도 있었다. 그 순간 오래전 집을 떠나면서 아버지가 했던 말이 문득 떠올랐다. "언젠가 아버지를 이해하게 될 날이 있을 거라고 생각한다." 형배는 아버지의 사랑을 충분히 이해하게 되었다고 생각하지 않았다. 그날은, 언젠가 올지 모르지만, 아직은 아니었다. 그러나 아버지가 사랑을 했다는 것을 부정하고 싶지는 않았다. 아버지가 한 것이 사랑이라는 것을 부정하고 싶지는 않았다. 사랑이 그처럼 불완전하고 모순된 것은 사랑을 하는 인간이 그처럼 불완전하고 모순된 존재이기 때문이라는 사실을 어렴풋이 인식했다.

형배 아버지의 장례식에는 소수의 조문객들이 참석했다. 형배의 친구들 몇 명이 서울에서 승용차를 타고 내려갔다. 준호는 그 차의 운전자였다. 차 안에서 친구들이 준호의 연애에 대해 물었다. 그래, 키스는 했어? 준호는 질문을 기다리기라도 했다는 듯 거침없이 이야기를 시작했다. 그는 사람의 목소리가 가진 음악성에 대해 이야기했다. 더운 여름날 쏟아진 소나기 같은 시원한 목소리를 가진 여자의 매력에 대해 이야기했다. 눈빛이나 몸매 못지않게 유혹적인 목소리에 대해 이야기했다. 청량한 목소리가 불러일으키는 관능에 대해 이야기했다. 목소리만으로도 사람을 사랑할 수 있다는 걸 알게 되었다는 말을 할 때, 친구들은 뭔가 이상한 것을 느꼈다. 뭔가 이상하다고 느끼면서도 그의 이야기를 마저 들어보려 했다. 그러나 모두는 아니었다. 그 가운데 조금 성격이 급한 친구가 궁금증을 참지 못하고 준호의 말을 중단시켰다. "잠깐. 지금 누구 이야기하는 거야? 우리가 궁금한 것은 알리사. 그녀와 키스에 성공했는가, 하는 것이야." 다른 친구들이 동조한다는 뜻으로 고개를 끄덕이며 그를 바라봤다.

준호는, 두 주 전에 한 카페에서 만난 사람이라고 말했다. 카페에 앉아 있는데, 뒷자리에서 어떤 목소리가 날아왔다고, 그렇게 맑고 청량한 목소리를 여태 들어본 적이 없었다고, 처음 들어보는 그 목소리에 홀려 고개를 돌려 바라봤다고, 돌아보지 않을 수 없었다고, 누구라도 돌아보지 않을 수 없었을 거라고 말했다. 그리고 그 자리로 다가가, 우리가 어디서 본 적이 있지요? 하고 말을 걸었다고 했다. 알리사는 어쩌고? 하고 누군가 물었다. 알리사에게는 알리사의 매력이 있고, 선경에게는 선경의 매력이 있다는 대답이 돌아왔을 때 친구들은 추가 답변을 요구하지 않았다. 말하는 사람이 준호라는 걸 깨달은 것이다. 준호가 거기 그대로 있다는 걸 깨달은 것이다. 민영을 만나면서 보여주었던 그의 변화된 태도 때문에 잠깐 착각했다는 것을, 개개인에게는 각자의 매력이 있으므로 사랑을 멈출 수 없으며, 한 사람만 영원히 사랑한다는 것은 불가능할 뿐만 아니라 부도덕하기도 하다는 말이 그가 늘 입에 달고 다니던 것임을 상기한 것이다.

"그렇지만……." 그렇지만 이상하고 꺼림칙한 기분을 그대로 눌러둘 수 없었던 한 친구가 민영과 결혼이라도 할 것처럼 호들갑을 떤 것을 상기시켰다. 그 친구는 사랑에 대한 사람의 생각이 바뀌기 힘들다는 것을 인지하지 못했다. 사랑은 변할 수 있다. 그러나 사랑에 대한 관념은 그러기가 쉽지 않다. 사랑의 속성 때문이 아니라 관념의 속성 때문이다. 관념은 습관이 굳어져서 된 것, 관념이 습관을 형성하는 것이 아니라 습관이 관념을 형성한다. 사랑을 하나로 간주하거나 하나이기를 바라거나 하나로 만족하거나 하나여야 한다고 생각하는 사람에게는 사랑의 방법이 한 가지뿐이고, 한 가지로 충분하고 한 가지여야 한다. 이런 사람은 다른 사랑의 방법을 구사하거나 추구하거나 연마할 수고와 번거로움으로부터 자유롭다. 어쩌면 그런 수고와 번거로움을 피하려고 하나의 사랑을 유지하거나 주장하는 사람도 있을지 모른다. 새로 시작하는 것이 귀찮아서 기존의 불만을 견디는 쪽을 택하는 사람이 이런 사람이다. 반면에 (준호와 같이) 사랑이 하나일 수 없고 하나여서는 안 되는 사람에게는 사랑의 방법이 한 가지일 수 없고 한 가지여서도 안 된다. 대상이 다르면 사랑의 방법도 달라질 수밖에 없기 때문이다. 이런 사람은 대상에 맞는 사랑의 방법을 구사하고 추구하고 연마해야 한다. 그런 수고와 번거로움을 기꺼이 감수해야 한다. 그런 것을 수고와 번거로움으로 여기지 않는 사람이 이런 사랑을 옹호한다고 할 수 있을 것이다. 새로 시작하는 것을 귀찮아하지 않기 때문에 언제든 기꺼이 새로 시작하는 사람이 이런 사람이다.

준호는 자기가 민영과 결혼을 할 것처럼 선언한 적은 없다고 답했다. 그렇게 들었다면, 그것은 들은 사람이 무의식 중에 사랑의 최종 형태, 혹은 그것이 지향하는 목적을 결혼으로 상정하고 있기 때문이라고 덧붙였다. 그것은 마치 취업을 공부의 최종 형태나 목적으로 간주하는 것만큼 그럴듯하지만, 그만큼 어색하다고 말했다. 공부를 해서 취업을 하지만, 그렇다고 공부와 취업이 수단과 목적의 관계를 이루는 것은 아니라고 말했다. 공부와 취업이 다른 층위에 속한 것처럼 사랑과 결혼도 그러하다고 그는 말했다. 취업할 때 작동하는 동기나 고려 조건들이 공부할 때 작동하는 동기나 고려 조건들과 상이한 것처럼 결혼할 때 작동하는 동기나 고려 조건들은 사랑할 때 작동하는 동기나 고려 조건들과 상이하다고 그는 말했다. 결혼을 할 수 있다. 할지도 모른다. 그러나 그것이 사랑의 최종 형태이거나 목적이기 때문은 아니다. 그는 자기 소신을 되풀이했다. 한결같은 소신에 약간의 진화가 이루어진 것 같기도 했다. 그의 친구들이 그의 주장을 이의 없이 받아들인 것은 아니었다. 그들이 확인한 것은 그, 혹은 사랑에 대한 그의 생각이 전혀 변하지 않았다는 것이다. "결혼하지 마라, 제발, 넌." 친구들 가운데 누군가 진심을 담아 그렇게 말했고, 그것은 준호를 위한 충고가 아니라 결혼이라는 제도와 그와 결혼할 대상을 염려해서 하는 충고였고, 다른 친구도 고개를 끄덕였다.

    장례식장 입구에서 준호와 친구들은 선희와 영석을 보았
다. 선희는 영석의 셔츠 위에 검은색 넥타이를 매주고 있었
다. 어색한 듯 몸을 뒤로 빼고 있는 남자를 붙잡아 몸을 앞으
로 내밀고 넥타이를 매는 여자의 손길이 야무지고 능숙해
보였다. 그 손길을 허공에서 팔랑거리는 나비의 날갯짓 같
다고 느낀 사람은 준호였다. 그 여자를 어디서 본 적이 있는
것 같았으므로 그는 어디서 보았는지 떠올리려 했다. 그러
나 어디서 보았는지 생각나지 않았다. 어디서 보았는지 생
각나지 않았지만 어디서 본 것 같다는 생각은 사라지지 않
았으므로 그는 그녀를 향해 다가갔다. 우리가 어디서 본 적
이 있지요? 맞지요? 준호의 눈에서 반짝 빛이 났다.